BIANCA.

AF274894

SARAH MORGAN

NUEVE MESES DESPUÉS...

HARLEQUIN™

Editado por Harlequin Ibérica.
Una división de HarperCollins Ibérica, S.A.
Avenida de Burgos, 8B - Planta 18
28036 Madrid

© 2024 Harlequin Ibérica, una división de HarperCollins Ibérica, S.A.
N.º 477 - 20.6.24

© 2010 Sarah Morgan
Nueve meses después…
Título original: One Night...Nine-Month Scandal

© 2011 Sarah Morgan
París en el corazón
Título original: Doukakis's Apprentice
Publicadas originalmente por Harlequin Enterprises, Ltd.
Estos títulos fueron publicados originalmente en español en 2011

I.S.B.N.: 978-84-1062-825-0
Depósito legal: M-9676-2024
Impreso en España por: BLACK PRINT
Fecha impresión para Argentina: 17.12.24
Distribuidor exclusivo para España: LOGISTA
Distribuidor para México: Distibuidora Intermex, S.A. de C.V.
Distribuidores para Argentina: Interior, DGP, S.A. Alvarado 2118.
Cap. Fed./Buenos Aires y Gran Buenos Aires, VACCARO HNOS.

MIXTO
Papel procedente de
fuentes responsables
FSC® C159065
www.fsc.org

Capítulo 1

ME DA IGUAL que esté en medio de una conferencia, esto es urgente!

Alekos levantó la mirada cuando Dmitri, el director jurídico de la naviera Zagorakis, entró en su despacho con un montón de papeles en la mano y el rostro de color escarlata.

—Tengo que colgar —Alekos interrumpió la conferencia con su equipo en Nueva York y Londres—. Como no te he visto correr en los diez años que llevas trabajando para mí, imagino que traes malas noticias. ¿Se ha hundido un carguero?

—Rápido, conéctate a Internet —el normalmente tranquilo Dmitri recorrió el espacio que los separaba en dos zancadas, chocó contra el escritorio y tiró los papeles por el suelo.

—Ya estoy conectado —intrigado, Alekos miró la pantalla—. ¿Qué se supone que debo buscar?

—Ve a eBay —le pidió Dmitri, con voz estrangulada—. Ahora mismo. Tenemos tres minutos para pujar.

Alekos no perdió el tiempo diciendo que hacer pujas por Internet no solía formar parte de su jornada de trabajo. En lugar de eso, accedió a la página y miró a su abogado con expresión interrogante.

—Escribe «diamantes»... grandes diamantes blancos.

Alekos tuvo una premonición. Pero no, no podía ser. No podía haberlo hecho.

Pero cuando la página de eBay apareció en la pantalla masculló una maldición en griego mientras Dmitri se dejaba caer sobre una silla.

–¿Me he vuelto loco o el diamante Zagorakis está siendo vendido en eBay?

Alekos asintió con la cabeza.

Ver ese anillo lo hacía pensar en ella y pensar en ella desataba una reacción en cadena que lo sorprendió por su intensidad. Incluso después de tantos años de ausencia, Kelly podía hacerle eso, pensó.

–Es el diamante Zagorakis, sí. ¿Seguro que es ella quien lo vende?

–Eso parece. Si hubiera estado antes en el mercado nos lo habrían notificado. Tengo un equipo de gente investigando ahora mismo, pero la puja ya ha llegado al millón de dólares. ¿Por qué eBay? –inclinándose, Dmitri reunió los papeles que había dejado caer al suelo–. ¿Por qué no Christie's o Sotheby's o alguna de las famosas casas de subastas? Es una decisión muy extraña.

–No es extraña –con la mirada fija en la pantalla, Alekos sonrió–. Es justo lo que haría ella. Kelly nunca iría a Christie's o Sotheby's.

Que fuese una persona tan normal era algo que siempre le había parecido encantador. No era pretenciosa, un atributo raro en el mundo falso en el que vivía.

–Bueno, da igual –Dmitri tiró de su corbata como si lo estuviera estrangulando–. Si la puja ha llegado al millón de dólares hay muchas posibilidades de que alguien sepa que se trata del diamante Zagorakis. ¡Tenemos que detenerla! ¿Por qué lo hace? ¿Por qué no lo hizo hace cuatro años? Entonces tenía razones para odiarte.

Alekos se echó hacia atrás en el sillón, considerando la pregunta. Y cuando habló, lo hizo en voz baja:

—Ha visto las fotografías.

—¿De Marianna y tú en el baile benéfico? ¿Crees que habrá oído rumores de que vuestra relación es seria?

Alekos miró la pantalla.

—Sí.

El anillo lo decía todo. Su presencia en la pantalla decía: «esto es lo que pienso de lo que hubo entre nosotros». Era el equivalente a tirar el diamante al río, pero mucho más efectivo. Estaba vendiéndolo al mejor postor de la manera más pública posible y el mensaje era claro: «este anillo no significa nada para mí».

«Nuestra relación no significa nada».

Estaba furiosa.

Alekos se levantó abruptamente, pensando que eso dejaba claro que había hecho lo que debía. Marianna Konstantin jamás haría algo tan vulgar como vender un anillo en eBay. Era demasiado discreta y educada como para eso. Siempre impecable, era una chica callada y discreta. Y, sobre todo, no quería casarse.

Luego volvió a mirar el anillo en la pantalla, imaginando la emoción que había detrás de esa venta. No había nada contenido. La mujer que vendía el anillo entregaba libremente sus emociones.

Recordando lo «libremente» que lo hacía, Alekos tuvo que apretar los labios. Sería bueno, pensó, romper ese último lazo entre ellos. Y aquél era el momento.

—Puja por él, Dmitri.

Su abogado lo miró con cara de sorpresa.

—¿Pujar? ¿Cómo? Hace falta tener una cuenta en eBay y no hay tiempo para eso.

—Necesitamos un universitario —Alekos pulsó el botón del intercomunicador—. Dile a Eleni que venga ahora mismo. De inmediato, sin perder un minuto.

Unos segundos después, la secretaria más joven del equipo apareció en el despacho.

—¿Quería hablar conmigo, señor Zagorakis?

—¿Tienes una cuenta en eBay?

Sorprendida por la pregunta, la chica tragó saliva.

—Pues sí...

—Necesito que pujes por algo —sin dejar de mirar la pantalla, Alekos le hizo un gesto para que se acercase. Dos minutos, tenía dos minutos para pujar por el diamante, para recuperar algo que nunca debería haber dejado de ser suyo—. Entra en tu cuenta y haz lo que tengas que hacer para pujar.

—Ahora mismo —nerviosa, la chica se sentó en el sillón y escribió su contraseña. Pero le temblaban las manos de tal modo que la escribió mal y tuvo que volver a hacerlo.

—Tómate tu tiempo, tranquila —Alekos miró a Dmitri, que parecía a punto de sufrir un infarto.

Por fin, Eleni escribió la contraseña correcta y sonrió, aliviada.

—¿Por cuánto dinero debo pujar?

—Dos millones de dólares.

La chica dejó escapar un gemido.

—¿Cuánto ha dicho?

—Dos millones —Alekos observó el reloj que llevaba la cuenta atrás. Dos minutos, tenían dos minutos para pujar–. Hazlo ahora mismo.

–Pero el límite de mi tarjeta de crédito son quinientas libras. No puedo...

–Pero yo sí y soy yo quien va a comprarlo –Alekos se dio cuenta de que la chica estaba muy pálida–. No te desmayes. Si te desmayas no podrás pujar. Dmitri, como director jurídico de la empresa, será testigo de este acuerdo. No tendrás ningún problema, no te preocupes. Tenemos treinta segundos y esto es muy importante para mí. Hazlo, por favor.

–Sí, claro... lo siento –con manos temblorosas, Eleni escribió la cantidad en la casilla adecuada–. Ahora soy... o sea, usted es quien más ha pujado.

Alekos levantó una ceja.

–¿Está hecho entonces?

–Mientras nadie haga una puja más alta en el último segundo...

Alekos, que no quería arriesgarse, buscó la casilla de puja y escribió *cuatro millones de dólares*.

Cinco segundos después, el anillo era suyo y estaba sirviéndole un vaso de agua a la pobre Eleni.

–Estoy impresionado. Respondes bien bajo presión y has hecho lo que tenías que hacer. No lo olvidaré, Eleni. Y ahora dime dónde tengo que enviar el dinero. ¿El vendedor da su nombre y su dirección?

Tenía que decidir si hacía aquello en persona o lo ponía en manos de sus abogados.

Sus abogados, le decía el sentido común. Por la misma razón por la que no había intentado encontrarla en esos cuatro años.

–Puede enviar por e-mail las preguntas que quiera

–dijo Eleni, mirando el diamante en la pantalla–. Es un anillo precioso, por cierto. Muy romántico.

Alekos no se molestó en desilusionarla.

¿Había sido él romántico alguna vez? Si ser romántico consistía en tener un impulsivo y vertiginoso romance con alguien, entonces sí lo era. Una vez. O tal vez «cegado por el deseo» sería una mejor manera de describirlo. Afortunadamente, había recuperado a tiempo el sentido común.

Y desde entonces había tratado las relaciones sentimentales como si fueran acuerdos comerciales... como su relación con Marianna. Era mucho más sensato. No sentía el menor deseo de entenderla y Marianna no había mostrado la menor intención de entenderlo a él.

Eso era mucho mejor que una chica que se te metía en la piel y te volvía loco.

Alekos miró hacia la ventana mientras Dmitri sacaba a Eleni del despacho, prometiendo lidiar con el aspecto financiero de la transacción más tarde.

Su abogado cerró la puerta y se volvió hacia él.

–Haré que transfieran el dinero y recojan el anillo.

–No –empujado por algo que prefería no analizar, Alekos metió una mano en el bolsillo de la chaqueta–. No quiero ese anillo en las manos de nadie. Iré a buscarlo yo mismo.

–¿En persona? –exclamó Dmitri–. No has visto a esa chica en cuatro años porque decidiste que era mejor no volver a verla nunca. ¿Tú crees que es buena idea?

–Yo siempre tengo buenas ideas.

Tenía que terminar con aquello para siempre, pensó mientras se dirigía a la puerta. Le daría el dinero, se llevaría el anillo y seguiría adelante con su vida como si no hubiera pasado nada.

–Respira, respira, respira. Pon la cabeza entre las rodillas... eso es. No vas a desmayarte. Muy bien, muy bien. Y ahora, intenta decirme qué ha pasado.

Kelly intentó hablar, pero ningún sonido salía de su garganta y se preguntó si sería posible quedarse muda de una sorpresa.

Su amiga la miró, exasperada.

–Kel, te doy treinta segundos para que digas algo o te tiro un cubo de agua fría por la cabeza.

Kelly respiró profundamente y lo intentó de nuevo:

–He vendido...

–¿Qué has vendido? –la animó Vivien.

–El anillo.

–Ah, por fin hacemos algún progreso. Has vendido un anillo. ¿Qué anillo? –los ojos de Viv se iluminaron de repente–. Caray, ¿no habrás vendido *el anillo*?

Kelly asintió con la cabeza, intentando respirar de nuevo.

–He vendido el anillo... en eBay.

Se había mareado y sabía que estaría tirada en el suelo, desmayada, si no estuviera sentada.

–Muy bien, de acuerdo. Entiendo que estés nerviosa. Llevabas cuatro años llevando ese anillo al cuello... demasiado tiempo probablemente dado que el canalla que te lo regaló no se molestó en aparecer el día de la boda –asintió Vivien–. Pero por fin has visto la luz y lo has vendido, no pasa nada. No hay razón para ponerse enferma. Estás pálida como un muerto y yo no sé nada de primeros auxilios. Cerraba los ojos en las clases porque me da asco la sangre, así que no te pongas peor.

–Vivien...

–¿Qué hago, te doy una bofetada? ¿Te levanto las piernas para que te llegue la sangre a la cabeza? Dime qué tengo que hacer. Sé que esto te ha traumatizado, pero han pasado cuatro años, por favor.

Kelly tragó saliva, apretando la mano de su amiga.

–Lo he vendido.

–Que sí, que sí, que has vendido el anillo, ya lo sé. Olvídate del asunto y sigue adelante con tu vida... sal por ahí y acuéstate con un extraño para celebrarlo. Tú no quieres creerlo, pero te aseguro que tu novio griego no es el único hombre en la Tierra.

–Por cuatro millones de dólares.

–O podríamos abrir una botella de champán y... ¿qué has dicho? –Vivien se dejó caer al suelo–. Por un momento, me había parecido escuchar cuatro millones de dólares.

–Cuatro millones –repitió Kelly–. Vivien, no me encuentro bien.

–Yo tampoco me encuentro bien, pero no podemos desmayarnos las dos. Podríamos darnos un golpe en la cabeza y encontrarían nuestros cadáveres descompuestos dentro de una semana... o no nos encontrarían nunca porque tu casa siempre está como una leonera –Viv sacudió la cabeza, incrédula–. Seguro que ni siquiera has hecho testamento. Yo sólo tengo una bolsa llena de ropa sucia y un montón de facturas y tú tienes cuatro millones de dólares. Cuatro millones. Dios mío, nunca había tenido una amiga rica. Ahora soy yo la que necesita respirar –tomando una bolsa de papel del suelo, sacó las dos manzanas que había dentro y metió la cara en ella, respirando ruidosamente...

Kelly se miró las manos, preguntándose si dejarían de temblar si se sentaba sobre ellas. Le temblaban desde que encendió el ordenador y vio la puja final.

—Tengo que... calmarme. Y tengo que revisar los exámenes de lengua antes de mañana.

Vivien se quitó la bolsa de la cara.

—No digas tonterías. No tendrás que volver a dar clases en toda tu vida. Puedes dedicarte a vivir como una reina a partir de ahora. Ve al colegio mañana, presenta la renuncia y vete a un spa. ¡Podrías estar diez años en un spa!

—Yo no haría eso, me encanta ser profesora. Cuando llegan las vacaciones estoy deseando que terminen para volver a clase.

—Ya, ya...

—Me encantan los niños. Son lo más parecido a una familia que voy a tener nunca.

—Por el amor de Dios, Kel, tienes veintitrés años, no ochenta. Además, ahora eres rica, los hombres harán cola para dejarte embarazada.

Kelly hizo una mueca.

—Tú no sabes lo que es el romanticismo, ¿verdad?

—Soy realista. Ya sé que te encantan los niños y me parece muy raro. A mí me gustaría retorcerles el pescuezo... tal vez deberías darme a mí el dinero y yo presentaré la renuncia. ¡Cuatro millones de dólares! ¿Cómo es posible que no supieras que valía tanto?

—No lo pregunté. El anillo era especial porque me lo había regalado él, no por su valor material. No se me ocurrió que pudiera ser tan caro.

–Tienes que ser práctica además de romántica. Puede que él fuera un canalla, pero al menos no era un canalla tacaño –Vivien clavó los dientes en una manzana–. Cuando me dijiste que era griego pensé que sería camarero o algo así.

Kelly se puso colorada. No le gustaba hablar de ello porque le recordaba lo tonta que había sido. Y lo ingenua.

–No era camarero –murmuró, cubriéndose la cara con las manos–. No quiero ni pensar en ello. ¿Cómo pude imaginar que iba a salir bien? Él era un hombre súper inteligente, súper sofisticado, súper rico. Yo no soy súper nada.

–Sí lo eres –objetó Vivien, siempre tan leal–. Tú eres súper desordenada, súper despistada y...

–Cállate, anda. No necesito saber las razones por las que no salió bien –Kelly se preguntaba cómo podía seguir doliéndole tanto después de cuatro años–. Me gustaría encontrar una razón por la que *podría* haber salido bien.

Vivien dio otro mordisco a la manzana, pensativa.

–Tienes unos súper pechos.

Kelly se cubrió el pecho con los brazos.

–Gracias –murmuró, sin saber si reír o llorar.

–De nada. Bueno, ¿y de dónde saca su dinero tu súper ex novio?

–Tiene una naviera... una grande, con muchísimos barcos.

–No me lo digas, súper barcos. ¿Por qué no me lo habías contado antes? –Vivien sacudió la cabeza–. O sea, que es millonario, ¿no?

–He leído en algún sitio que es multimillonario.

–Ah, bueno, ¿qué importancia tienen unos cuantos millones entre amigos? Pero entonces, y no te lo tomes a mal, ¿cómo os conocisteis? Yo llevo viviendo los mismos años que tú y nunca he conocido a un millonario. Y mucho menos a un multimillonario. Podrías darme algún consejo.

–Cuando terminé la carrera me fui de vacaciones a Corfú, en Grecia. Sin darme cuenta entré en una playa privada, pero yo no sabía que lo fuera. Me había dejado la guía en el hotel y estaba mirando aquel paisaje maravilloso, no los carteles –Kelly dejó escapar un suspiro–. ¿Podemos hablar de otra cosa? Ése no es mi tema favorito.

–Sí, claro. Podemos hablar de qué vas a hacer con cuatro millones de dólares.

–No lo sé –Kelly se encogió de hombros–. ¿Pagar a un psiquiatra para que me cure del shock?

–¿Quién ha comprado el anillo?

–No lo sé, alguien con mucho dinero evidentemente.

Vivien la miró, exasperada.

–¿Y cuándo tienes que entregarlo?

–Una chica me ha enviado un mensaje diciendo que vendrían a buscarlo en persona mañana. Y le he dado la dirección del colegio por si acaso eran gente rara –Kelly tocó el anillo, que llevaba en una cadenita al cuello bajo la blusa, y Vivien suspiró.

–Nunca te lo quitas. Incluso duermes con él puesto.

–Porque soy muy desordenada y me da miedo perderlo.

–Déjate de excusas. Ya sé que eres desordenada, pero llevas el anillo porque sigues enamorada de él.

Has seguido enamorada de él estos cuatro años. ¿Por qué decidiste vender el anillo de repente, Kel? ¿Qué ha pasado? Esta última semana has estado muy rara.

–Vi fotografías de él con otra mujer. Rubia, delgadísima, ya sabes a qué me refiero. La clase de mujer que hace que una quiera dejar de comer para siempre... hasta que te das cuenta de que incluso dejando de comer nunca tendrías ese aspecto –Kelly suspiró–. Y pensé que conservar el anillo estaba evitando que rehiciera mi vida. Es una locura, yo estoy loca.

–No, ya no. Por fin has recuperado la cordura –Vivien se apartó el pelo de los ojos con un gesto dramático–. Tú sabes lo que esto significa, ¿verdad?

–¿Que tengo que olvidarme de él para siempre?

–No, que se terminó lo de comer pasta barata. Esta noche vamos a pedir una pizza que lleve de todo y vas a pagar tú. ¡Yupi! –exclamó su amiga, levantando el teléfono–. ¡Vamos a darnos la gran vida!

Alekos Zagorakis bajó del Ferrari y miró el viejo edificio de estilo victoriano: una escuela de primaria en Hampton Park.

Por supuesto, Kelly trabajaba con niños. Era lo más lógico.

Fue el día que leyó en la prensa que pensaba tener cuatro hijos cuando la dejó plantada.

Alekos miró el edificio. La verja estaba rota por varios sitios y unos plásticos cubrían parte del tejado, presumiblemente para evitar las goteras.

En ese momento sonó una campanita y, un segundo después, un montón de niños salieron al patio, empujándose unos a otros. Una joven los seguía, contestando preguntas, intentando contener discusiones y, en general, controlando el caos. Llevaba una sencilla falda negra, zapatos planos y una blusa de color claro. Alekos no la miró dos veces, demasiado ocupado buscando a Kelly.

De nuevo, estudió el viejo edificio, pensando que debía haberse equivocado. ¿Por qué iba Kelly a enterrarse en aquel sitio?

Estaba a punto de volver al coche, pensando que le habían dado una dirección errónea, cuando oyó una risa que le resultaba familiar. Y, de repente, se encontró mirando de nuevo a la joven profesora de falda negra y zapatos planos.

No se parecía a la alegre adolescente que había conocido en la playa de Corfú y estaba a punto de darse la vuelta cuando ella giró la cabeza.

Llevaba el pelo firmemente sujeto con un prendedor, pero era del mismo tono castaño...

Alekos arrugó el ceño, quitándole mentalmente esa ropa tan aburrida para ver a la mujer que había debajo.

La joven sonrió entonces y Alekos se quedó sin respiración porque era imposible no reconocer esa sonrisa. Una sonrisa amplia, generosa, auténtica. Sin pensar, bajó la mirada hasta sus piernas... sí, eran las mismas piernas, largas y preciosas. Unas piernas hechas para que un hombre perdiese la cabeza. Unas piernas que una vez se habían enredado en su cintura...

Los gritos de los niños interrumpieron sus pensamientos. Un grupo de chicos había visto el Ferrari y, de inmediato, Alekos lamentó no haber aparcado más lejos.

Los niños corrían por el patio para acercarse a la verja que separaba el colegio del resto del mundo y él los miró como otro hombre miraría a un animal peligroso.

—¡Menudo cochazo!

—¿Es un Porsche? Mi padre dice que el mejor coche del mundo es el Porsche.

—Cuando sea mayor voy a tener uno como ése.

Alekos no sabía qué decir, de modo que se quedó callado. Pero enseguida vio que Kelly giraba la cabeza. Por supuesto, ella se daría cuenta rápidamente de que alguna de sus ovejitas había escapado del rebaño, Kelly era ese tipo de persona. Era desordenada, ruidosa y cariñosa. Y no se habría quedado callada si unos niños se dirigían a ella.

Alekos vio que estaba pálida, el tono de su piel destacando el inusual azul zafiro de sus ojos.

Evidentemente no conocía a mucha gente que condujera un Ferrari, pensó. Y el hecho de que se sorprendería de verlo aumentó su furia.

¿Qué había esperado, que se quedara de brazos cruzados mientras vendía el anillo, el anillo que él había puesto en su dedo, al mejor postor?

Desde el otro lado del patio sus ojos se encontraron.

El sol apareció por detrás de una nube, dándole reflejos dorados a su pelo. Le recordaba a aquella tarde en la playa de Corfú. Entonces Kelly llevaba un minúsculo bikini de color turquesa y una sonrisa avergonzada...

Pero no quería pensar en eso, de modo que volvió al presente.

–¡Chicos! –su voz era como chocolate derretido con un poco de canela, suave con un toque de especias–. No os subáis a la verja, ya sabéis que es peligroso.

Alekos se sintió absurdamente decepcionado. Cuatro años antes, Kelly hubiera salido corriendo por el patio con el entusiasmo de un cachorro para echarse en sus brazos.

Y que estuviera mirándolo como si hubiera escapado de una reserva de tigres lo ponía aún más tenso.

Alekos miró al niño más cercano, la necesidad de información desatando su lengua.

–¿Es vuestra profesora?

–Sí, es nuestra profesora –a pesar de la advertencia de Kelly, el chico puso una rodilla en la pared e intentó apoyarse en la verja–. No parece muy estricta, pero si haces algo malo... ¡zas!

–¿Os pega?

–¿Qué? –el chaval soltó una carcajada–. La señorita Jenkins no mataría una mosca. Las atrapa con un vaso para sacarlas de la clase. Ni siquiera nos grita.

–Pero eso de «zas»...

–La señorita Jenkins te aplasta con una sola mirada –el chico se encogió de hombros–. Te hace sentir mal si has hecho algo malo, como si la hubieras decepcionado. Pero nunca le haría daño a nadie. No es nada violenta.

La señorita Jenkins. De modo que no se había casado. Y no había tenido los cuatro hijos que quería tener.

Sólo ahora que la pregunta estaba contestada reconoció que había pensado en esa posibilidad.

Kelly cruzó el patio como si una cuerda invisible tirase de ella. Era evidente que, si tuviera oportunidad, saldría corriendo en dirección contraria.

–Freddie, Kyle, Colin, alejaos de la verja.

Los tres chicos empezaron a hablar a la vez y Alekos notó que Kelly contestaba uno a uno en lugar de mandarlos callar como harían la mayoría de los adultos. Y era evidente que los niños la adoraban.

–¿Ha visto el coche, señorita Jenkins? Yo sólo lo había visto en las revistas.

–Sólo es un coche, cuatro ruedas y un motor –Kelly se volvió por fin hacia él–. ¿Querías algo?

Nunca había sido capaz de esconder sus sentimientos, pensó Alekos. Estaba horrorizada de verlo y eso lo sacaba de quicio.

–¿Te sientes culpable, *agapi mu*?

–¿Culpable?

–No pareces contenta de verme y me pregunto por qué.

Dos manchas rojas aparecieron en sus mejillas y, de repente, sus ojos se volvieron sospechosamente brillantes.

–No tengo nada que decirte y no sé por qué debería alegrarme de verte.

Alekos se había olvidado del anillo y estaba pensando en otra cosa completamente diferente. Algo peligroso, ardiente y primitivo que sólo le ocurría cuando estaba con ella.

Cuando sus ojos se encontraron, supo que Kelly estaba pensando lo mismo. Pero enseguida apartó la mirada, sus mejillas ardiendo. Lo trataba como si no supiera por qué estaba allí, como si no se conocieran íntimamente. Como si no hubiera un centímetro de su cuerpo que él no hubiese besado.

–¿Es su novio, señorita? –preguntó uno de los niños.

–Freddie Harrison, ésa es una pregunta muy inapropiada –Kelly empujó suavemente a los niños hacia el patio–. Se llama Alekos Zagorakis y no es mi novio. Sólo es una persona a la que conocí hace mucho tiempo.

–¿Un amigo, señorita?

–Sí... bueno, un amigo.

–¡La señorita Jenkins tiene novio, la señorita Jenkins tiene novio! –empezaron a canturrear los chicos.

–Amigo y novio son dos cosas muy diferentes, Freddie.

–Si es un novio se acuestan juntos, tonto –dijo otro de los chicos.

–Señorita, Colin ha dicho una palabrota y me ha llamado tonto. ¡Y usted dice que no se puede llamar tonto a nadie!

Kelly lidió con el asunto con gran habilidad, enviándolos de vuelta al patio antes de volverse hacia Alekos, mirando un momento por encima de su hombro para comprobar que no la escuchaba nadie.

–No puedo creer que hayas tenido la cara de volver después de cuatro años –le espetó, temblando–. ¿Cómo puedes ser tan insensible? Si no fuera porque los niños están mirando te daría un puñetazo. Pero seguramente ésa es la razón por la que has venido aquí en lugar de intentar verme en privado: te da miedo que te haga daño. ¿Qué haces aquí?

–Tú sabes por qué estoy aquí. Y tú nunca le has pegado a nadie en toda tu vida, no te hagas la dura.

Era una de las cosas que lo había atraído de ella. Su dulzura había sido el antídoto al implacable mundo de los negocios en que vivía.

–Hay una primera vez para todo –Kelly se llevó una mano al pecho, como si quisiera comprobar que su corazón seguía latiendo–. Di lo que tengas que decir y márchate.

Distraído por la presión de sus pechos contra la sencilla blusa, Alekos frunció el ceño. La llevaba abrochada hasta el cuello como una profesora victoriana. No había nada, absolutamente nada en su atuendo que pudiera explicar la volcánica respuesta de su libido.

Furioso consigo mismo y con ella, su tono fue más brusco de lo que pretendía:

–No juegues conmigo porque los dos sabemos que no puedes ganar. Te comería como desayuno.

Fue una analogía inapropiada y en cuanto hubo dicho la frase en su mente apareció una imagen de ella desnuda sobre su cama, el desayuno olvidado...

Y el color de sus mejillas le dijo que Kelly estaba recordando la misma escena.

–Tú no tomas desayuno –dijo con voz ronca–. Sólo tomas ese café griego tan fuerte. Y no estoy jugando contigo. Tú no juegas con las mismas reglas que el resto del mundo. Tú... tú eres un canalla.

Alekos la miró a los ojos y se dio cuenta de que estaba diciendo la verdad, no sabía por qué estaba allí. No sabía que era él quien había comprado el anillo.

Pasándose una mano por el pelo, murmuró algo en griego.

Eso era lo que pasaba cuando olvidaba que Kelly Jenkins no pensaba como el resto de la gente. Su habilidad para pensar más rápido que los demás, para adelantarse e imaginar segundas intenciones le había ayudado mucho en su negocio, pero con Kelly era una habilidad que nunca le sirvió de nada. Ella no pensaba como otras mujeres y siempre lo sorprendía, como estaba sorprendiéndolo en aquel momento.

Pero al ver que tenía los ojos empañados contuvo el aliento. No había vendido el anillo para enviarle un mensaje, lo había vendido porque él le había hecho daño.

En ese momento, Alekos supo que había cometido un grave error. No debería haber ido allí en persona. No había sido fácil para él y no era justo para ella.

–Tienes cuatro millones de dólares en tu cuenta corriente –le dijo, para terminar con aquello lo antes posible. Y, de inmediato, vio un brillo de sorpresa en sus ojos azules–. He venido a buscar mi anillo.

Capítulo 2

KELLY estaba frente a la pizarra, intentando llevar aire a sus pulmones.

¿Alekos había comprado el anillo?

¡No, no, no! Eso no era posible. ¿O sí? ¿Cómo no se le había ocurrido que él pudiera ser el comprador?

Porque los multimillonarios no usaban eBay, por eso. Si hubiera pensado por un momento que Alekos se enteraría, no lo habría vendido.

Kelly dejó escapar un gemido.

En lugar de apartarlo de su vida para siempre, lo había devuelto a ella.

Cuando lo vio al otro lado de la verja estuvo a punto de desmayarse. Por un momento, un momento loco, pensó que iba a decirle que había cambiado de opinión, que sabía que había cometido un error. Que había ido a pedirle perdón.

Perdón.

Kelly se cubrió la boca con la mano para contener una carcajada histérica. ¿Cuándo había pedido perdón Alekos Zagorakis? Ni siquiera parecía sentirse culpable por no haber aparecido en la iglesia el día de su boda. No, no estaba allí para disculparse.

–¿Se encuentra bien, señorita Jenkins? –escuchó

una vocecita entonces–. Está muy pálida y ha entrado corriendo como si la persiguiera alguien.

–No, estoy bien –Kelly se pasó la lengua por los labios.

–Parece como si estuviera escondiéndose.

–No estoy escondiéndome –dijo ella, levantando la voz sin darse cuenta.

¿Por qué había salido corriendo? Alekos creería que seguía importándole y ella no quería que pensara eso. Quería que pensara que estaba bien, que romper con él había mejorado su vida. Que había vendido el anillo porque le sobraba o algo así.

Kelly intentó respirar. Llevaba cuatro años soñando con volver a verlo. Había pasado muchas noches en blanco, imaginando que se encontraba con él... algo que desafiaba a la imaginación dado que se movían en diferentes estratosferas. Pero nunca, ni una sola vez, había imaginado que pudiera pasar de verdad. Y menos allí, en el colegio, sin previo aviso.

–¿Hay un incendio, señorita Jenkins? –un par de ojos preocupados se clavaron en ella: Jessie Prince, que siempre estaba preocupada por todo, desde los exámenes a los terroristas–. Ha venido corriendo y siempre nos dice que no debemos correr a menos que haya un incendio.

–Sí, es verdad –asintió Kelly. Incendios y hombres a los que una no quería ver–. Y no estaba corriendo. Iba... caminando deprisa. Es bueno para la salud –¿seguiría en la puerta del colegio? ¿Seguiría allí cuando saliera?, se preguntó–. Abrid vuestros libros de lengua en la página doce y seguiremos donde lo dejamos ayer. Vamos a escribir una redacción sobre las vacaciones de verano.

Tal vez debería haberle dado el anillo sin más, pero entonces Alekos vería que lo llevaba colgado al cuello y no pensaba darle la satisfacción de saber lo que significaba para ella. Lo único que le quedaba era su orgullo...

Al fondo de la clase se oyó un rifirrafe y después un golpe.

—¡Ay! ¡Me ha dado una torta, señorita!

Kelly se llevó una mano a la frente. Problemas de disciplina era lo último que quería en ese momento. Necesitaba estar sola para pensar, pero si había algo que una profesora de primaria no tenía era un momento de tranquilidad.

—Tom, siéntate en uno de los pupitres de delante, por favor —Kelly esperó pacientemente mientras el niño arrastraba los pies hasta ella—. No se pega a nadie, no está bien. Quiero que le pidas perdón.

—¿Por qué?

—Acabo de decírtelo, porque no está bien. Quiero que le digas que lo sientes.

—Pero es que no lo siento —replicó el niño, sus mejillas casi del mismo tono que su pelo—. Me ha llamado pelo de zanahoria, señorita Jenkins.

Intentando concentrarse, Kelly respiró profundamente.

—Pues entonces él también te va a pedir perdón. Pero no puedes pegar a la gente, aunque te llamen «pelo de zanahoria». No se debe pegar a nadie.

«Ni siquiera a un griego arrogante que te dejó plantada el día de tu boda».

–No ha sido culpa mía, tengo mal carácter porque soy pelirrojo.

–No es tu pelo el que ha pegado a Harry.

¿Cómo iba a saber ella que era Alekos quien había comprado el anillo?

–Mi padre dice que si alguien se mete contigo le das una torta y ya no vuelve a molestarte –dijo una niña.

–Podríamos pensar un poco en los sentimientos de los demás –les aconsejó Kelly–. No todo el mundo es igual y hay que ser tolerante. Ésa va a ser nuestra palabra del día –añadió, tomando una tiza para escribir en la pizarra, con veintiséis pares de ojos clavados en su espalda–. To-le-ran-cia. ¿Quién puede decirme lo que significa?

Veintiséis manos se levantaron a la vez.

–Señorita, señorita, yo lo sé.

Kelly tuvo que disimular una sonrisa. Daba igual lo estresada que estuviera, los niños siempre la hacían sonreír.

–¿Jason?

–Hay un hombre en la puerta.

Veintiséis cabezas se volvieron hacia la puerta y Kelly levantó la mirada justo cuando Alekos estaba entrando en el aula.

Muda de horror, notó que su pulso se había acelerado. ¿Era eso lo que su madre había sentido por su padre? ¿Aquella emoción, aquella excitación, aunque supiera que la relación no iba a ningún sitio?

Alekos cambiaba el ambiente del aula, pensó. Su presencia exigía atención.

Los niños empezaron a levantarse, mirándola como para saber lo que debían hacer, y ella tragó saliva.

—Bien hecho, niños —los felicitó, antes de volverse hacia Alekos—. Estoy dando una clase, no es buen momento para hablar.

—Es buen momento para mí.

Kelly tuvo que hacer un esfuerzo sobrehumano para disimular que le temblaban las piernas.

—Niños, tenemos una visita... ¿qué no ha hecho este señor?

—No ha llamado a la puerta, señorita Jenkins.

—Eso es —Kelly consiguió sonreír—. No ha llamado a la puerta porque ha olvidado sus buenas maneras. Así que este señor y yo vamos a salir un momento al pasillo y voy a decirle cómo debe portarse una persona que entra en un aula cuando ya ha empezado una clase mientras vosotros termináis vuestras redacciones.

Cuando iba a salir del aula, Alekos la sujetó por la muñeca.

—Voy a daros una lección importante en la vida, niños —su acento griego más pronunciado de lo normal, Alekos miraba la clase con la misma concentración con la que sin duda trataba a los miembros de un consejo de administración—. Cuando algo es importante para ti, hay que ir por ello. No dejéis que os den la espalda y no os quedéis en la puerta, esperando que os den permiso para entrar sólo porque ésas son las reglas.

El comentario fue recibido con un silencio, pero enseguida empezaron a levantarse manos.

—Dime —Alekos señaló a un niño en la segunda fila.

—Pero nos han dicho que tenemos que respetar las reglas.

—Si no son sensatas, hay que saltárselas.

–¡No! –exclamó Kelly–. Uno no se puede saltar las reglas. Las reglas existen...

–¿Para ser cuestionadas? –la interrumpió Alekos, con su típica arrogancia–. Siempre debéis cuestionarlas. Algunas veces hay que saltarse las reglas para hacer algún progreso. Ahora mismo, por ejemplo. Necesito hablar con la señorita Jenkins urgentemente y ella no quiere escucharme. ¿Qué puedo hacer?

Un niño levantó la mano.

–Depende de lo importante que sea lo que tiene que decirle.

–Es muy importante. Pero también es importante que la otra persona dé su opinión, así que dejaré que ella elija dónde vamos a mantener esa conversación. Dime, Kelly, ¿aquí o fuera?

–Fuera –contestó ella, con los dientes apretados.

Alekos se volvió hacia los niños.

–¿Lo veis? Éste es el ejemplo de una negociación que sale bien. Los dos tenemos lo que queremos y ahora, mientras la señorita Jenkins y yo hablamos, vosotros vais a... escribir cien palabras sobre por qué las reglas siempre deben ser cuestionadas.

–¡No, de eso nada! –protestó Kelly–. Van a escribir una redacción sobre las vacaciones.

–O sobre los beneficios de saltarse las reglas –insistió Alekos–. Me alegro de haberos conocido. Trabajad mucho y tendréis éxito en la vida. Pero recordad: lo importante no es de dónde viene uno sino dónde llega –sin soltar la muñeca de Kelly, la sacó al pasillo y ella no tuvo más remedio que seguirlo y cerrar la puerta.

–No puedo creer que hayas hecho eso.

–De nada –dijo él–. Mi caché por los discursos de motivación en el circuito internacional es de medio millón de dólares, pero en este caso estoy dispuesto a no cobrar... para beneficio de las nuevas generaciones.

–No estaba dándote las gracias.

–Pues deberías. Los empresarios del mañana no saldrán de un grupo de robots incapaces de tomar la iniciativa.

A punto de explotar de rabia, Kelly se soltó de un tirón.

–¿Es que no sabes nada sobre niños?

–No, nada. Les he hablado como si fueran adultos.

–Pero es que no son adultos. ¿Tú sabes lo difícil que es disciplinar a veintiséis niños? Cuando empecé a darles clase no estaban sentados en su pupitre cinco minutos seguidos.

–Estar sentado es un pasatiempo absurdo. Incluso en los consejos de administración yo suelo pasear, me ayuda a concentrarme mejor. Deberías animarlos a que hicieran preguntas...

–No me digas cómo debo hacer mi trabajo. Tú no sabes absolutamente nada sobre educación infantil.

–Muy bien, ¿por qué has vendido el anillo?

Kelly parpadeó, sorprendida por el brusco cambio de tema. Pero no tuvo tiempo de contestar porque en ese momento alguien apareció corriendo por el pasillo.

–¡Señorita Jenkins, se ha inundado el colegio!

Alekos dejó escapar un suspiro.

–¿Dónde podemos hablar sin que nos interrumpan?

–No podemos hablar en ningún sitio. Esto es un colegio, por si no te habías dado cuenta.

Un grupo de niñas corría hacia ellos, con Vivien detrás, la camisa empapada.

–¡Kelly! –gritó–. El vestuario de las chicas se ha inundado. ¿Te importa quedarte con ellas mientras yo voy a la oficina? Vamos a tener que llamar a un fontanero o... no sé, a un submarino. Necesitamos a alguien que sepa de cañerías.

–Yo sé algo sobre cañerías –dijo Alekos, exasperado–. ¿Dónde está la inundación? Cuanto antes se resuelva, antes podré hablar contigo.

Vivien se fijó en él en ese momento y abrió mucho los ojos, como si estuviera fascinada.

Y, acostumbrada a esa reacción, Kelly se resignó a lo inevitable.

–Viv, te presento a Alekos Zagorakis. Alekos, mi amiga y colega Vivien Mason.

–¿Alekos? –repitió Vivien.

–Él es quien ha comprado el anillo.

–¿El anillo? Ah, ya me acuerdo, ese anillo que guardabas en el fondo de un cajón. Me acuerdo... vagamente.

Kelly se puso colorada hasta la raíz del pelo. Podía haber exagerado un poco menos.

–Bueno, sobre la inundación... –siguió Vivien–. Lo mejor sería llamar a un fontanero, ¿verdad?

Alekos estaba mirando el agua que llegaba hasta el pasillo.

–A menos que tengas súper poderes, el colegio entero se habrá inundado antes de que llegue. Dame una caja de herramientas... algo, lo que tengáis a mano. Y cierra la llave de paso.

Después de decir eso se dirigió hacia el otro lado del pasillo, dejando a Kelly boquiabierta.

–Tú no puedes... –empezó a decir, mirando el caro traje y los zapatos de ante.

–No juzgues un libro por la cubierta –dijo él–. Que lleve un traje de chaqueta no significa que no pueda arreglar una cañería. Dame algo con lo que trabajar.

–¿Sabe arreglar una cañería con ese cuerpazo? –murmuró Vivien.

–Ve a cerrar la llave de paso, anda.

Cuando por fin localizaron una vieja caja de herramientas, Alekos había descubierto cuál era el problema.

–Esta sección de cañería está oxidada –se había quitado la chaqueta y tenía la camisa empapada, pegada a su ancho torso como una segunda piel–. ¿Qué hay en la caja?

–No tengo ni idea –distraída por el ancho torso masculino, Kelly abrió la caja.

–Dame esa llave inglesa... no la de abajo –Alekos procedió a quitar la sección de cañería y examinarla de cerca–. Dudo que la hayan reemplazado desde que construyeron el colegio. ¿No tenéis a nadie que se encargue del mantenimiento?

–Me parece que el de mantenimiento no sabe nada de cañerías –contestó Vivien–. Y no tenemos mucho dinero.

–No hace falta mucho dinero, sólo alguien que se encargue de revisar estas cosas regularmente. Kelly, saca el móvil del bolsillo de la camisa.

–Pero...

–Tengo las manos mojadas y si no discutieras, te lo agradecería mucho.

Kelly metió la mano en el bolsillo de la camisa, notando el calor de su cuerpo. Cuatro años antes no había sido capaz de apartarse de él ni un momento... y él no había sido capaz de apartarse de ella.

Era algo que llevaba cuatro años intentando olvidar.

Y, a juzgar por su mirada ardiente, Alekos estaba pensando lo mismo.

—¿Qué quieres que haga?

Alekos le dio instrucciones para que marcase un botón y pusiera el teléfono en su oreja. Cuando empezó a hablar en griego deseó haber pasado menos tiempo concentrándose en su cuerpo y más aprendiendo el idioma. De ese modo podría decirle: «vete de mi vida».

—¿Sabes lo que está diciendo? —le preguntó Vivien.

Ella negó con la cabeza.

—En menos de diez minutos llegará un equipo para solucionar el problema —dijo Alekos unos segundos después.

—¿Un equipo?

—Necesitamos una sección de cañería del mismo diámetro que ésta. Mi equipo de seguridad se encargará de todo, así tendrán algo que hacer —Alekos miró alrededor—. Si esto fuera un barco se habría hundido hace tiempo.

—Pero imagino que tendrás que ir a algún sitio, cosas que hacer —empezó a decir Kelly—. Ahora que sabemos cuál es el problema podemos solucionarlo, así que tú puedes marcharte.

—¿Irse? ¿Estás loca? —exclamó Vivien—. Nunca encontraremos a nadie que arregle esto. ¿Por qué quieres que se vaya?

—Porque no se siente cómoda estando conmigo —contestó él, irónico—. ¿Verdad que no, *agapi mu*?

Ese término cariñoso le recordaba momentos que llevaba cuatro años intentando olvidar. Y no estaba dispuesta a recordar en absoluto.

–He cambiado de opinión sobre el anillo. Quiero vendérselo a una buena persona y tú no eres buena persona. Y no creas que porque te hayas quitado la chaqueta y remangado la camisa vas a impresionarme.

–Yo estoy impresionada –dijo Vivien–. Pensé que tenías una naviera, pero...

–Tengo una empresa de construcción de barcos, sí.

–Pero no la llevas sentado detrás de una mesa de despacho.

–Desgraciadamente, suele ser así. Pero tengo un título en ingeniería naval que algunas veces me viene muy bien –Alekos levantó la mirada cuando una mujer entró en el vestuario, seguida de cinco hombres cargados con todo tipo de herramientas.

–Estos señores dicen que... –la secretaria del colegio parpadeó, horrorizada.

–Todo está controlado, Janet.

Y así era. Con Alekos dando órdenes, los hombres se pusieron a trabajar de inmediato. Pero lo que realmente la sorprendió fue que él también lo hiciese. Mientras arreglaban la cañería encendieron unos ventiladores industriales para secar el vestuario y, unos minutos después, el problema estaba solucionado y no quedaba ni una gota de agua.

Kelly intentó escapar, pero Alekos la tomó del brazo.

–No salgas corriendo otra vez –le advirtió, tomándola en brazos.

–¿Se puede saber qué haces? ¡Déjame en el suelo!

Medio alarmada, medio divertida, Vivien soltó una carcajada.

–Hagas lo que hagas, no la dejes caer al suelo. Si tan desesperado estás por hablar con ella puedes usar mi aula, está vacía.

–¡Déjame en el suelo! –gritó Kelly–. No puedes llevarme en brazos por todo el colegio como...

–¿Como un hombre? –sugirió Alekos, volviéndose hacia su equipo para decirles algo en griego antes de dirigirse a la puerta–. Has engordado en estos años.

–Me alegro –dijo ella, furiosa–. Espero que te rompas la espalda.

–Era un halago, el peso extra parece estar distribuido en los sitios adecuados... aunque no puedo estar seguro sin una inspección más íntima.

–¿Cómo puedes decir cosas así cuando estás con otra mujer? Eres repugnante.

–Y tú estás celosa.

–No estoy celosa. Por mí, puedes quedarte con esa rubia tan flaca para siempre –Kelly intentaba apartarse, pero al hacerlo sólo conseguía que Alekos la apretase con más fuerza, de modo que dejó de moverse e intentó respirar con normalidad, sin fijarse en la sombra marcada de su barba o en esas pestañas imposiblemente largas–. Suéltame ahora mismo.

La respuesta de Alekos fue besarla y, mientras se hundía en una niebla de deseo, Kelly escuchó la voz de Vivien a lo lejos...

–Si yo tuviera que elegir entre él y cuatro millones de dólares, lo elegiría a él. Bien hecho, Kel.

Capítulo 3

EL FERRARI negro rugía por la carretera y Kelly se alegraba de estar sentada porque no le sostenían las piernas.

—No puedo creer que me hayas besado delante de todo el colegio. Nunca podré volver a mirar a nadie a los ojos.

—Pensé que tus inhibiciones se habían terminado hace cuatro años.

—¡No soy inhibida! Lo que pasa es que hacías cosas que me daban vergüenza y...

—Cosas que no habías hecho antes, ya lo sé —Alekos cambió de marcha con un suave movimiento—. Fui demasiado rápido, pero es que nunca había estado con alguien tan inexperto como tú.

—Ah, pues no sabes cómo lo siento.

—No lo sientas. Enseñarte fue una de las experiencias más eróticas de mi vida.

Kelly hizo una mueca.

—Y luego estaba el asunto de las luces...

—¿Las luces?

—¡Siempre querías dejarlas encendidas!

—Porque quería verte.

Kelly se encogió en el asiento, recordando cómo había intentado esconderse... aunque no sirvió de nada.

–¿No has oído hablar del calentamiento global? Se supone que deberíamos apagar luces, no encenderlas. Además, no soy vergonzosa, pero eso no significa que me haya convertido en una exhibicionista. Y no quiero besarte, la idea de hacerlo me revuelve el estómago.

Alekos sonrió, sin apartar los ojos de la carretera.

–Ya.

–¿Cómo te atreves a aparecer de repente después de cuatro años, sin darme una explicación? Ni siquiera lo sientes, ¿verdad? No tienes conciencia. Yo no podría haberle hecho a nadie lo que tú me hiciste a mí, pero a ti te da lo mismo.

Por un momento pensó que no iba a contestar, pero Alekos apretó el volante con fuerza.

–Sí tengo conciencia, por eso no me casé contigo.

–¿Qué clase de lógica es ésa? Mira, déjalo –Kelly cerró los ojos, furiosa–. ¿Por qué me has besado?

Él volvió a cambiar de marcha, su mano fuerte y segura.

–Porque no dejabas de hablar.

Su ego se hundió un poco más. No la había besado porque la encontrase irresistible, la había besado para que cerrase la boca.

–No vayas tan deprisa, me estoy mareando.

Por nada del mundo admitiría que era el beso lo que la había mareado. Desde luego, Alekos sabía besar a una mujer. Mala suerte para ella, pensó.

Pero mientras miraba por la ventanilla se preguntó qué habría querido decir. ¿Por qué su conciencia había evitado que se casase con ella? ¿Porque habría sido injusto privar al resto de las mujeres de un hombre como él?

Kelly tuvo que contener una carcajada histérica.

Ójala no le hubiese dado la dirección de su casa. Pero se había sentido tan avergonzada en el colegio que quería salir de allí lo antes posible.

Con el corazón acelerado y la boca seca, intentó serenarse, pero era imposible hacerlo estando tan cerca de él.

Cada vez que cambiaba de marcha rozaba su pierna con la mano y cada vez que lo miraba se veía asaltada por los recuerdos: sus firmes labios demostrando que nunca antes la habían besado bien; sus fuertes manos borrando sus inhibiciones... todo había sido tan increíblemente intenso, tan perfecto que se sentía la mujer más afortunada del mundo.

Pero su relación había sido mucho más que sexo.

Había sido divertida, llena de risas, con una química increíble.

La relación más estimulante que había tenido en toda su vida.

Y la más dolorosa.

Hubo momentos en los que pensó que si perdía a Alekos se moriría. Pero no había muerto; ni siquiera cuando, ramo de novia en mano, esperaba a un hombre que no llegó, intentando fingir que no importaba.

Transportada a la infancia, Kelly cerró los ojos y se recordó a sí misma que aquello era diferente. El problema era que el rechazo siempre dolía igual, fuera quien fuera el responsable.

—Gira en la siguiente calle a la izquierda —le dijo—. Vivo en la casita de color rosa, la de la verja oxidada. Puedes dejar el coche en la puerta, enseguida te traeré el anillo.

La única manera de lidiar con Alekos era no teniéndolo cerca. ¿Cómo podía seguir siendo tan vulnerable?

Ya no lo amaba. Aparte de algún turbador sueño sobre un griego increíblemente viril, ya no quería estar con él. Sí, llevaba su anillo al cuello, pero cuando se lo hubiera devuelto haría algo radical, como unirse a alguna organización no gubernamental para construir un colegio en África o algo parecido. Y besar a un montón de hombres hasta que encontrase a otro que supiera hacerlo bien. No podía haber una sola persona en el mundo que besara bien.

Al notar que la cortina de su vecina se movía, Kelly hizo una mueca. No le gustaba nada dar que hablar en el vecindario.

–No te atrevas a besarme. La señora Hill tiene noventa y seis años y está mirando por la ventana. Le daría un infarto.

Cuando salió del coche y miró a Alekos se preguntó cómo era capaz de parecer cómodo en cualquier sitio. En el consejo de administración o en la playa, en un pueblo o en una gran ciudad, siempre parecía seguro de sí mismo. Estaba en la puerta de su casa, el sol de la tarde haciendo brillar su pelo negro, con un rostro tan extraordinariamente apuesto que la dejaba sin aliento...

En esos cuatro años no había perdido un ápice de su atractivo, al contrario, sus hombros parecían más anchos y había una dureza en su expresión que no tenía antes.

–¿Vives aquí? –preguntó él, haciendo un gesto de sorpresa.

—No todos somos millonarios —contestó ella—. Y es de mala educación mirar por encima del hombro a los demás.

—No te miro por encima del hombro. No seas tan sensible y deja de imaginar lo que estoy pensando porque no tienes ni idea. Es que me ha sorprendido.

—¿Por qué?

—Este sitio es muy tranquilo y tú eres una persona muy sociable. Pensé que vivirías en el centro de Londres y saldrías de fiesta todas las noches.

Como no tenía intención de contarle lo mal que lo había pasado desde que la dejó, Kelly se dedicó a buscar las llaves en el bolso.

—Salgo todas las noches. Te quedarías sorprendido del ambiente que hay aquí.

Él miró alrededor, levantando una ceja.

—¿Estás diciendo que este sitio se llena de vida cuando se hace de noche?

Kelly pensó en los tejones, zorros y marmotas que invadían su jardín.

—Es un sitio muy animado. Hay una gran vida nocturna.

Y los tejones tenían una vida sexual más activa que la de Kelly. Pero eso era culpa suya, ¿no? Cuando la prensa se lanzó sobre ella había decidido esconderse y aún no había salido de su escondite.

—Espera aquí. Voy a traerte el anillo.

—Iré contigo. No quiero que a tu vecina le dé un infarto y estamos llamando la atención.

—No quiero que entres en mi casa, Alekos.

Su respuesta fue quitarle las llaves de la mano.

–¿Es que no me has oído? ¡No te atrevas a entrar en mi casa sin invitación!

–Hay una solución muy sencilla: invítame a entrar.

–No, lo siento. Sólo invito a la gente que me gusta y tú... –Kelly clavó un dedo en su pecho– no me gustas nada.

–¿Por qué has vendido el anillo?

–¿Por qué me dejaste plantada el día de la boda?

Alekos respiró profundamente.

–Ya te lo he dicho.

–Sí, claro, estabas haciéndome un favor. ¡Menudo favor! Tienes un sentido del humor muy retorcido.

–No fue fácil para mí, te lo aseguro.

–Dímelo a mí. No, no me lo digas, no quiero saberlo –Kelly decidió que no podría soportar una lista de razones por las que ella no era la persona adecuada. No quería que la comparase con la flaca y sofisticada rubia con la que lo había visto en una revista–. Bueno, si insistes, entra. Iré a buscar el anillo y así podrás marcharte de una vez.

–Mira, sé que te hice daño...

–Ah, vaya, qué inteligente –lo interrumpió ella, quitándole las llaves de la mano.

Le gustaría que se fuera, pero Alekos era de los que no se rendían nunca. Había sido su tenacidad lo que lo convirtió en el hombre rico y poderoso que era. Él no veía obstáculos, tenía un objetivo y lo perseguía hasta conseguirlo, apartando todo lo que se pusiera en su camino si era necesario. Y, sin embargo, recibía continuos halagos por ser un empresario innovador con gran habilidad para inspirar a los demás. Y en cuanto a su habilidad como amante...

Kelly abrió la puerta de golpe e hizo una mueca cuando chocó con un montón de revistas colocadas en el suelo.

—Había pensado tirarlas...

—¿*Habías* pensado?

—No me gusta tirar cosas. Me da miedo tirar algo que pueda necesitar más adelante —Kelly tomó las revistas y, después de mirar la cesta de reciclaje, volvió a dejarlas en el suelo—. En estas revistas hay artículos muy interesantes que a lo mejor tengo tiempo de leer algún día.

Alekos la miraba como si fuera una criatura fascinante de otro planeta.

—Solías dejar las cosas por todas partes.

—Sí, bueno, no todos somos perfectos y al menos yo no intento hacerle daño a la gente...

Cuando iba a entrar, Alekos se golpeó en la frente con el quicio de la puerta.

—Ay, pobre. ¿Te has hecho daño? —exclamó, preocupada—. Voy a buscar un poco de hielo.

No debería sentir la menor compasión por él, pero no podía evitarlo.

—¿Por qué son tan bajos los quicios de las puertas?

—Estas casas son viejas, hay que inclinarse un poco para entrar.

—Deberías advertirlo a tus invitados antes de dejarlos inconscientes.

—No es ningún problema para alguien que mida menos de metro ochenta.

—Yo mido metro noventa.

No tenía que recordárselo, pensó Kelly.

—Deberías mirar por dónde vas.

–Estaba mirándote a ti –su tono irritado dejaba claro que no le hacía gracia, pero esa confesión la animó un poco.

Que aún pudiera hacer que aquel hombre tropezase le hacía una ridícula ilusión. Aunque ella no era delgada y rubia, Alekos seguía mirándola quisiera o no.

Pero la satisfacción duró poco cuando se dio cuenta de que sus hombros casi ocupaban todo el pasillo. Un calor peligroso pareció extenderse por su casa. Atrapar a un hombre como Alekos en una casa tan pequeña era como poner a un tigre en una jaula diminuta; bien si tú estabas al otro lado.

Kelly dejó las llaves al lado de un montón de cartas sin abrir, preguntándose por qué estar con él la hacía pensar en sexo inmediatamente si su relación no había consistido sólo en eso. ¿Por qué no podía dejar de pensar en ello?

Probablemente porque su vida sexual había sido nula desde que se separaron. Y, de repente, deseó no haber sido tan exigente en los últimos años. Si hubiera tenido una vida sexual activa, tal vez no se sentiría así.

La verdad era que ponía toda su energía en dar clases, olvidándose de esa otra faceta de la vida, fingiendo que no existía.

Pero existía.

Y era como si sólo con verlo alguien hubiera encendido un interruptor, recordándole lo que se estaba perdiendo.

Kelly entró en la cocina y Alekos la siguió, esta vez bajando la cabeza para evitar la viga.

–Esta casa es una trampa mortal.

–Para algunos tal vez. A lo mejor la casa sabe quién

es bienvenido y quién no. Para mí no es ninguna amenaza.

Pero él sí. Estar tan cerca de él era una amenaza.

Siempre había sido así; esa atracción, esa reacción primitiva que ninguno de los dos podía controlar. Cuatro años antes le había dado un poco de miedo saber que existía tal pasión, pero incluso ahora estaba allí, entre los dos, como anunciando una tormenta. Daba igual lo que hubiera pasado, Kelly estaba descubriendo que la atracción sexual no respetaba el sentido común ni la lógica.

—Espera aquí.

Alekos miró alrededor.

—¿No vas a ofrecerme un café?

—¿Por qué?

—Es una cuestión de hospitalidad.

—Y la hospitalidad es importante para los griegos, claro —replicó Kelly, irónica—. Dejas plantada a una chica en el altar, pero si apareces en su casa cuatro años después, sin que nadie te haya invitado, esperas que te ofrezca una taza de café.

—Nunca te había visto tan enfadada.

—Quédate por aquí y lo verás a menudo —Kelly llenó la cafetera de agua con tal violencia que se mojó la blusa—. No, mejor no te quedes.

—Café griego, por favor.

—Yo odio el café. Puedes tomar un té.

Alekos miró la taza que había en el fregadero.

—Si odias el café, ¿por qué lo tomas?

Ella miró la taza y se puso colorada. No podía decirle que había empezado a tomarlo porque le recordaba sus tiempos felices en Corfú y que ahora le gustaba.

–Pues...

–Me alegra saber que no le has dado la espalda a todo lo griego.

Kelly le dio la espalda entonces. Tal vez era un gesto infantil, pero le daba igual. Abrió un armario y sacó un bote de café instantáneo.

–Esto es lo que suelo tomar –mintió. Llevaba al menos seis meses sin abrir el bote y tuvo que hacer un esfuerzo porque se había quedado pegado.

Alekos, tras ella, se quitó la chaqueta y la colgó del respaldo de una silla.

–Siempre has mentido fatal.

–Mientras tú eres un maestro del engaño, ya lo sé. Puedes hacerle el amor a una mujer como si fuera la única en el mundo para ti y luego dejarla plantada el día de la boda sin decirle adiós siquiera.

–¿Por qué vendiste el anillo?

Kelly, perdida en el pasado, tardó un momento en entender a qué se refería. Y cuando lo miró a los ojos tuvo que tragar saliva. Porque en ellos veía la misma pasión de antes. Era como un volcán a punto de explotar.

–Porque ya no lo quería para nada. Sólo era el recordatorio de una mala decisión. Te lo devolveré para que puedas marcharte... a ser posible golpeándote contra la puerta otra vez.

Con manos temblorosas, Kelly sirvió un café y dejó la taza frente a él dando un golpe. No estaba en su naturaleza ser tan poco hospitalaria con un invitado, pero Alekos no era un invitado, era un intruso. Y ella se conocía lo suficiente como para saber que no debía bajar la guardia. No se atrevía a hacerlo, ni siquiera un momento.

Le asombraba saber que seguía encontrando increíblemente atractivo a Alekos, a pesar de lo que le había hecho. No debería fijarse en esas pestañas tan largas o en la sombra de barba que le resultaba tan atractiva. Y, desde luego, no debería notar cómo la camisa destacaba la anchura de sus hombros.

En lugar de eso, debería recordar lo que había ocurrido cuando todo ese poder se concentró en destruir su relación.

Alekos empezó a pasear por la cocina... es decir, la recorrió en dos zancadas. Pero eso no parecía suficiente para aliviar la tensión porque se volvió, impaciente, pasándose una mano por el pelo en un gesto de frustración que ella conocía bien.

—Ese anillo era un regalo y, sin embargo, estabas dispuesta a vendérselo a un extraño.

—¿Por qué iba a conservarlo? ¿Crees que significa algo para mí?

—Yo te lo regalé.

—Era un pago por haberme acostado contigo —replicó Kelly, porque no quería pensar que fuera otra cosa—. Eso era todo lo que querías de mí, ¿verdad? Sólo piensas en sexo, cada minuto del día. Eso es lo único que hubo entre nosotros.

La referencia a su apasionada relación hizo que los ojos de Alekos se oscureciesen y Kelly deseó no haberlo dicho.

Era un error, pensó, asustada. Un gran error.

—Cada minuto no. Cada seis segundos, en opinión de los expertos —moviéndose por la cocina, Alekos tenía un aspecto viril, turbadoramente masculino—. Los hombres piensan en sexo cada seis segundos. El resto del tiempo pensamos en otras cosas.

–Tú piensas en dinero, claro.

–¿Tienes problemas económicos? –le preguntó él, acercándose un poco más–. ¿Por eso vendiste el anillo?

Había algo en su cruda y elemental masculinidad que la excitaba de una manera aterradora. Estar con él la hacía sentir algo que no había sentido nunca con otro hombre y no sabía si eso era bueno o malo.

Malo, pensó, intentando llevar aire a sus pulmones. Definitivamente, malo.

Alekos estaba delante de ella, con las piernas separadas, su fuerte virilidad aumentando la temperatura de la habitación.

Pero Kelly puso las manos sobre su pecho para empujarlo.

–Estás invadiendo mi espacio personal. Aléjate de mí.

–Llevo unos segundos pensando en el café y eso significa que ahora tengo que pensar en sexo.

¿Cómo se le había ocurrido mencionar el sexo delante de aquel hombre?

Ella no quería pensar en sexo cuando estaba con Alekos. Era precisamente el tema que debía evitar. El más peligroso.

Pero ya era demasiado tarde.

El calor se extendía por su pelvis, lento e insidioso, como un incendio. Y el fuego era voraz, dispuesto a quemar todo lo que se pusiera en su camino.

Intentando controlar tan inoportuna reacción, Kelly pasó a su lado, pero él tiró de su brazo para apretarla contra su pecho. Y, en ese instante, Alekos se dio cuenta.

Supo como si la hubiera desnudado lo que estaba sintiendo. Siempre lo había sabido, incluso antes de que lo supiera ella.

Cuando se apoderó de su boca, Kelly sintió que volvía atrás cuatro años, a un tiempo en el que la pasión superaba al sentido común, cuando el mundo era un sitio perfecto y cuando lo único que importaba era estar con aquel hombre.

Por un momento, se derritió. No podía respirar, no podía pensar. Pero, de repente...

–¡No! –exclamó, dando un paso atrás.

Lo oyó respirar agitadamente, sus ojos ardiendo.

–Tienes razón –murmuró él, su acento más pronunciado que nunca–. Es una locura.

–Yo no... –empezó a decir Kelly.

–Yo tampoco.

Si alguno de los dos hubiera dado un paso atrás podrían haberlo evitado.

Pero en lugar de eso sus bocas chocaron de nuevo con una fuerza casi brutal. La química entre ellos era tan intensa que, por un momento, Kelly no quiso evitarlo siquiera.

Lo echaba de menos y le devolvió el beso con ansiedad, su boca tan hambrienta como la de Alekos, su lengua tan atrevida. Pero también había furia en ese beso, como diciendo: «mira lo que te has perdido, mira lo que dejaste atrás».

Él murmuró algo en griego, tan trémulo que Kelly sitió una punzada de satisfacción.

«Sí», pensó, «era maravilloso y tú lo rechazaste».

Sin pensar, pasó la punta de la lengua por la comisura de sus labios, la caricia peligrosamente provocativa. No sabía por qué lo hacía. ¿Deseo? ¿Orgullo? ¿Venganza? Lo único que sabía era que quería estar con él otra vez. Sólo una vez más.

Alekos la empujó contra la encimera y enterró los dedos en su pelo, los de Kelly tirando de su camisa, atrayéndolo hacia ella. Se besaban como si fuera su último minuto en el planeta, como si el futuro de la civilización dependiera del deseo que sentían el uno por el otro, como si no se hubieran separado nunca.

Kelly estaba tan excitada que no quiso escuchar la campanita de alarma que sonaba en su cerebro.

Sí, estaba furiosa con él, pero esa furia parecía intensificar sus emociones. El sexo nunca había sido un problema para ellos, al contrario. Tal vez por eso había dejado de buscar pareja, porque sabía que nunca podría encontrar a nadie como Alekos. Estar sola había sido preferible a llevarse una desilusión.

–*Theé mou*, no deberíamos hacer esto –dijo él. Y Kelly enredó las piernas entre las suyas para no dejarlo escapar.

–Tienes razón. No deberíamos.

–Estás enfadada.

–Estoy más que enfadada.

–Y yo estoy furioso porque has vendido el anillo.

–Yo estoy furiosa porque vas a dárselo a otra mujer.

–¡No voy a dárselo a nadie! –Alekos echó la cabeza hacia atrás, su mirada oscura más intensa que nunca.

–La odio y te odio a ti.

–Seguramente me lo merezco.

–Desde luego que sí –asintió Kelly. Pero había bajado las manos hasta su cinturón y lo oyó contener el aliento cuando rozó su rígido miembro.

—Si hacemos esto, me odiarás más de lo que ya me odias.

—Te aseguro que eso es imposible.

Alekos tiró de su pierna para colocarla en su cintura.

—En ese caso, no hay incentivo para que paremos... ¿llevas medias?

—Siempre me pongo medias para ir a trabajar.

«¿Ella lleva medias, Alekos?». «¿La rubia te hace esto?». «¿Te hace sentir así?».

—Medias bajo esa seria falda negra... —la seria falda negra cayó al suelo—. El uniforme de profesora me excita —Alekos intentó quitarle el prendedor, pero al hacerlo se enganchó en su pelo—. Lo siento, lo siento, no quería hacerte daño.

—Tú siempre me haces daño.

—Lo sé, fui un canalla.

—Sí, lo fuiste... sigues siéndolo. ¿Y ahora, te importaría...? —Kelly mordió sus labios y Alekos aplastó su boca, hambriento.

—Ninguna otra mujer me ha hecho sentir lo que tú me haces sentir.

Esas palabras despertaron una punzada de satisfacción.

—Pero seguro que has seguido buscando.

—Hace cuatro años no eras tan atrevida...

—No digas nada.

La respuesta de Alekos fue besarla hasta que no podía respirar o permanecer de pie. Kelly puso las manos sobre sus hombros pero, aunque lo había hecho para sujetarse, el gesto se convirtió en una caricia.

–Kelly...

–Cállate –no quería hablar de lo que estaban haciendo. Ni siquiera quería pensar en ello. Con los dientes apretados, abrió la camisa de un tirón para acariciar su torso, el vello oscuro quemando sus dedos. La corbata seguía colgando en el centro, pero Kelly no le prestó atención, absorta en sus pectorales.

Acostarse con Alekos Zagorakis era entender para qué había sido creado su cuerpo.

Él la miraba con los ojos entrecerrados, una mirada tan cruda, tan sexual, que sintió un escalofrío.

Más tarde iba a lamentarlo, pensó.

Pero en aquel momento no le importaba.

Seguramente estaba mintiendo sobre el anillo. Iba a dárselo a otra mujer, pero ella se encargaría de que no la olvidase. Otras mujeres se acostaban con hombres a los que no conocían de nada, pero ella nunca había hecho eso porque el sexo había empezado y terminado con Alekos Zagorakis.

Y cuando la sentó sobre la mesa, dejó escapar un suspiro de asentimiento, acariciándolo por encima del pantalón.

–Alekos...

–Necesito tenerte. Necesito... –murmurando algo en griego, Alekos se quitó la camisa y apartó el sujetador de un tirón para acariciar sus pechos con la lengua.

Kelly echó la cabeza hacia atrás, el calor de su boca como un hierro candente. Sentía que su cuerpo se convertía en un río de lava y, cuando él levantó la cabeza para devorar su boca de nuevo, los dos habían perdido el control.

–Ahora... –Kelly tiró de su corbata y él la tumbó sobre la mesa. Apartando a un lado las braguitas, entró en ella con una embestida que la hizo gritar su nombre.

Había pasado tanto tiempo que le costó un poco acostumbrarse a la invasión.

Pero entonces Alekos buscó su boca de nuevo y, a partir de ese momento, todo se convirtió en un borrón; cada embestida haciéndola olvidar que lo odiaba y que aquello era un tremendo error. Envolvió las piernas en su cintura y clavó las uñas en su espalda mientras levantaba las caderas.

Era tan increíble que cuando sonó el teléfono a ninguno de los dos se le ocurrió contestar. Ninguno de los dos era capaz de concentrarse en nada más que en el otro. Alekos tenía una mano en su pelo, la otra bajo su trasero, levantándola hacia él. Empujaba con fuerza, sus movimientos rítmicos tan enérgicos, tan masculinos, que Kelly perdió la cabeza.

Después de cuatro años era lógico que no aguantasen mucho y, al sentir los primeros espasmos, murmuró su nombre, sintiendo un placer exquisito mientras Alekos los llevaba a los dos al paraíso.

Atrapados en una telaraña de sensaciones, se besaron, sin aliento, agotados los dos.

Su torso estaba cubierto de sudor, los dedos aún clavados en su trasero mientras intentaba llevar aire a sus pulmones.

Kelly se quedó donde estaba, sintiendo el peso de su cuerpo. Si fuera joven e ingenua podría pensar que algo tan increíble sólo podía ocurrir cuando había amor, pero ya no era joven e ingenua.

Entonces se dio cuenta de que llevaba el anillo colgado al cuello y, asustada, se abrochó la blusa con manos temblorosas.

¿Lo habría visto?

No, los dos estaban demasiado excitados como para eso. Aunque el anillo lo hubiese golpeado en la cara, dudaba que Alekos se hubiera dado cuenta.

–Voy a buscar el anillo –murmuró, saliendo de la cocina. Le temblaban las piernas, pero no quería pensar en lo que acababa de ocurrir. Aún no. Más tarde, cuando estuviera sola.

Una vez en su dormitorio, en el piso de arriba, abrió la cadenita de oro que llevaba al cuello y sacó el anillo. Cuando la luz del sol que entraba por la ventana lo hizo brillar se le hizo un nudo en la garganta. Lo había llevado con ella durante cuatro años. Había sido testigo de su dolor y de su lenta recuperación... pero devolvérselo debería ser como una catarsis. Ésa era la teoría.

La práctica era completamente diferente.

Al escuchar un ruido en el piso de abajo salió de la habitación.

La puerta de entrada estaba abierta.

–¿Alekos? –lo llamó. Estaba mirando en la cocina cuando oyó el rugido de un poderoso motor.

Con el anillo en la mano corrió hacia la puerta y comprobó, incrédula, que el Ferrari se alejaba calle abajo.

Capítulo 4

MUY BIEN, respira, respira... siempre estoy diciéndote que respires. ¿Por qué hay tantos dramas en tu vida? Mi único drama es que no funcione mi tarjeta cuando voy al cajero –con un helado de chocolate y una bolsa de pañuelos de papel en la mano, Vivien se sentó en el sofá, al lado de Kelly–. ¿Cómo vas a estar embarazada? No te has acostado con nadie en cuatro años. Ni siquiera las elefantas tienen embarazos tan largos.

Kelly intentó contener una oleada de pánico.

–Me acosté con alguien hace tres semanas.

El helado de chocolate cayó sobre la alfombra.

–¿Te acostaste con alguien hace tres semanas? Pero si tú no... pero si no sales con nadie. Y no eres de las que se acuestan con el primero que conocen. Además, hace tres semanas fue cuando Alekos... –Vivien la miró entonces, perpleja.

–Sí –admitirlo hacía que se encogiera. ¿Cómo se le había ocurrido?

–¿Alekos?

–¿Te importaría dejar de repetir su nombre? Y me parece recordar que estabas muy contenta cuando me besó.

–¡Pero sólo fue un beso! Que yo sepa, nadie se

queda embarazada por un beso. Además, tú odias a Alekos, ese hombre arruinó tu vida –Vivien tomó un puñado de pañuelos e intentó limpiar el chocolate de la alfombra–. Qué desastre.

–Ya lo sé.

–Me refiero a la alfombra, no a tu vida. Aunque tu vida tampoco es que sea una maravilla ahora mismo. ¿Es por eso por lo que se marchó sin llevarse el anillo?

–No lo sé, supongo que sí. Pero no me dijo nada, sencillamente desapareció –agitada, Kelly se levantó para pasear por el salón de su amiga.

–Kel, no es que no te quiera o que no me preocupe tu situación, ¿pero te importaría dejar de pisar el helado? Mi casera me estrangulará si ve huellas de chocolate por todas partes.

–Ah, perdona –Kelly se quedó parada, pasándose las manos por los brazos para entrar en calor. Se sentía enferma. ¿Era el embarazo o el pánico?, se preguntó–. Lo siento, te ayudaré a limpiarlo.

–No, déjalo, ya lo limpiaré más tarde –Vivien se sentó en el sofá y volvió a tomar el helado–. Vamos a ver, llevas cuatro años sin saber nada de él y de repente aparece y os acostáis juntos. La verdad es que nunca te había imaginado como...

–¿Una obsesa sexual? A lo mejor eso es lo que pasa cuando mantienes a los hombres a distancia durante cuatro años. Dios mío, ¿en qué estaba pensando? Alekos me dejó plantada... ¿y qué hago yo? Le recompenso acostándome con él. ¿Estaré enferma?

Vivien la miró, arrugando el ceño.

–Espero que no te pongas a vomitar, eso es lo que me faltaba. ¿Cuántos años?

—¿Qué?

—Has dicho que eso es lo que pasa cuando mantienes a distancia a los hombres durante cuatro años. ¿Llevabas cuatro años sin acostarte con nadie?

—Sí, era parte de mi programa de rehabilitación anti-Alekos.

—Y veo que no ha funcionado.

Kelly respiró profundamente, intentando calmarse.

—¿Has tenido alguna relación en la que no pudieras... controlarte? Tú sabes que no es bueno para ti, pero no lo puedes evitar. Es tan poderoso que te supera.

—A mí no me ha pasado, pero mi cuñada es alcohólica y creo que eso es lo que ella siente por una botella de vodka.

—La analogía no me parece muy consoladora. ¿Si tu cuñada hubiera estado cuatro años sin beber vodka seguiría sintiendo lo mismo al ver una botella?

—Oh, sí. Dice que la sensación no desaparece nunca. La cuestión es no acercarse al vodka.

—El vodka me llevó a casa y entró sin que yo lo invitase.

—Esta conversación se está volviendo muy complicada para mí. Pero lo del vodka suena bien. Tengo una botella guardada, para las emergencias.

—Estoy embarazada, Viv, no puedo beber alcohol.

—Pero yo sí. Beberé por las dos mientras tú decides qué vas a hacer.

Unos segundos después, Vivien volvía al salón pálida como un cadáver.

—Olvídate, no tienes que decidir lo que vas a hacer.

–¿Qué?

–Hay una limusina enorme en la puerta y yo no conozco a nadie que tenga una limusina. Es Alekos, tiene que ser él.

–¡No! –asustada, Kelly se acercó a la ventana–. No puede ser él. ¿Por qué iba a venir precisamente hoy? No puede saber que estoy embarazada.

–Bueno, él estaba presente en el momento de la concepción. Y, evidentemente, es un chico listo, así que es posible que haya tenido en cuenta esa posibilidad.

–No, no...

–Por otro lado, a veces los hombres son increíblemente tontos, así que es posible que haya vuelto por el anillo –Vivien le dio una palmadita en el hombro–. Y, en ese caso, se marchará con algo que va a costarle mucho más: los pañales, el colegio, el iPod, la Play Station y todas esas cosas que necesitan los niños ahora. Y luego está la universidad y...

–¡Cállate ya, Viv! No puedes dejarle entrar. Aún no he decidido lo que voy a hacer. Necesito tiempo.

–No digas tonterías, el tiempo no va a cambiar nada. Pero prometo no decir: «hola, papá» o «¿has traído pañales?».

Kelly se dejó caer en el sofá, con la cara entre las manos. ¿Qué iba a decirle? Tenía que contárselo, pensó. No podía ocultarle que estaba embarazada.

Tal vez podrían ser una de esas parejas que se llevaban bien pero no vivían juntos, pensó. Pero entonces el niño iría de casa en casa, como un paquete.

¿Cómo podía haber ocurrido algo así? Si no hubiera vendido el anillo, Alekos no habría ido a buscarlo, no se habrían acostado juntos y ella no estaría embarazada.

Sólo con pensar en esa palabra se mareaba.

Necesitaba tiempo para pensar y no estaba lista para hacerlo en ese momento...

Entonces sonó el timbre.

–Iré yo –dijo Vivien. Unos minutos después volvía al salón con una maleta en la mano y un sobre en la otra–. Tranquila, no es él, es una de sus esclavas. Puedes darme una propina si te parece, un millón o así.

–¿De dónde has sacado la maleta? ¿Y qué hay en ese sobre?

–Una nota, imagino.

Kelly abrió el sobre y, de inmediato, reconoció la letra de Alekos. Y, después de leer la nota, tragó saliva.

–¿Qué dice? –exclamó Vivien, quitándosela de la mano. *Mi jet privado está esperando en el aeropuerto. Jannis te acompañará. Nos vemos en Corfú.*

–Qué horror –murmuró Kelly.

–¿Qué horror? Estoy a punto de clavarte algo en un ojo. Anillos de cuatro millones de dólares, Ferraris, limusinas, aviones privados... dame una razón para que no me muera de envidia.

–Ese hombre me dejó plantada el día de la boda.

–Sí, es verdad. Pero un jet privado... –murmuró Vivien–. Seguro que hay mucho espacio. Y el asiento de delante no se te clavará en las rodillas, ni habrá comida de plástico. ¿Crees que debería hacerme un implante de pechos? Podría ir yo en tu lugar.

–Puedes ir en mi lugar porque yo no tengo intención de hacerlo –Kelly miró la maleta–. ¿Qué es eso?

–Jannis ha dicho que era para ti.

–¿Jannis? ¿La llamas por su nombre de pila? Veo que os habéis hechos amigas.

–No digas tonterías –Vivien abrió la maleta–. Dios mío... vestidos envueltos en papel de seda. Y zapatos. ¿Te ha comprado un vestuario nuevo?

–Probablemente no quiere que aparezca con mi triste falda negra –Kelly acarició uno de los vestidos con expresión soñadora antes de cerrar la maleta de golpe–. Devuélvesela a Jannis.

–¿Qué? Te ha invitado a Corfú, tienes que ir.

–¿Cómo que tengo que ir? No tengo que hacer nada. Alekos sólo quiere recuperar el anillo.

–Pero esos zapatos eran de Christian Louboutin... ¿tú sabes lo que valen?

–¿Y tú has visto el tacón que tienen? No sé lo que valen, pero sé lo que costaría la operación para arreglarme los tobillos rotos.

Vivien se cruzó de brazos, mirándola con expresión decidida.

–Si esto es por la mujer con la que lo viste en la revista, ya te he dicho que no está con ella. Salió en todas partes que habían roto y yo sé por qué: después de acostarse contigo se dio cuenta de que tú eras la única para él.

–Si quieres que suene romántico vas a tener que hacerlo mejor –replicó Kelly.

Pero no podía negar que desde que supo que Alekos había roto con Marianna se había animado un poco. Había sido como caminar en la oscuridad y descubrir de repente que llevaba una linterna en el bolsillo.

—Estás embarazada, vas a tener un hijo de Alekos. Y él tiene derecho a saberlo.

—Se lo contaré, no te preocupes.

—¿Y por qué no se lo cuentas en Corfú? Puedes contarle lo del niño y pasar unas vacaciones maravillosas en una isla griega.

Kelly tragó saliva, mirando la maleta.

—No quiero volver a Corfú.

Todo había ocurrido allí. Allí se había enamorado. Allí le había roto el corazón.

—La vida es dura —dijo Vivien, siempre tan práctica—. Pero es mucho más sencilla con cuatro millones de dólares y, al menos, te enfrentarás con el mundo llevando unos zapatos de Christian Louboutin.

—No creo que pudiera ponérmelos con la escayola.

—Apóyate en su brazo mientras los llevas puestos. Para eso están los hombres.

—Yo no quiero un hombre.

Vivien suspiró.

—Sí lo quieres, lo que pasa es que te da miedo. Pero míralo de este modo, Kel: las vacaciones empiezan mañana y la alternativa es quedarte aquí, sola y triste. Mejor ser rica y feliz en Grecia, ¿no? Ponte esos zapatos de tacón y písale el cuello.

Un error, un error, un error.

Kelly iba rígida en el asiento de la limusina, mirando hacia delante mientras atravesaban la isla de Corfú, bajando por una carretera estrecha rodeada de olivos. Frente a ella, el maravilloso mar azul turquesa y la arena de color dorado, pero Kelly estaba demasiado estresada como para disfrutar del paisaje.

Cuatro años antes se había enamorado de aquel sitio. De sus olores, de sus sonidos, de los brillantes colores de Grecia. Y luego se había enamorado de Alekos.

Si hubiera llegado allí en circunstancias diferentes habría sido emocionante, maravilloso. En lugar de eso, apenas podía respirar. Lo único que sentía era miedo y ansiedad ante la idea de ver a Alekos otra vez.

No se habían visto desde aquel día en la cocina.

Ni siquiera sabía por qué había ido a Corfú.

¿Por qué le había pedido que llevara el anillo en persona? ¿Qué tenía en mente?

Kelly se debatía entre el optimismo y la más profunda desesperación.

Según Alekos, le había hecho un favor no casándose con ella. Le había dado vueltas y vueltas en su cabeza durante esas semanas...

¿Qué había querido decir con eso, que entonces era demasiado joven o algo así? Kelly se mordió los labios mientras miraba por la ventanilla. Con diecinueve años, una persona era demasiado joven para casarse. Tal vez había pensado que era demasiado ingenua o que no sabía bien lo que quería.

Lo único que sabía con toda seguridad era que no tenía ni idea de lo que pasaba por la mente de Alekos y necesitaba saberlo. Necesitaba saber qué futuro había para ella y para su hijo.

Poniendo una mano sobre su abdomen, Kelly se hizo a sí misma una promesa.

Pasara lo que pasara, no haría lo que su madre había hecho. No iba a aferrarse a una relación que no funcionaba.

Ella sabía lo que era tener unos padres que nunca deberían haberse casado.

Cuando el coche atravesó la impresionante verja de hierro forjado sintió que se le encogía el estómago. Ni siquiera la novedad de tener un jet privado para ella sola había logrado contener su aprensión. No sabía lo que esperaba Alekos de esa reunión, pero con toda seguridad no esperaría saber que iba a ser padre.

Tal vez se alegraría, pensó. Al fin y al cabo era griego y los griegos querían mucho a los niños. Al contrario que los ingleses, que solían tratar la llegada de un niño con mucho menos entusiasmo, en los restaurantes griegos se mostraban encantados cuando llegaba una familia y sonreían con indulgencia cuando los niños correteaban de un lado a otro. En Grecia, la familia era algo fundamental.

Y ése era su sueño, ¿no? Tener una familia.

Eso era lo que siempre había querido.

A pesar de que intentaba controlarse, en su mente se formó una imagen navideña con muchas versiones diminutas de Alekos abriendo regalos bajo un árbol enorme. Sería ruidoso, caótico, casi como un día de trabajo en el colegio... una de las razones por las que le encantaba ser profesora. Le gustaba el ruido, el ambiente que se creaba en una clase llena de niños.

Tal vez Alekos sentiría lo mismo.

Kelly arrugó el ceño. Alekos había hablado con sus alumnos como si estuviera en un consejo de administración, pero seguramente necesitaría un poco de práctica. Debía entender que a los niños no se les podía hablar como si fueran adultos.

Y tal vez, sólo tal vez, podría hacer que aquello saliera bien.

Al menos, tenía que intentarlo.

¿Cómo iba a mirar a su hijo a los ojos y decirle que ni siquiera lo había intentado?

La limusina se detuvo en un enorme patio con una fuente en el centro y Kelly tragó saliva. La primera vez que vio la casa de Alekos en Corfú se había quedado atónita. Ella había crecido en una casa pequeña y el lujo de aquella mansión mediterránea le daba un poco de miedo.

Aún seguía siendo así.

Diciéndose a sí misma que debía intentar ser un poco ordenada y no tirarlo todo por cualquier parte en la inmaculada villa, Kelly bajó del coche.

—El señor Zagorakis está terminando una conferencia y se encontrará con usted en la terraza en cinco minutos —Jannis le hizo un gesto para que entrase en la villa y Kelly miró alrededor, tan intimidada como la primera vez.

Los suelos eran de mármol pulido y lamentó haberse puesto los zapatos de Christian Louboutin. «Muerte por tacón de aguja», pensó, deseando que Alekos hubiera instalado barandillas o algo parecido.

Tal vez los aristócratas griegos recibían clases de patinaje sobre tacones desde niños.

Al ver las preciosas antigüedades decidió mantener los brazos a los lados para no romper nada. Todo estaba en su sitio, sin revistas, sin libros por todas partes, sin cartas sobre las mesas, cajas de pizza o tazas de té.

Sintiendo como si estuviera en un museo, Kelly suspiró, aliviada, cuando Jannis la llevó a una terraza. Pero por muchas veces que viese aquel paisaje, siempre se quedaría sin aliento.

El precioso jardín, con adelfas de color rosa y buganvillas, descendía por una pendiente verde hasta la playa.

Kelly parpadeó para evitar el sol mientras un yate se deslizaba por la superficie cristalina del mar a unos metros de ella.

Se sentía extrañamente desconectada, incapaz de creer que unas horas antes estaba en su casa de Little Molting y ahora estaba en Corfú.

Había dejado sus sueños allí, pensó, con un nudo en la garganta, en esa playa dorada.

–¿Qué tal el viaje?

Kelly tragó saliva al escuchar la voz de Alekos. Iba a verlo por primera vez desde su tórrido encuentro en la cocina pero, como siempre, el aire estaba cargado de electricidad y si uno de los dos hubiese tocado al otro habría vuelto a ocurrir. El brillo de sus ojos lo decía todo.

De repente, deseó que hubiera más gente en la casa. Necesitaba a alguien para diluir la concentrada tensión sexual que amenazaba con ahogarlos a los dos.

Y ella no quería ahogarse, quería pensar con la cabeza.

Kelly se recordó a sí misma que aquélla no era como la primera vez. Al fin y al cabo, ya no tenía diecinueve años.

Además, su particular cuento de hadas no había tenido un final feliz.

–Bien –respondió por fin–. Nunca había viajado en un jet privado –Kelly hizo una mueca, pensando: «por favor, di algo más inteligente». Pero su lengua no respondía y su corazón latía como loco–. La verdad es que me sentía un poco rara, si quieres que te sea sincera.

Alekos levantó una ceja.

–¿Rara?

–Un poco solitaria. La persona que me ha acompañado no es precisamente muy charlatana.

Él sonrió, con esa boca sensual que sabía cómo volver loca a una mujer.

–No se le paga para eso. Se le paga para que tengas todo lo que necesites.

–Pues necesitaba charlar.

–Muy bien, le diré que sea un poco más... charlatana.

–No, no hagas eso. No quiero que tenga problemas. Sólo digo que el viaje no ha sido muy divertido. No tiene sentido viajar en un jet privado si no puedes reírte de ello con nadie.

Alekos la miró como si no entendiera.

–La cuestión es tener el espacio y la intimidad que necesitas. Para eso están los aviones privados.

–Sí, claro. Está muy bien no tener que esperar cola en el aeropuerto y poder tumbarte en un sofá mientras estás en el aire...

–¿Te has tumbado en el sofá?

–Para no arrugarme el vestido. Es de lino y se arruga fácilmente. Los vestidos son preciosos, por cierto. ¿Cómo sabías que no tenía nada que ponerme?

–No lo sabía, pero me lo he imaginado.

–Sí, bueno... mi armario está lleno de cosas que ya no me valen, pero me niego a tirarlas porque algún día volveré a tener la talla 34.

–Espero que no –dijo él, mirando sus pechos.

Kelly sintió un cosquilleo en los pezones y notó que se marcaban bajo la tela del vestido, desafiando su intención de controlarse. Nerviosa, abrió el bolso y sacó el anillo.

–Toma, tu anillo. Éste debe haber sido el servicio de mensajera más caro del mundo –Kelly le ofreció el diamante y frunció el ceño cuando él no se movió–. Es tuyo.

–Te lo regalé a ti.

–No exactamente.

–¿Cómo que no?

–Me lo regalaste, pero se supone que era un anillo de compromiso y no nos casamos. Además, lo has comprado por cuatro millones de dólares. Y si estás esperando que diga que prefiero el anillo al dinero, olvídate. Ya he utilizado una parte para arreglar el patio del colegio. No puedo devolverte el dinero si eso es lo que quieres. Otra persona, alguien mejor que yo, te habría devuelto el dinero y el anillo pero, por lo visto, yo no soy tan buena. El roce con la riqueza me ha convertido en un monstruo.

Alekos la estudió, en silencio, intentando disimular una sonrisa.

–¿Te encuentras con cuatro millones de dólares en el banco y te los gastas en el patio del colegio? Me parece que no sabes nada sobre las motivaciones de una buscavidas, *agapi mu*. Tú nunca podrías serlo.

Aunque odiaba admitirlo, el término cariñoso hizo

que su corazón se acelerase. O tal vez era su voz, profunda y suave como el chocolate. Todo aquello sería más fácil si no se sintiera tan atraída por él, pensó. Era muy difícil apartarse de algo que uno deseaba más que nada.

–No me he gastado todo el dinero. ¿Para qué iba a poner suelos de oro en el patio? Pero la ampliación va a quedar muy bonita, con columpios. Y tendrá un suelo especial para que no se hagan daño cuando se caigan... pero no digas nada, se supone que ha sido un donativo anónimo.

–¿No saben de dónde ha salido el dinero?

–No, nadie lo sabe –Kelly sonrió–. Sienta bien dar dinero para algo importante, ¿verdad? Imagino que tú sentirás lo mismo cada vez que hagas un donativo.

–Yo no hago donativos personales. La empresa Zagorakis tiene su propia fundación.

–¿Tienes una fundación?

–Donamos una parte de los beneficios, como hacen muchas grandes empresas. Y hay un consejo que analiza las solicitudes y toma decisiones.

–Pero tú no conoces a las personas que hacen las solicitudes.

–A veces, pero no siempre.

–Entonces no te sientes feliz cuando ayudas a alguien.

Alekos la estudió, en silencio.

–Sentirme «feliz por ayudar a alguien» no está entre mis expectativas profesionales.

–Pues deberías porque ayudas a mucha gente.

Le resultaba raro pensar en esa nueva faceta de Alekos. O tal vez era el propio Alekos quien la desconcertaba. La experiencia le decía que tuviese cuidado, pero el instinto la empujaba a echarse en sus brazos. Seguramente porque estaban demasiado cerca el uno del otro.

—¿Vas a aceptar el anillo o no? Me resulta raro tener en la mano algo que vale tanto. Menos mal que no lo he sabido durante estos cuatro años, me habría sentido incómoda teniéndolo en casa.

—Póntelo, Kelly.

Ella lo miró, perpleja. ¿Había dicho...? ¿Quería decir...? No, no podía ser. No podía estar pidiéndole que se casara con él.

—¿Qué has dicho?

—Quiero que te lo pongas —Alekos le quitó el anillo de la mano y lo puso en el dedo anular de su mano derecha.

En la mano derecha, no en la izquierda como habría hecho si quisiera casarse con ella. Kelly sintió una punzada de desilusión y luego, inmediatamente, se enfadó consigo misma. Aunque le hubiera pedido que se casara con él, le habría dicho que no. Después de lo que pasó la última vez no iba a echarse en sus brazos como una tonta.

—Ahí está mejor —dijo él.

Y Kelly contuvo el impulso de decir que quedaría mejor en la mano izquierda.

El diamante brillaba bajo la luz del sol, mareándola como la había mareado cuatro años antes. Pero, recordando que un anillo de diamantes no hacía un matrimonio, se lo quitó del dedo para no hacerse ilusiones.

—Ya te he dicho que me he gastado parte del dinero. No quiero el anillo y no entiendo lo que está pasando. En realidad, no sé por qué estoy aquí.

–Quería hablar contigo. Tenemos cosas que decirnos.

Kelly pensó en el niño que llevaba dentro.

–Sí, es verdad. Yo también tengo algo que decirte... –de repente, se sintió insegura–. Es algo importante, pero puede esperar. ¿Qué tenías que decirme tú?

–Vuelve a ponerte el anillo, aunque sea un momento. ¿Te apetece una limonada?

–Sí, por favor –asintió Kelly, volviendo a ponerse el anillo. Ya hablarían del asunto más tarde, cuando estuviese un poco más tranquila–. He leído en los periódicos que has cortado con tu novia. Lo siento.

–No, no lo sientes –Alekos sonrió mientras servía la limonada en dos vasos.

–Muy bien, estoy intentando sentirlo porque no quiero ser una mala persona. Y lo siento por ella, la verdad. Yo sé lo que es que te dejen plantada. Es como olvidar que hay un último escalón y encontrarte de bruces en el suelo de repente.

Alekos hizo una mueca mientras le ofrecía el vaso.

–¿Tan horrible?

–Es como si te robasen algo vital... ¿te importa que quite estas cositas? –preguntó Kelly entonces, señalando el vaso.

–¿Qué cositas?

–Los trozos de limón –murmuró ella, apartándolos con una pajita–. No me gusta ver cosas que flotan en las bebidas.

Alekos respiró profundamente.

–Informaré a mi equipo de tus preferencias.

¿A su equipo? ¿Cuánta gente hacía falta para pelar un limón?

—La verdad es que está riquísima. Bueno, todo esto está muy bien: el jet privado, la casa, los vestidos, pero no creas que te he perdonado. Sigo pensando que eres un...

—¿Un qué?

—Prefiero no decirlo. En la tele ponen un pitido para tapar las palabrotas... pues eso.

—Puedes decirlo si quieres.

—No tengo costumbre. Debo ser precavida delante de los niños, así que intento no decir nunca palabrotas.

—Si no recuerdo mal, hace poco me llamaste canalla.

—Eso no es una palabrota. Además, tú reconociste que lo eras —Kelly se llevó el vaso helado a la cara—. ¿Por qué me has hecho venir en persona? ¿Por qué no se llevó Jannis el anillo... o algún otro empleado? No pueden estar todos pelando limones.

—Yo no quería el anillo, te quería a ti.

Kelly dejó el vaso sobre una mesa porque le temblaban las manos.

—Hace cuatro años no me querías.

—Sí te quería.

—Pues tuviste una manera muy curiosa de demostrarlo.

—Eras la primera mujer a la que le pedía que se casara conmigo.

—Pero no la última.

—No le pedí a Marianna que se casara conmigo.

—Pero ibas a hacerlo.

—No quiero volver a hablar de ella. Marianna no

tiene nada que ver con nuestra relación –replicó Alekos–. Dime por qué tienes ojeras.

«Ah, claro, cambia de tema», pensó ella. Evidentemente, no quería hablar de la rubia.

–Tengo ojeras por tu culpa. Luchar contra ti es agotador.

–Entonces no luches contra mí.

Kelly se preguntó cómo era posible que su corazón se hubiera vuelto loco cuando su cerebro no dejaba de enviar señales de alarma. Sí, Alekos era guapísimo, todo en él parecía hecho para atraer al sexo opuesto, desde sus anchos hombros al pelo oscuro o la piel morena. Selección natural, pensó, buscando alguna excusa. Ayudaba un poco creer que estaba genéticamente programada para sentirse atraída por el más fuerte, el más poderoso macho de la especie. Y Alekos Zagorakis era todo eso.

Pero que estuviera hundiéndose no significaba que estuviera dispuesta a hacerlo sin luchar.

No iba a hacer el tonto por segunda vez. No, para nada. Ni siquiera sabiendo que iba a tener un hijo suyo.

–Si esperas que me rinda, vas a llevarte una desilusión. Yo no soy sumisa.

–No quiero una mujer sumisa, quiero una mujer sincera.

–Ah, vaya, viniendo de ti eso tiene mucha gracia. ¿Cuándo me has dicho tú la verdad sobre tus sentimientos?

Kelly vio que apretaba los labios.

–No me resulta fácil hablar de mis sentimientos, no soy como tú. Tú siempre dices lo que sientes sin ningún problema.

—Yo soy así.

—Y yo soy de otra manera. Nunca he sentido la necesidad de confiarle mis sentimientos a nadie.

Kelly volvió a tomar el vaso de limonada.

—Bueno, entonces lo mejor será que vuelva a casa.

—No, hay cosas que tengo que decirte. Cosas que debería haberte contado hace cuatro años.

Y, a juzgar por su tono, iban a ser cosas que ella no querría escuchar, pensó Kelly, preguntándose si debía contarle que estaba embarazada antes de que él dijese algo que la obligase a darle un puñetazo. Ser una persona no violenta se estaba convirtiendo en un reto cuando estaba con aquel hombre.

—¿Voy a odiarte por lo que vas a decir?

—Pensé que ya me odiabas.

—Y así es. Puedes decir lo que quieras, nada va a pillarme por sorpresa —ridículamente aprensiva, se encogió de hombros, como si nada de lo que dijera pudiese afectarla.

Pero evidentemente iba a ser algo importante. Tal vez la razón por la que la había dejado plantada el día de su boda.

—Dilo de una vez, Alekos. No me gusta el suspense. Odio esos concursos de televisión en lo que dicen: «y el ganador es...» y luego esperan siglos o te ponen anuncios antes de decir el nombre. Por favor, me dan ganas de decir: «venga ya, acabad con eso de una vez» —al darse cuenta de que él la miraba como si fuera una demente, Kelly se encogió de hombros—. ¿Qué? ¿Qué pasa?

Alekos sacudió la cabeza.

–Nunca dices lo que espero que digas.

Ella dejó el vaso de limonada sobre la mesa.

–Sólo quiero que digas de una vez lo que tengas que decir. ¿Te avergonzaba? ¿Hablaba demasiado? ¿No te gustaba que fuese tan desordenada? ¿Comía demasiado?

–Me encanta tu cuerpo, tu costumbre de tirar las cosas donde te parece me resulta sorprendentemente enternecedora, siempre me ha fascinado tu habilidad para decir lo que piensas sin filtro alguno y jamás me has avergonzado.

A unos metros de ellos, una naranja cayó del árbol y rodó por el jardín, pero ella no se dio cuenta porque estaba demasiado ocupada intentando no hacerse ilusiones.

–¿Nunca te he avergonzado?

–Nunca, pero creo recordar que tú si te avergonzabas en muchas ocasiones.

Kelly se puso colorada.

–Sólo cuando lo hacíamos de día. Pero, por favor, di lo que tengas que decir de una vez, el suspense me está matando –murmuró, llevándose una mano al estómago. Era como esperar el resultado de un examen. Pero lo único que tenía que hacer era asegurarle que había madurado, que sabía lo que quería. Alekos le pediría perdón, ella lo perdonaría...

¿Qué estaba haciendo? Sin querer, empezaba a inventar finales felices.

Alekos respiró profundamente.

–La mañana de nuestra boda leí una entrevista que habías dado y en la que dejabas claro lo que querías.

Aún disfrutando de la absurda fantasía de un futuro

feliz, Kelly intentó recordar qué había dicho en esa entrevista.

—No lo recuerdo. Los periodistas no me dejaban en paz... aparentemente, tú nunca habías mostrado interés por el matrimonio y eso me convertía en una persona interesante.

Y estaría encantado con el niño, pensó.

Vivirían felices para siempre. Le pediría que comprase una casa en Little Molting, así podría seguir dando clases hasta el mes de junio, y cuando naciese el niño volverían a Corfú y lo criarían allí, entre los olivos.

Kelly sonrió, pero Alekos no le devolvió la sonrisa.

Al contrario, sus facciones se endurecieron hasta parecer las de una estatua griega.

—En esa entrevista decías que querías formar una familia, que querías tener cuatro hijos.

—Ah, sí, es verdad —Kelly se preguntó si aquél sería un buen momento para darle la noticia—. Al menos cuatro, sí.

Murmurando algo en griego, Alekos se pasó una mano por el pelo.

—Cuando leí la entrevista me di cuenta de que nos habíamos comprometido sin conocernos. Y sólo entonces me di cuenta de que no queríamos las mismas cosas.

—¿Ah, no? Pero tú eres griego y los griegos son muy familiares. Cuatro hijos no deben ser nada para ti. Podemos tener más, no me importa. ¡En casa tengo veintitantos alumnos! ¿Cuántos hijos tenías en mente?

—Kelly...

—A mí no me preocupa la cantidad, me encantan los niños.

–Kelly... –Alekos puso una mano sobre su hombro para obligarla a escucharlo–. Yo no quiero formar una familia –después de decirlo hizo una pausa, como para darle tiempo a que entendiera esas palabras–. No quiero tener una familia en absoluto.

–Pero...

–Estoy intentando decirte que no quiero tener hijos.

Capítulo 5

THEÉ MOU, haga algo! –Alekos fulminó al médico con la mirada. El hombre, de más de setenta años, parecía tener sólo dos velocidades: lenta y parada–. ¡Se ha dado un golpe en la cabeza!

–¿Quedó inconsciente después de darse el golpe?

Impaciente, Alekos recordó el horrible momento en el que la cabeza de Kelly chocó contra el suelo de mármol.

–No, creo que no... porque me dijo un par de cosas cuando estaba en el suelo.

–¿Qué te dijo?

–Eso no importa. El caso es que la tomé en brazos para traerla al dormitorio y está inconsciente desde entonces.

El médico tocó un chichón en la frente de Kelly.

–¿Por qué se cayó?

–Resbaló en el suelo de mármol cuando salía corriendo.

–¿Y por qué salía corriendo?

–Estaba disgustada –Alekos apretó los dientes, preguntándose por qué tenía que darle explicaciones a un médico tan anciano que seguramente había conocido a Hipócrates en persona.

–¿Por qué estaba disgustada?

–Porque habíamos discutido.

Nada sorprendido por tal confesión, el médico sacó un frasco de pastillas del maletín.

–Veo que no ha cambiado nada. Me llamaron para que atendiese a Kelly el día de su boda... la boda que no tuvo lugar.

Ah, de modo que, aunque lento, tenía buena memoria, pensó Alekos.

–¿Kelly necesitó un médico ese día?

–Estaba muy angustiada y los periodistas no la dejaban en paz.

Sintiendo como si le hubieran dado un puñetazo, Alekos frunció el ceño.

–No debería haberles hecho caso.

–Dejarla a merced de la prensa fue como dejarla a merced de los tiburones.

–Sí, bueno, puede que no lidiase con el asunto como debería...

–No lidiaste con el asunto en absoluto. Pero eso no me sorprende, lo que me sorprende es que le pidieras que se casara contigo –el médico cerró el maletín–. Recuerdo que venías aquí a ver a tu abuela cuando eras niño. Recuerdo un verano en particular, cuando tenías seis años. No hablaste durante un mes. Habías sufrido un trauma terrible...

–Gracias por venir –lo interrumpió Alekos.

El hombre lo miró, pensativo.

–A veces, cuando una situación afecta profundamente a alguien, examinar los hechos y lidiar con los miedos de forma racional ayuda mucho.

–¿Está sugiriendo que soy irracional?

—Creo que eres la desgraciada víctima del desastroso matrimonio de tus padres.

Alekos se dirigió a la puerta de la habitación.

—Gracias por el consejo –le dijo, intentando controlar su rabia–. Pero lo que necesito saber es cuánto tiempo estará Kelly inconsciente.

—No está inconsciente –contestó el médico, tomando el maletín para dirigirse a la puerta–. Está tumbada con los ojos cerrados. Sospecho que no quiere hablar contigo. Y, francamente, no me extraña.

—Abre los ojos, Kelly.

Ella siguió con los ojos cerrados.

Iba a quedarse allí, en aquel sitio seguro hasta que decidiera lo que iba a hacer.

Alekos no quería tener hijos. Era como su padre otra vez. Pero peor.

¿Cómo podía haber sido tan tonta? ¿Cómo podía no haberlo sabido?

—Que no me mires no significa que yo no esté aquí –insistió Alekos, exasperado–. Mírame, tenemos que hablar.

¿De qué iban a hablar?

Él no quería tener hijos y ella estaba embarazada. En su opinión, la conversación había terminado antes de empezar.

¿Qué iba a hacer?

Iba a criar a su hijo sola, completamente sola.

Abrumada por la situación, apretó los párpados, deseando tener una varita mágica para volver a su casa en Little Molting.

Lo oyó decir algo en griego y, un segundo después, sintió el roce de sus labios. Atónita, se quedo inmóvil mientras él trazaba la comisura de sus labios con la lengua, el beso tan suave, tan tentador, que dejó escapar un gemido de impotencia...

–¡Aléjate de mí, miserable! –le espetó un segundo después, empujándolo–. Te odio y odio tus suelos de mármol.

–No ha sido culpa mía...

–¿Cómo que no? Me duele todo, por fuera y por dentro.

Él sujetó sus manos para que dejase de empujarlo.

–Pensé que no creías en la violencia.

–Eso fue antes de conocerte.

La respuesta de Alekos fue bajar la cabeza y besarla de nuevo.

–Siento mucho que te hayas caído. Y siento que te hayas hecho daño.

Kelly intentó girar la cabeza, pero él no se lo permitió.

–Tú me has hecho más daño que el suelo. Y deja de besarme. ¿Cómo te atreves a besarme? ¡Aléjate de mí!

–No te muevas, Kelly. Sé que estás disgustada, pero querías que fuera sincero, ¿no? Querías saber lo que pensaba.

–¿Y cómo iba a saber que pensabas algo así? Eres griego, se supone que deberías querer formar una familia.

–¿Quién te ha dicho que todos los griegos quieren formar una familia?

–Bueno, eso es lo que dicen...

–Yo no quiero una familia.

–Ya me he dado cuenta –Kelly volvió a cerrar los ojos. Aquello era tan diferente a lo que había esperado que no sabía qué hacer. Necesitaba tiempo. Pasara lo que pasara, aquélla no debía ser una de esas ocasiones en las que decía lo primero que se le ocurría. No, esta vez iba a pensarlo bien, trazaría un plan y lo llevaría a cabo. Se lo contaría cuando llegase el momento, cuando estuviese preparada.

Una vez tomada la decisión, la compartiría con él y no antes.

Alekos pasó los dedos por el chichón de su frente.

–Deberías tomar las pastillas que ha dejado el médico.

–No, no puedo tomarlas.

–¿Por qué no?

–Porque no puedo. No me preguntes.

–Pero esas pastillas te quitarían el dolor de cabeza. ¿Qué problema tienes con ellas?

–Que no las quiero tomar.

–¿Por qué?

–¡Te he dicho que no me preguntes!

–Tómalas, Kelly.

–¡No quiero tomar nada que pueda hacerle daño al niño! –la frase salió de su boca sin que pudiese controlarla y, horrorizada, se tapó la cara con las manos–. No quería decir eso. No estaba dispuesta a decírtelo todavía. Te dije que no me preguntaras, pero tú tenías que seguir insistiendo, como siempre.

Alekos parecía haber recibido un balazo en la cabeza.

–¿Un niño?

—Estoy embarazada. Y es tu hijo —dijo Kelly—. El hijo que tú no quieres, por cierto. Supongo que estarás de acuerdo en que tenemos un problema.

Pálido y tembloroso, Alekos subió al Ferrari, arrancó y salió disparado por la carretera.

¿Un hijo?

La palabra hacía eco en su cerebro, junto con todos los sentimientos que iban asociados a ella. Un hijo que dependería de él. Un niño cuya felicidad sería responsabilidad suya.

Un hijo suyo.

Mascullando maldiciones, pisó el acelerador, tomando las curvas como un piloto de carreras...

Sólo cuando otro conductor tocó el claxon se dio cuenta de lo que estaba haciendo.

Pisando el freno, Alekos detuvo el coche en la cima de la colina y miró hacia la villa.

Kelly estaba allí, en algún sitio, probablemente haciendo la maleta.

Y llorando.

Apartó la mirada, intentando aplicar la lógica a una situación que no la tenía.

Un hijo. Llevaba toda su vida intentando evitar esa situación.

Y ahora...

¿Por qué no había tenido cuidado?

Pero él sabía la respuesta a esa pregunta: cuando estaba con Kelly cualquier pensamiento racional desaparecía de su cabeza.

Y no sería posible encontrar una mujer menos adecuada por mucho que lo intentase.

Kelly quería tener cuatro hijos.

Alekos se pasó una mano por la frente. «Acostúmbrate a la idea de que vas a tener uno», pensó. «Ése sería un buen principio».

Un hijo. Un hijo que dependería de él. Un hijo cuya felicidad estaría en sus manos.

Hasta ese momento no había sabido lo que era tener miedo de verdad. Pero en aquel momento lo tenía.

Miedo de defraudar a su hijo.

Miedo de defraudar a Kelly.

Si no sabía cómo educarlo, si lo hacía mal, su hijo sufriría. Y él sabía lo que era eso.

—*Theé mou*, ¿qué haces levantada? Deberías estar en la cama, descansando —la voz llegaba desde la puerta y Kelly se secó las lágrimas de un manotazo, aliviada al ver que había vuelto de una pieza.

No había hecho algo tan absurdo como lanzarse con el coche por un acantilado. Estaba vivo, no tenía su muerte sobre la conciencia. Ahora podía enfadarse con él sin ningún problema.

Pero al verlo tan pálido, despeinado y con la camisa arrugada pensó que tal vez sí había sufrido un accidente.

En cuanto le dio la noticia de que estaba embarazada había salido corriendo como un atleta olímpico. Pero había vuelto. Y, a juzgar por su aspecto, estaba peor que ella.

Aun así, seguía siendo un hombre espectacularmente atractivo.

Kelly tuvo que contener el impulso de consolarlo, recordando que aquella situación ya era lo bastante complicada.

Además, Alekos la había dejado plantada el día de su boda y acababa de decirle que no quería tener hijos.

¿Por qué quería abrazarlo?

–No te esperaba tan pronto. Normalmente tardas cuatro años en reaparecer –Kelly se dio la vuelta para guardar un vestido en la maleta. Daba igual lo que hiciera o lo que dijera, seguía siendo el hombre más guapo que había visto nunca y estar en la misma habitación con él era demasiado turbador–. Jannis me dijo que te habías ido en el Ferrari. ¿Qué haces aquí?

–Vivo aquí –respondió él–. Y sobre el niño...

–Mi hijo, no «el niño» –lo interrumpió Kelly, intentando meter un zapato en la maleta–. ¿Quién ha sacado mis cosas? ¿Y por qué ahora no cabe nada?

–Porque no has colocado las cosas de manera ordenada.

–La vida es demasiado corta para ser ordenada. La vida es demasiado corta para muchas cosas y estar contigo es una de ellas. ¡Ójala nunca hubiera vendido el maldito anillo! ¡Ójala no hubiera venido a Corfú después de terminar la carrera y ójala no te hubiese conocido nunca! Y ójala no estuviera esperando un hijo tuyo. Todo en mi vida es un desastre. La mayoría de la gente piensa y luego actúa... –Kelly consiguió cerrar la maleta–. Yo hago las cosas y luego pienso.

–Estás muy disgustada y lo entiendo, pero olvidas que cuando te dije... bueno, lo que te dije, yo no sabía que estuvieras embarazada.

–¿Y eso qué más da?

–No estaba intentando hacerte daño.

–Da igual. En cualquier caso hablabas en serio y ése es el problema –Kelly se dio la vuelta y, al hacerlo, se sintió mareada–. Vete de aquí, Alekos, antes de que te mate y esconda tu cadáver bajo un olivo.

–No deberías levantar cosas pesadas.

–Muy bien, entonces arrastraré tu cadáver hasta el olivo.

–Me refiero a la maleta.

–Da igual. Tiene ruedas y puedo ir tirando de ella hasta Little Molting si hace falta –tomando la maleta, Kelly se juró a sí misma que nunca volvería a tener una relación con ningún hombre, especialmente con un griego guapísimo y millonario.

¿Por qué no se le había ocurrido que Alekos no querría tener hijos?

¿Y qué iba a hacer ahora?

Iba a tener un hijo que Alekos no quería. No debería querer saber nada más de aquel hombre. Su declaración debería haber matado cualquier sentimiento por él.

Pero no era así.

Seguía loca por él. Lo amaba como lo había amado cuatro años antes.

Deseando poder apagar y encender ese amor como apagaba y encendía su iPod, Kelly se preguntó qué tendría que hacer para dejar de amarlo.

¿Era aquello lo que sintió su madre cuando supo que iba a tener un hijo con un hombre que no quería ser padre?

Alekos murmuró algo en griego, pasándose una mano por el pelo.

–Me culpo a mí mismo por no pensar que podrías quedar embarazada, pero la verdad es que ni siquiera se me ocurrió. Y sólo fue una vez, en la mesa de la cocina...

Kelly hizo una mueca.

–Muy romántico, ¿verdad? –el sarcasmo fue recibido con un tenso silencio–. Esperemos que el niño no pregunte nunca dónde fue concebido.

–Yo pensé que tomabas la píldora.

–Pues no. Dame esos zapatos, por favor.

–¿Zapatos? –distraído, Alekos tomó un par de zapatos de color rosa del suelo–. No deberías llevar zapatos de tacón si no sabes caminar sobre ellos.

–Sé caminar perfectamente, el problema son tus suelos.

–¿Por qué no tomas la píldora?

–Porque no me hace falta. Parece que estoy genéticamente programada para entregarme sólo a las formas de vida más bajas. Si hay un hombre decente y bueno, me vuelvo ciega. Ahora puedes darte golpes en el pecho o hacer esas cosas que hacen los cavernícolas –Kelly estaba a punto de tomar la maleta de nuevo cuando una mano grande y morena cubrió la suya–. No me toques. ¿Qué haces?

–Lo que hacen los cavernícolas, levantar cosas pesadas.

–Es una maleta, no una piedra. Puedo arreglármelas.

–No quiero que hagas nada que pueda dañar al niño.

–Mi hijo, Alekos, mi hijo. Deja de llamarlo «el niño». ¿Y si puede oírte? –explotó Kelly–. ¿Y si sabe que tú no lo quieres?

Alekos la miró, en silencio.

—Muy bien, yo soy el primero en admitir que no era esto lo que quería... pero ha ocurrido y es mi responsabilidad.

—Olvídalo. No quiero que vayas empujando el cochecito como si fueras un prisionero de guerra. Prefiero hacerlo sola.

—¡*Theé mou*, estoy siendo sincero! Eso es lo que tú querías, ¿no? Si dijera que estoy encantado con el niño, ¿me creerías?

Kelly tuvo que hacer un esfuerzo para contener las lágrimas.

—No.

—Por eso te digo la verdad. Esto ha sido una sorpresa para mí, pero ya encontraremos alguna solución. No pienso dejar que ese niño crezca sin su padre.

—¡Mi hijo! —repitió Kelly—. Si vuelves a llamarlo «el niño», te doy un puñetazo.

Alekos suspiró.

—¿Qué tal «nuestro hijo»? —sugirió, mirando su abdomen—. ¿Eso te gusta?

—Suena como una broma de mal gusto —respondió ella, sacando el móvil del bolso—. ¿Qué tengo que hacer para comprar un billete de avión? No hablo griego.

La respuesta de Alekos fue quitarle el móvil de la mano.

—No sé cómo se compra un billete de avión, nunca he comprado uno. Pero vas a quedarte aquí hasta que hayamos solucionado esto.

—¿Qué vamos a solucionar? Yo estoy embarazada y tú no quieres tener hijos. ¿Por qué no quieres tener hijos? ¿Qué clase de hombre eres tú?

Él la miró, sorprendentemente pálido.

–La clase de hombre que tuvo un padre egoísta y egocéntrico. La clase de hombre que juró no destrozar nunca la vida de un niño. La clase de hombre que ha pasado por ese infierno.

«Respira, respira», se decía Kelly a sí misma, deseando que Vivien estuviera allí con su bolsa de papel.

Aún atónita por la confesión de Alekos, se sentía totalmente desconcertada, sus planes de tomar un avión para volver a Little Molting olvidados tras aquella revelación.

Pero quedarse no tenía sentido.

Si alguna relación había estado destinada al fracaso era aquélla.

Pero el recuerdo de su palidez, de la tensión en su rostro mientras le contaba aquello. Y esas palabras: «la clase de hombre que juró no destrozar nunca la vida de un niño».

–Por el amor de Dios... –Kelly se quitó los zapatos y atravesó el suelo de mármol para salir a la terraza. Alekos le había dicho que si quería hablar estaría allí.

Muy bien, podían hablar durante cinco minutos. Comprobaría que estaba bien y luego se marcharía de Corfú.

Alekos no estaba en la terraza y miró alrededor, sorprendida. Pero entonces oyó un chapuzón en la piscina...

Nadaba dando largas brazadas, el agua resbalando por sus anchos hombros mientras intentaba aliviar su frustración.

Kelly sintió un cosquilleo al recordar toda esa fuerza concentrada en ella...

Pero no debía hacerlo, de modo que se sentó al borde de una hamaca a esperar.

La vista del jardín y el mar era absolutamente fabulosa. La paz y la tranquilidad de aquel sitio deberían calmarla, pero no podía calmarse con Alekos en su campo de visión.

Después de atravesar la piscina varias veces, él salió del agua y se dirigió hacia ella.

—Sólo quería saber si estabas bien.

—¿Por qué no iba a estar bien?

—Porque... me has contado cosas que no sueles contar.

—Ah, qué típico. Me odias, pero como crees que estoy disgustado tenías que comprobar si estaba bien.

—No quiero tener tu muerte sobre mi conciencia —replicó Kelly. Pero como era imposible concentrarse con toda esa piel desnuda delante de ella, apartó la mirada—. Bueno, a ver si lo he entendido correctamente: has dicho que no quieres tener hijos porque temes hacerles daño, ¿es eso?

—Sí.

Kelly se mordió los labios.

—¿Tu padre te hizo daño?

—Sí.

—¿No vas a decir nada más? Si no me dices lo que sientes... ah, espera, que tú no hablas de tus sentimientos.

—No.

—Pero oí lo que le decías al médico...

—Déjalo, Kelly.

–Ya, claro. Tú sigues adelante fingiendo que no pasa nada porque eso es lo que te funciona. El problema es que a mí no me funciona. La última vez no me funcionó. Pensé que habías decidido que no me querías, que yo era demasiado inexperta o algo así.

–Me gusta que seas inexperta –Alekos se puso una toalla alrededor de la cintura y Kelly tragó saliva, intentando concentrarse en otra parte de su anatomía.

–Ya, claro. Eso demuestra que no te entiendo y tú no me dices lo que piensas, así que lo mejor es olvidar el asunto.

–No vamos a olvidar nada. Pero tienes razón, es un tema del que me cuesta hablar –Alekos se sirvió un vaso de agua de una jarra–. ¿Qué es lo que quieres saber?

–Todo. Me gustaría entender por qué no quieres tener hijos.

–El matrimonio de mis padres fue un desastre. Mi madre tuvo una aventura, mi padre la dejó... y yo tuve que elegir con quién quería vivir –Alekos levantó el vaso y tomó un trago mientras Kelly lo miraba, perpleja.

–¿Tuviste que elegir entre los dos? ¿Cuántos años tenías?

–Seis. Me sentaron en una habitación y me preguntaron con quién quería vivir. Y yo sabía que dijera lo que dijera sería la decisión equivocada –Alekos dejó el vaso sobre la mesa–. Elegí vivir con mi madre porque me preocupaba lo que pudiera hacer si no la elegía a ella.

–¿Por qué?

–Ella era la más vulnerable de los dos... me dijo que se moriría si me perdiera y ningún niño de seis años quiere que su madre muera.

¿Habían obligado a un niño de seis años a elegir con quién quería vivir? Kelly estaba perpleja.

—¿Y tu padre? ¿No se daba cuenta de que estaba poniéndote en una situación imposible?

—Según él, tomé la decisión equivocada y nunca me perdonó.

—Pero...

—Dejé de existir para él. Nunca volví a verlo —Alekos la miró y, por una vez, no había burla en sus ojos, ni una pizca de humor. Sólo una fría determinación—. Yo no quiero que mis actos hieran a mis hijos. Y ocurre a menudo, así que ahora entenderás por qué me asusté al leer que querías tener cuatro hijos. Fue una sorpresa para mí.

Kelly se pasó la lengua por los labios.

—Ójala me lo hubieras dicho.

—Entonces no hablábamos mucho, ¿verdad? Nos comunicábamos de otra manera. Decir que fue un torbellino de relación sería decir poco.

—Yo sí te contaba cosas —le recordó ella. Pero nunca le había preguntado por su infancia o por sus sueños. Tal vez porque estaba pensando en *sus* sueños, no en los de Alekos—. No se me ocurrió que pudieras tener un problema con la familia. Parecías tan decidido, tan seguro de ti mismo. Siempre parecías saber lo que querías.

—Sí sabía lo que quería. O, al menos, creía saberlo —Alekos tiró de ella para levantarla de la hamaca—. Pero las cosas cambian. La vida te coloca en situaciones inesperadas.

Sin los zapatos, Kelly apenas le llegaba a los hombros y, por un momento, apoyó la cabeza en su bronceada piel.

–Sí, la vida te ofrece cosas inesperadas, es verdad. Pero esto no parece un cuento de hadas.

–Algunos cuentos de hadas son aterradores, *agapi mu*. ¿Qué pasa con las brujas y los lobos?

–Pero también está el hada madrina, que es buena.

–¿Lo ves? Yo sería un padre horrible, ni siquiera podría contarle cuentos –Alekos levantó su barbilla con un dedo–. ¿Te duele la cabeza?

–Un poco. En realidad me duele todo, es como si me hubiera pisoteado un rebaño de vacas. No pienso volver a ponerme zapatos en tu casa.

Pero lo que más le dolía era el corazón. Por él, por el niño al que unos padres egoístas habían obligado a tomar una decisión imposible. Y por ella, que ahora tenía que tomar una decisión igualmente difícil.

Marcharse y vivir sin él o quedarse y arriesgarse a que Alekos volviese a dejarla.

No sabía qué hacer, qué decisión tomar.

Alekos pasó un dedo por su labio inferior.

–¿No vas a ponerte zapatos? ¿Y ropa? –le preguntó, con voz ronca–. Tal vez tampoco deberías llevar ropa.

–No hagas eso. No puedo pensar cuando haces eso –Kelly intentó apartarse, pero él la sujetó–. Estoy desconcertada. Siempre pensé que eras un hombre absolutamente seguro de sí mismo, que no te daba miedo nada.

–En la vida profesional, soy así –dijo Alekos, enredando los dedos en su pelo–. Pero en mi vida personal suelo meter la pata de una forma espectacular.

La admisión, sorprendentemente sincera, destrozó su patético intento de resistencia.

—No podemos estar juntos por un hijo que tú no quieres.

Él tomó su cara entre las manos.

—Te traje aquí antes de saber que estabas embarazada.

—Si tanto interés tenías en hacer las paces, ¿por qué no fuiste antes a Inglaterra?

—Porque en Inglaterra llueve hasta en el mes de julio y aquí, en Corfú, puedo garantizar que podrás ir en bikini todo el día —en sus ojos había una promesa de seducción—. Soy así de frívolo.

—No puede ser sólo sexo, Alekos —Kelly puso una mano en su hombro para empujarlo—. El sexo es lo más fácil. Lo difícil es mantener una relación de verdad.

—Sí, lo sé.

—Tú no quieres tener un hijo, así que no veo la solución.

Pero le gustaría. Le gustaría tanto.

—La encontraremos juntos —Alekos buscó su boca, despertando emociones que ella intentaba contener.

Y que no podía contener.

Era el único hombre que podía hacerle perder la cabeza.

—Durante semanas he querido hacer esto... desde ese encuentro en la cocina no he pensado en otra cosa. Me vuelves loco, *erota mou*.

Sus labios eran tan peligrosos que Kelly dejó escapar un gemido. Los pájaros revoloteaban sobre sus cabezas, pero ninguno de los dos se daba cuenta, tan concentrados estaban el uno en el otro.

Fue el ruido de una puerta lo que por fin hizo que se separasen.

—Me estás desconcertando aún más —dijo Kelly.

—No tienes por qué estar desconcertada —Alekos volvió a buscar sus labios—. Tú deseas esto tanto como yo.

El aire era húmedo, cargado de tensión, y como una persona a punto de ahogarse, Kelly intentaba mantener la cabeza fuera del agua.

—Hace cuatro años me hiciste mucho daño.

—Lo sé.

—Ni siquiera me diste una explicación —murmuró ella, mirando la sensual curva de sus labios y la oscura sombra de su barba—. Te portaste de una manera horrible.

—Lo sé. Fui un auténtico canalla —asintió Alekos. Lo había dicho con voz ronca, sus pestañas negras escondiendo unos ojos en los que había un brillo de deseo—. Pero quiero compensarte. Podemos encontrar la manera de que esto funcione.

—No veo cómo. Y no te atrevas a besarme otra vez.

Kelly intentó apartarse, pero Alekos era más fuerte que ella y no temía usar la fuerza cuando le hacía falta.

Y el beso fue un recordatorio devastador de lo que había entre ellos.

—Vas a perdonarme, *agapi mu* —murmuró, mordiendo su labio inferior—. Estás enfadada, lo sé, pero eso es bueno porque significa que aún te importo.

—No, eso demuestra que tengo suficiente sentido común como para no dejar que vuelvas a entrar en mi vida.

Pero en sus palabras no había convicción. No sólo porque el beso la hubiera debilitado sino también por el niño. No quería marcharse, era así de sencillo. Pero si se quedaba había muchas posibilidades de que Alekos volviese a hacerle daño y esta vez estaría haciéndole daño al niño también.

—No puedo hacerlo. No puedo pasar por eso otra vez.

—Pero me deseas, tú sabes que es así...

—No, yo no sé nada de eso —lo interrumpió Kelly—. Es una cosa física, nada más.

—Si sólo es una cosa física, ¿por qué has estado llevando mi anillo al cuello durante cuatro años?

Ella abrió mucho los ojos.

—¿Quién te lo ha contado?

—Lo vi mientras hacíamos el amor en la cocina. No sabía que lo hubieras llevado puesto durante cuatro años, pero tú me lo acabas de confirmar. Y debes admitir que eso dice mucho.

—Dice que eres engañoso y traicionero —replicó Kelly, airada.

—Dice que sigue habiendo algo entre nosotros —Alekos apoyó la frente en la suya—. Quédate, Kelly. Quédate, *agapi mu*.

—No puedo pensar cuando estoy contigo y tengo que decidir lo que voy a hacer —dijo ella, intentando apartarse—. Estoy embarazada y tú no quieres tener hijos, así que dime cómo podría funcionar. ¿O de repente has descubierto que esto es lo que siempre habías querido?

—No, no voy a fingir que es así. Pero ha ocurrido y

eso lo cambia todo. Admito que lo del niño ha sido una sorpresa, pero encontraremos una solución.

–¿Cómo?

–No lo sé. Necesito algún tiempo para acostumbrarme a la idea y que tú te fueras no resolvería nada.

–Si me quedo acabaremos en la cama y eso tampoco resolvería nada –indecisa, Kelly lo miró a los ojos, como si fuera a encontrar allí la solución–. La última vez sólo era sexo, tú mismo lo has dicho. Si me quedo, tiene que ser diferente.

–¿En qué sentido?

–Tiene que ser una relación de verdad.

En realidad, no sabía qué hacer. Si su deseo de no tener hijos era tan profundo como para dejarla plantada en el altar, eso no iba a cambiar de repente.

Por otro lado, seguía allí. Eso demostraba que hablaba en serio al decir que quería que su relación funcionase.

A menos que su objetivo fuera acostarse con ella.

Y sólo había una forma de descartar esa posibilidad.

–Dormiremos en habitaciones separadas –anunció.

Alekos pareció vacilar un momento, pero al final asintió con la cabeza.

–Muy bien, dormiremos en habitaciones separadas si eso es lo que quieres.

Kelly no sabía si sentirse impresionada o decepcionada. ¿Era eso lo que quería? No estaba segura, pero ya no podía echarse atrás.

–Y tendrás que decirme lo que piensas. Todo el tiempo. Está claro que no sé leer tus pensamientos y es agotador intentarlo.

–Estás acalorada, deberías quitarte la ropa. Te quiero desnuda.

Ella lo fulminó con la mirada.

–¡Estoy intentando mantener una conversación seria!

–¿No querías saber lo que pienso? Pues eso es lo que pienso.

–En ese caso, tendré que censurar tus pensamientos. No quiero saber nada sobre los que tengan que ver con el sexo.

–Censurar mis pensamientos... –Alekos levantó una ceja, burlón–. De modo que quieres saber lo que estoy pensando, siempre que sea lo que tú quieres que piense. Va a ser muy complicado.

–Has levantado una empresa multimillonaria, seguro que puedes hacerlo si te empeñas. Y ahora, si no te importa, voy a deshacer la maleta.

–Los empleados se encargarán de eso.

–Prefiero hacerlo yo –necesitaba una excusa para estar sola durante unos minutos. Tenía que pensar y no podía hacerlo teniendo a Alekos tan cerca.

–¿Por qué no la abres y tiras el contenido por el suelo? –sugirió él.

–Puede que te parezca muy gracioso que yo sea desordenada, pero a mí me parece que tú tienes una obsesión por controlarlo todo. Y hay algo muy sospechoso en alguien que necesita tenerlo todo controlado y ordenado. La espontaneidad puede ser una cosa muy sana. Deberías recordarlo.

Y ella necesitaba recordar por qué demonios le había perecido buena idea sugerir que durmieran en habitaciones separadas.

Kelly volvió al dormitorio, deseando poder controlar su lengua.

Se había condenado a no pegar ojo por las noches. Y si Alekos estaba decidido a hablar de sexo, los días tampoco iban a ser muy relajantes.

Capítulo 6

DÓNDE has dicho que vamos esta noche? –Kelly estaba tumbada en una hamaca frente a la piscina, tomando limonada sin trocitos de limón e intentando no pensar en sexo.

¿Por qué cuando uno no podía tener algo pensaba en ello sin cesar?

¿Y por qué Alekos, que normalmente lo cuestionaba todo, había aceptado sin discutir que durmieran en habitaciones separadas?

Durante las últimas semanas había compartido con ella cada uno de los pensamientos que pasaban por su cabeza, algunos tan eróticos que era un alivio estar solos en la villa. También le había comprado flores, joyas, un libro y un nuevo iPod para reemplazar el que se le había caído en la piscina, pero no la había tocado. Ni una sola vez.

Y ni una sola vez había discutido la decisión de dormir en habitaciones separadas.

–Vamos a Atenas –respondió Alekos, leyendo tranquilamente los mensajes en su BlackBerry, como si no se diera cuenta de que ella estaba a punto de explotar.

No ayudaba nada que se hubiera sentado al borde de su hamaca, tan cerca como podía estarlo, pero sin tocarla. Sin darse cuenta, Kelly miró sus poderosos muslos y se le encogió el estómago.

¿Estaría haciéndolo a propósito?, se preguntó.

Intentando disimular, levantó un poco las piernas porque temía que sus muslos pareciesen gordos aplastados contra la hamaca.

Que hubiera pasado tanto tiempo con ella la sorprendía. Durante las últimas semanas sólo se había marchado en un par de ocasiones para acudir a alguna reunión que no podía mantener por teléfono. Debía ser un sacrificio enorme para él estar allí en lugar de estar en la oficina y era halagador que le dedicase tanta atención.

Pero se recordaba a sí misma que debía tener cuidado. Cada minuto del día.

Vivir juntos era demasiado intenso. Estar juntos era demasiado intenso, pensó, admirando los músculos de su espalda. De modo que era mejor ir a algún sitio, estar rodeados de gente.

–¿Es una cita o algo así?

–Más bien una cena de negocios. Pero quiero tenerte a mi lado.

Esas palabras hicieron que Kelly se derritiera. La quería a su lado. Estaba incluyéndola en su vida, compartiendo cosas con ella.

La relación estaba progresando, pensó, de modo que había sido buena idea sugerir dormitorios separados. Ojalá no fuese tan difícil. La química entre ellos era eléctrica e incluso sin tocarlo podía sentir la tensión de sus músculos. Y ella experimentaba la misma tensión.

–Esa cena... dime lo que debo decir. No quiero meter la pata.

–No espero que tú cierres el trato. Sencillamente, sé tú misma.

–¿Y qué debo ponerme?

–He pedido que envíen unos vestidos a nuestra casa de Atenas para que puedas elegir.

«Nuestra casa de Atenas».

Kelly tragó saliva, permitiendo que una llamita de ilusión se encendiera en su interior. ¿Diría eso si pensara volver a dejarla plantada? No. Hablaba como si fueran una pareja.

–¿Cuánto tiempo vamos a estar en Atenas?

–Sólo esa noche. El piloto vendrá a buscarnos en una hora.

–¿Una hora? –Kelly se sentó de un salto–. ¿Tengo una hora para impresionar a un montón de gente?

–Yo soy la única persona a la que debes impresionar. Y supongo que te arreglarás cuando lleguemos a Atenas. No te preocupes, he llamado a alguien que te ayudará.

–¿A quién has llamado, a un cirujano plástico?

–No, no creo que tú necesites un cirujano plástico. He llamado a una estilista y a una peluquera.

–¿Una estilista? ¿No necesito un cirujano plástico pero sí necesito una estilista? –con la confianza hecha añicos, Kelly se apartó el pelo de la cara–. ¿Estás diciendo que no te gusta mi estilo?

Alekos suspiró.

–Me encanta tu estilo, pero la mayoría de las mujeres pensarían que tener una estilista y una peluquera a su disposición es estupendo. ¿Me he equivocado? Porque si es así puedo cancelar...

–No, no, no canceles nada. Podría ser... –Kelly se

encogió de hombros– divertido. A lo mejor me dan uno de esos masajes con los que pierdes uno o dos kilos.

–Si hacen eso no volverán a trabajar para mí. ¿Por qué las mujeres se obsesionan tanto con estar delgadas?

–Porque los hombres son increíblemente superficiales –respondió ella, levantándose de la hamaca.

–¿Dónde vas?

–A arreglarme un poco.

–Puedes arreglarte cuando lleguemos a Atenas.

–Voy a arreglarme *antes* de arreglarme. No puedo enfrentarme con una estilista con esta pinta.

Alekos se pasó una mano por el pelo.

–Nunca entenderé a las mujeres.

–Sigue intentándolo. Tú eres muy listo, seguro que tarde o temprano lo consigues.

Su casa estaba en la mejor zona de Atenas, un poco alejada de las demás mansiones y al final de un largo sendero rodeado de árboles.

Mientras aterrizaban en el helipuerto, Kelly se sintió un poco mareada. Aquello era increíble.

La villa contaba con una enorme terraza mirando a la ciudad de Atenas y, en el jardín, una cascada de agua se transformaba en una piscina. Era un oasis de agua rodeado de buganvillas y madreselva.

Kelly pensó en su casita en Little Molting. Cuando estaba en la cocina casi podía tocar las cuatro paredes. Aquello era otro mundo.

Sintiéndose un poco intimidada, se agarró al asiento

mientras el helicóptero aterrizaba a unos metros de la mansión.

Y cuando cuatro hombres corrieron a abrir la puerta miró a Alekos, perpleja.

–¿Quiénes son?

–Parte de mi equipo de seguridad.

¿Parte?

–¿Hay algo que no me hayas contado?

–En Atenas tengo más cuidado –dijo Alekos, desabrochando su cinturón de seguridad–. El dinero te convierte en objetivo, ya lo sabes. Quiero poder vivir sin tener que estar mirando por encima del hombro a todas horas.

Kelly sabía que había creado miles de puestos de trabajo y que apoyaba proyectos benéficos. Aparentemente, nada de eso libraba a un millonario del peligro.

Mientras lo seguía hasta la puerta de la mansión iba mirando de un lado a otro, asombrada. Sin duda, era la casa más impresionante que había visto nunca.

Y no la había visto nunca porque cuatro años antes pasaban todo el tiempo en Corfú.

Las paredes de cristal le daban un aire muy contemporáneo. Los muebles eran sencillos y elegantes, pero la sensación general era de riqueza y privilegio. Nada que ver con sus humildes orígenes.

–No tenemos mucho tiempo –Alekos tomó su mano para subir la escalera–. Te dejo para que te prepares.

–Pero... –Kelly habría querido hacerle mil preguntas, pero él ya se alejaba por el pasillo con el teléfono en la mano.

Frustrada, miró alrededor, sintiéndose como una intrusa.

–¿Señorita Jenkins? –la llamó una mujer, alta y elegante–. Soy Helen. Si quiere que empecemos...

–Ah, sí, claro.

Kelly siguió a la mujer hasta una de las habitaciones de la suite y miró, incrédula, la cantidad de vestidos que habían llevado para que eligiese. Era como si hubiesen abierto una exclusiva tienda para ella sola. Cuatro años antes no había visto esa faceta de la vida de Alekos porque estaban siempre en la playa y cenaban en la terraza de su villa con la misma ropa que habían llevado durante el día...

Había dos mujeres más en la suite, pero era Helen quien estaba al mando.

–Si quiere empezar por elegir el vestido, podremos decidir el peinado y el maquillaje –dijo la estilista, mirándola con ojo de experta–. Y creo que tengo algo que le quedaría perfecto.

Kelly, que seguía preguntándose qué era «perfecto» para una cena de negocios, vio que tomaba uno de los vestidos.

–¿Rosa fucsia?

–Le quedará espectacular. Colores del Mediterráneo –Helen sacó el vestido de la percha–. Sus ojos son del color del mar, su pelo del color de la arena mojada y este vestido... del color de las adelfas. ¿No le gusta?

–Me encanta, pero yo quería tener un aspecto adulto y sofisticado. Tal vez algo negro...

–El negro es para los funerales –la interrumpió Helen–. Me habían dicho que lo de esta noche era una celebración. ¿Por qué no se da un baño y se lo prueba después? Si no le gusta, buscaremos otra cosa.

¿Una celebración?

El corazón de Kelly se volvió loco y, mientras se metía en la bañera llena de espuma perfumada, se preguntó qué iban a celebrar.

Debía ser algo muy importante si Alekos se había molestado tanto.

Y quería que ella estuviera a su lado, de modo que no podía ser sólo una cena de negocios.

Debía ser sobre ellos, pensó, temblando de emoción. Durante las últimas semanas no habían hablado del futuro, concentrándose en el presente y en su nueva relación. Y eso era bueno, se dijo a sí misma. Así era como debían hacerlo.

Y, aunque una parte de ella se sintiera decepcionada porque Alekos no había vuelto a mencionar el niño, otra parte lo entendía. Todo aquello era nuevo y él no lidiaba con sus problemas públicamente. Intentaba resolverlos por sí mismo.

Tenía que ser paciente y darle tiempo.

Que la hubiera llevado allí demostraba que los veía como una pareja, que ella era parte de su vida.

Kelly empezó a jugar con las burbujas. Evidentemente, iban a celebrar algo que aún no había pasado.

¿Iba a pedir su mano?

Intentó imaginar otra razón, pero no se le ocurría ninguna e intentó decidir si diría que sí de inmediato o lo haría esperar.

¿Pero por qué iba a hacerlo esperar? ¿Para qué? Lo amaba, nunca había dejado de amarlo e iba a tener un hijo suyo. No tenía sentido fingir que no quería estar con él.

Emocionada, apenas podía estarse quieta mientras una de las chicas le lavaba el pelo.

—No me atrevo a cortarle el pelo o el jefe me mataría —dijo Helen mientras se lo secaba con un secador de mano—. Y la verdad es que tiene un pelo precioso.

—¿Alekos ha dicho eso?

—«Quiero que deje a todo el mundo boquiabierto», eso fue lo que me dijo. «Pero no le cortes el pelo, tiene un pelo precioso». «Hagas lo que hagas, no se lo cortes o no volverás a trabajar para mí».

Tenía que dejar boquiabierto a alguien, ésa era una prueba de que estaba presentándola ante el mundo como una persona importante en su vida, pensó Kelly.

—¿Trabaja para él a menudo?

Sonriendo, Helen tomó su maletín de cosméticos.

—Solía llevarme a Corfú para que peinase a su abuela. Ella quería estar guapa, pero cada vez le costaba más tomar un avión para venir a Atenas, así que me llevaban allí. El señor Zagorakis adoraba a su abuela.

—Ah —murmuró Kelly, sorprendida porque Alekos apenas mencionaba a su abuela—. No la conocí, pero sé que la villa de Corfú era suya.

Entonces recordó las palabras del médico:

«Recuerdo que venías aquí a ver a tu abuela cuando eras niño. Recuerdo un verano en particular, cuando tenías seis años. No hablaste durante un mes. Habías sufrido un trauma terrible...

Corfú había sido su santuario, pensó mientras Helen le aplicaba el maquillaje. Pero nunca hablaba de ello. ¿Por qué?

—Está guapísima.

—Gracias.

—Ahora, el vestido.

Nina, su ayudante, entró con el vestido en la mano y Kelly se lo probó.

—Perfecto. Sólo faltan los zapatos.

Kelly hizo una mueca.

—Yo no puedo andar con unos tacones tan altos. Tengo un problema con los zapatos y los suelos encerados.

—Para eso inventó Dios a los hombres. El señor Zagorakis la llevará del brazo —Helen dejó los zapatos en el suelo y Kelly se los puso—. Sólo nos faltan las joyas... lleva el cuello desnudo.

—¿Ya estás lista? —Alekos entró en la habitación con el teléfono pegado a la oreja, espectacular con una chaqueta blanca de esmoquin.

Pero al verla, bajó el teléfono.

Y Kelly no tenía que mirarse al espejo para saber que Helen había hecho un buen trabajo. Mirarlo a los ojos era suficiente.

Sintiéndose mejor que nunca, se dio la vuelta para mirarse al espejo... y se encontró con una mujer a la que no reconocía. Normalmente, ella vestía de negro porque le parecía el color más seguro, pero no había nada seguro en el rosa fucsia. Era valiente, alegre, atrevido.

Y, con ese escote, innegablemente sexy.

Pero no sabía si era buena idea ponerse algo sexy.

Supuestamente, estaban intentando quitarle importancia al elemento sexual en su relación.

Por otro lado, si iban a celebrar lo que ella creía que iban a celebrar, ¿qué mejor manera de hacerlo?

–Estás preciosa –dijo él, haciendo un gesto con la cabeza para que Helen y Nina salieran de la habitación–. Y tengo algo para ti.

El corazón de Kelly se aceleró.

–¿Ah, sí?

–Pero antes tengo que decirte algo.

–Yo también quería decirte una cosa.

«Te quiero. Nunca he dejado de quererte».

–Quiero terminar con esta farsa de dormir en habitaciones separadas. Me está volviendo loco, Kelly. No puedo concentrarme en el trabajo, no puedo dormir.

–Ah –murmuró ella, sorprendida. Aunque era lógico que Alekos sintiera eso porque era un hombre muy viril–. A mí me pasa lo mismo. Yo también me estoy volviendo loca.

–Quiero que nuestra relación incluya el sexo.

Una relación de verdad, pensó ella.

–Yo también –murmuró, con el corazón acelerado cuando Alekos la tomó por la cintura.

–No puedo evitarlo. Tengo que...

Kelly olvidó que tenían que ir a una cena, incluso olvidó que estaba esperando que la pidiese en matrimonio. Sólo estaba concentrada en ese momento.

Al sentir el roce de las manos masculinas en su espalda desnuda buscó sus labios mientras Alekos levantaba el vestido, enardecido.

–Kelly...

–Sí, lo sé.

–Espera... no deberíamos –dijo él entonces.

–¿Por qué? Pensé que...

–No, así no. No es esto lo que quiero.

–¿No?

–Más tarde –Alekos dio un paso atrás–. No quiero unos minutos de locura contigo, quiero algo más.

También ella quería algo más.

Quería un final feliz y cuando Alekos metió la mano en el bolsillo de la chaqueta, por un segundo pensó que se le había parado el corazón.

–Tengo algo para ti –dijo él, sacando una cajita del bolsillo.

Kelly la miró. Era una cajita larga... no de la forma que ella esperaba.

–¿Qué es?

Tal vez no tenían cajitas pequeñas en la joyería o tal vez él había pensado que sería divertido fingir que no era un anillo.

–Es un collar.

No era un anillo, era un collar.

–Te quedará perfecto con ese vestido –Alekos sacó el collar de diamantes de la caja–. Quería hacerte un regalo.

Estaba dándole un regalo, pensó Kelly, no un futuro.

Un collar.

No un anillo.

No una proposición de matrimonio.

Al ver los diamantes sintió lo mismo que había sentido cuando cayó al suelo en la villa de Corfú: sin aire, sin aliento, apartada de la realidad.

No sabía qué decir, pero tenía que decir algo porque Alekos la miraba, interrogante.

–Pareces sorprendida.

–Lo estoy.

–Los diamantes suelen ejercer ese efecto en la gente.

Kelly carraspeó para aclararse la garganta.

–Es muy bonito, gracias –le dijo, como una niña agradeciendo una muñeca porque su estricto padre así lo esperaba.

Dado el valor del regalo, seguramente la respuesta no era muy apropiada, pero no podía hacer otra cosa.

En las últimas horas se había convencido a sí misma de que Alekos iba a pedirle en matrimonio, de que la celebración que había mencionado Helen iba a ser su compromiso. Pero no era eso y sintió que sus ojos se empañaban.

–Es precioso... de verdad.

–¿Entonces por qué lloras?

–Es sólo... –Kelly se aclaró la garganta–. Me he quedado sorprendida. No esperaba esto.

–He pensado que podría marcar el inicio de nuestra nueva relación.

–Del sexo, quieres decir.

–Este collar no tiene nada que ver con el sexo. ¿Eso es lo que crees?

–No, da igual, no te preocupes. Estoy embarazada y las mujeres embarazas suelen... emocionarse por tonterías.

–¿Quieres tumbarte un momento? Me gustaría que vinieras conmigo a la cena, pero si no te encuentras bien...

No le había pedido en matrimonio, pero su relación había tomado un nuevo rumbo, pensó. Estaba siendo poco realista al pensar que todo se iba a arreglar en unas semanas. Haría falta mucho más que eso, ¿no?

Tenía que ser paciente.

No le había pedido que se casara con él, pero las

cosas estaban cambiando. Para empezar, decía «nuestra casa», no «mi casa». Había aceptado que no hubiera sexo en la relación y eso demostraba que era capaz de acomodarse a sus deseos. La veía como a una compañera, no como un objeto sexual. Y, sobre todo, cuando decía la palabra «embarazada» no salía corriendo.

Ésa tenía que ser una buena señal.

Capítulo 7

ALEKOS observaba a Kelly charlando con el grupo de poderosos banqueros y empresarios con una mezcla de sentimientos. Llevarla con él había sido un movimiento estratégico por su parte para suavizar la que, en otras circunstancias, podría haber sido una reunión difícil y, por un lado, era un alivio que todo fuera bien. Pero no podía evitar una punzada de celos al ver que uno de los empresarios más jóvenes la hacía reír.

Había pasado mucho tiempo desde que vio a Kelly tan relajada y tan feliz.

Era como si se hubiera encendido una luz dentro de ella, como si ya no llevase una carga sobre los hombros.

Estaban sentados en la terraza de uno de los mejores restaurantes de Atenas, separados de los demás clientes por enormes plantas.

Era un sitio perfecto.

Pero Alekos no se había sentido nunca tan nervioso.

No sólo empezaba a enfadarse al ver al joven empresario flirteando con Kelly sino que aún temblaba de deseo porque ese tórrido encuentro en la habitación no había sido suficiente para saciar su apetito.

Cuando ella se inclinó hacia delante para tomar el vaso de agua, el escote del vestido rosa se abrió un poco y, convencido de que el otro hombre estaba disfrutando de la panorámica tanto como él, Alekos apretó el vaso que tenía en la mano.

Pero, sin darse cuenta del peligro al que se enfrentaba, su competidor siguió charlando con Kelly.

–Cuando Zagorakis dijo que iba a venir con una mujer no esperaba a alguien como tú.

Alekos empezó a tamborilear sobre la mesa, sus pensamientos tan negros como una tormenta al ver que rozaba su brazo. Y Kelly sonreía.

¿Estaba haciéndolo a propósito?

¿Estaba intentando despertar sus celos?

–¿Qué te parece, Alekos? –era Takis quien hablaba, el mayor del grupo de banqueros–. ¿Crees que la expansión tendrá un efecto negativo en la cuenta de beneficios?

–Lo que creo es que si Theo no aparta los ojos de mi mujer en cinco segundos buscaré financiación en otro sitio.

El joven lo miró, perplejo.

–¿Cómo?

–Vuelve a tocarla y acabarás trabajando en la caja de un supermercado.

Kelly lo miraba como si se hubiera vuelto loco.

Y tal vez así era, pensó Alekos, notando que sus nudillos se habían vuelto blancos. Nunca en su vida había perdido el control durante una reunión de trabajo. Pero no estaba dispuesto a dejar que otro hombre tocase a Kelly.

Takis rompió el silencio con una risa forzada.

–No subestimes lo que haría un griego para defender a su mujer, ¿eh? Brindemos por el amor. ¿Debemos entender que la vuestra es una relación seria?

Alekos vio que Kelly se ponía colorada.

–Es hora de sentar la cabeza –siguió Takis, encogiéndose de hombros, como si fuera un destino al que estaban abocados todos los hombres, quisieran o no–. Necesitarás hijos fuertes para llevar tu naviera. Kelly no es griega, pero eso no importa. Es una mujer preciosa y estoy seguro de que te dará hijos fuertes y sanos.

Alekos volvió a sentir una ola de pánico. Hijos, más de uno. Muchos niños que dependerían de él.

Nervioso, tomó su copa de vino.

–Cuanto antes empecéis, mejor –Takis no parecía darse cuenta de su nerviosismo o del rictus de Kelly–. Una esposa griega debe tener muchos hijos.

Preguntándose si Takis estaba haciéndolo a propósito, Alekos hizo una mueca. Anticipaba la reacción de ella ante un comentario tan sexista y decidió intervenir antes de que explotase.

–Esta discusión es un poco prematura.

Pero si esperaba gratitud se llevó una desilusión porque Kelly lo miró a los ojos, tan pálida como la servilleta que tenía en la mano.

–¿Crees que la discusión es prematura? Pues yo creo que la hemos retrasado demasiado tiempo –replicó, levantándose–. Perdonen, tengo que ir al baño.

Los hombres se levantaron y Alekos, al ver los brillantes suelos del restaurante, decidió seguirla, por si acaso.

Un par de pasos tras ella, admirando sus piernas, se preguntó si podrían marcharse antes del postre...

–Será mejor que me tomes del brazo, el suelo es resbaladizo. Y no deberías haber contestado así. Ya sé que las opiniones de Takis son un poco anticuadas, pero...

–¿Que no debería haber contestado así? –lo interrumpió ella, volviéndose para fulminarlo con la mirada–. No cambiarás nunca, ¿verdad? Me estoy engañando a mí misma. Pensé que estabas acostumbrándote a la idea, pero la verdad es que sencillamente has querido olvidarte del asunto. Estás haciendo lo que se te da mejor: fingir que no ocurre nada.

–Eso no es verdad.

–Sí es verdad. Takis ha dicho que deberías tener hijos, pero según tú eso es prematuro. ¿Cuánto tiempo necesitas, Alekos?

–No tengo intención de hablar sobre mi vida privada con Takis Andropoulos.

–Deja de engañarte a ti mismo. Tú no quieres tener hijos. Y no te atrevas a decir que yo he metido la pata, has sido *tú* el que ha soltado esa barbaridad. Te has portado como un bruto, celoso y posesivo, fulminándome con la mirada porque charlaba con el hombre que tú has sentado a mi lado.

–Kelly...

–No he terminado. Podría perdonarte todo eso porque sé que tienes una visión anticuada de la vida, pero nunca te perdonaré por negar la existencia de mi hijo.

Alekos miró alrededor, percatándose de que todos los clientes del restaurante estaban atentos a la conversación.

–Yo no he negado la existencia de nuestro hijo.

–¡Sí lo has hecho! Y no te atrevas a llamarlo «nuestro hijo». No lo has mencionado ni una sola vez en las últimas semanas. Me compras flores, joyas, cualquier cosa para que me acueste contigo, pero no piensas en el niño. Ni una sola vez.

–No lo hacía para acostarme contigo. Si sólo me interesara eso, al menos te habría besado.

–Y yo habría caído rendida a tus pies. ¿Eso es lo que quieres decir? ¿Te crees un dios del sexo o algo parecido? Eres un arrogante y un egoísta...

–Kelly, tienes que calmarte.

–¡No me digas que me calme! –estaba temblando de rabia, los ojos brillantes en un rostro totalmente pálido–. Nuestra supuesta relación se ha terminado. Esto no es lo que yo quiero para mi hijo y no es lo que quiero para mí. Me voy a casa, no te molestes en seguirme –con manos temblorosas, se quitó el anillo y lo puso en su mano–. Se acabó. Quiero volver a Corfú esta misma noche... no quiero que durmamos bajo el mismo techo. Y volveré a Inglaterra por la mañana.

Después de decir eso se quitó los zapatos y se dirigió hacia la puerta del restaurante sin molestarse en mirar atrás.

Angustiada como nunca, en ese estado entre el sueño y la vigilia, Kelly abrió los ojos. Podía oír un ruido... el ventilador del techo, pensó. Pero se tapó la cara con la almohada, demasiado agotada como para levantarse.

Cuando el piloto de Alekos la llevó de vuelta a Corfú era medianoche, pero no había podido conciliar el sueño. Y estaba amaneciendo...

Le dolían los ojos de tanto llorar y tenía demasiadas cosas en la cabeza como para poder dormir.

El sonido de unos pasos masculinos en el dormitorio hizo que su corazón se acelerase. Y cuando apartó la almohada, dejó escapar un grito.

Alekos estaba allí, con la misma chaqueta blanca que había llevado en el restaurante. Llevaba un montón de paquetes en la mano y se quedó inmóvil, como transfigurado al verla en la cama.

–¿Qué haces aquí? ¿Y por qué sigues llevando el esmoquin? Parece como si hubieras estado levantado toda la noche.

–Llevo levantado toda la noche –sus ojos brillaban de deseo y Kelly recordó entonces que estaba desnuda.

–Deja de mirarme así –colorada hasta la raíz del pelo intentó taparse con la colcha, pero estaba tumbada sobre ella y el proceso se convirtió en una pelea entre la colcha y ella.

–¡Ya está bien! –depositando los paquetes sobre una silla, Alekos tiró de la colcha y la cubrió con ella–. *Theé mou*, ¿lo haces a propósito?

–¿Qué hago a propósito?

–Atormentarme –Alekos dio un paso atrás.

–¡No me culpes a mí! Se supone que no deberías estar aquí.

Demasiado tarde se dio cuenta de que el sonido que había escuchado no era un ventilador sino las aspas del helicóptero.

–El trato era que yo te diría lo que pienso y he venido para decírtelo.

–Eso fue antes de...

–¿Vas a dejarme hablar o quieres que te haga callar como me gustaría hacerlo?

Kelly sujetó la colcha sobre su barbilla.

–No quiero que me toques. Di lo que tengas que decir y luego márchate. Me voy mañana a las once.

Él dejó escapar un largo suspiro.

–Anoche me acusaste de negar la existencia del niño, pero no es eso lo que estoy haciendo.

–Si has venido con alguna excusa estás perdiendo el tiempo...

–Kelly, tú sabes que soy un hombre muy reservado. No me resulta fácil contar lo que siento. Sé que nuestra relación está en un momento muy delicado... ¿de verdad crees que me arriesgaría a desestabilizarla anunciando a un montón de extraños que estás embarazada? ¿Eso es lo que querías que hiciera?

Demasiado enfadada como para entender su punto de vista, Kelly se sentó sobre la cama.

–Has estado negando la existencia de este niño desde el primer día. Sé que no lo quieres, sé que seguramente es lo peor que podría haberte pasado y fingir que no es así es engañarte a ti mismo. Esperas que la atracción que hay entre nosotros lo solucione todo, pero eso no va a pasar.

–No es eso lo que quiero. Y es cierto que descubrir que estabas embarazada fue una sorpresa para mí, no lo niego –la voz de Alekos se volvió ronca, su acento más pronunciado de lo normal–. Y seguramente no lo estoy haciendo bien, pero lo he intentado. Acepté que durmiéramos en habitaciones separadas porque una parte de mí entendía tus razones.

–Ah.

–Sí, ah –visiblemente tenso, Alekos se quitó la chaqueta y, después de dejarla sobre el respaldo de la silla, empezó a quitarse los gemelos–. Admito que la atracción que hay entre nosotros me ciega, pero sé que te hice mucho daño hace cuatro años y no quiero volver a hacértelo. Estoy intentando hacer lo que tú quieres y respetar las barreras que tú has establecido.

–Es muy injusto por tu parte volverte tan razonable de repente sólo porque estoy enfadada –murmuró Kelly–. Y no pienses ni por un momento que esto cambia nada. Aunque te portes como una persona razonable, sé que en el fondo sigues queriendo creer que el niño no existe.

–Tú dijiste que no querías estar conmigo sólo por el niño... que tenía que haber algo entre nosotros. Y yo estoy de acuerdo. Así que me he concentrado en «nosotros».

–No te entiendo.

–Te he comprado regalos porque quería mimarte, pero si hubiera traído regalos para el niño habrías dicho que sólo estaba intentando comprarte porque estás embarazada.

Kelly se apartó el pelo de la cara.

–Tal vez –admitió–. ¿Estás diciendo que no soy razonable?

–No, no estoy diciendo eso. Pero estoy intentando hacerte ver que no puedo ganar. Haga lo que haga, tú vas a interpretarlo mal porque quieres hacerlo. No confías en mí y no te culpo. En estas circunstancias sería extraño que lo hicieras. Sé que debo ganarme tu confianza y estoy intentándolo.

–Estás dándole la vuelta a la situación para que me

sienta mal. Y nada de eso explica por qué te has comportado como un cavernícola en el restaurante. No me
gusta nada la violencia...

–Y a mí no me gusta que toquen a mi mujer.

–Eres muy posesivo.

Alekos se encogió de hombros.

–Sí, lo soy. Es una acusación que no puedo negar.
El día que sonría al verte flirtear con otro hombre será
porque ya no hay nada entre nosotros. Pero pienso luchar por esta relación, *agapi mu*, aunque eso ofenda
tus principios de no violencia.

Fascinada a su pesar por tal demostración de terri-
torialidad masculina, Kelly intentó contener los latidos de su corazón.

–No estaba flirteando con otro hombre, ni siquiera
disfrutaba de su compañía. Si quieres que te diga la
verdad, era muy aburrido.

–Estabas riendo, nunca te había visto tan feliz.

–Me dijiste que era una reunión importante e in-
tenté mostrarme simpática. Y me sentía feliz porque
hasta que perdiste la cabeza pensé que todo estaba
bien. Te mostrabas amable conmigo, decías «nuestra
casa» y pensé que estábamos haciendo progresos...

–¿Nuestra casa? –la interrumpió Alekos.

–Eso dijiste, «nuestra casa». Y me gustó mucho.

Kelly se mordió los labios, preguntándose si era
posible que dos personas tan diferentes se entendie-
ran.

–Parecía como si hablaras de una pareja –siguió–.
De verdad pensé que las cosas iban bien, por eso me
sentía feliz. Y cuando me siento feliz, sonrío.

Alekos la estudió, en silencio.

–Yo pensé que estabas contenta porque te gustaba Theo.

–Estaba contenta por ti. Y espero que no se te suba a la cabeza porque no duró mucho. Intentaba ser amable por ti y...

–¿Por mí?

–Dijiste que era una reunión importante, así que hice un esfuerzo por ser amable con todos. Y todo iba bien hasta que metiste la pata... –Kelly se tapó la cara con las manos al recordar su brusca salida del restaurante–. Pero ahora me siento fatal. Y todo es culpa tuya.

–Estoy totalmente de acuerdo.

Sorprendida, Kelly apartó las manos de su cara.

–¿Estás de acuerdo?

–Me porté de una manera muy poco sensata, es verdad –Alekos tiró del lazo de su corbata y la dejó sobre la chaqueta–. Llevo despierto toda la noche, intentando encontrar la forma de convencerte de que sí te quiero, a ti y al niño.

–Entonces estarás cansado –murmuró ella, distraída al ver el vello oscuro de su torso–. Deberías acostarte.

–Dormir no está en mi lista de prioridades ahora mismo. Solucionar esto es más importante –dijo él, paseando por la habitación–. Sí pienso en el niño y para demostrártelo he decidido que era el momento de traer esto. Son cosas que he ido comprando durante estas semanas –añadió, señalando las cajas–. No sabía si debía enseñártelas, pero creo que ya no tiene sentido esperar.

–¿Qué has comprado? –preguntó Kelly–. Si son joyas, vas a necesitar una novia más grande.

–No son joyas y nada es para ti. Son regalos para el niño.

Ella parpadeó, asombrada. ¿Había comprado regalos para el niño?

–Pero aún no estoy embarazada de nueve meses. No sabemos si es niño o niña...

–Puedo devolverlos si quieres.

–No, no –dijo Kelly. Había comprado regalos para el niño cuando ella creía que lo había apartado de sus pensamientos–. Ahora me siento fatal.

–Yo no quiero que te sientas mal, sólo quería hacerte feliz. Pero parece que no es tan fácil.

–Ah, gracias, eso me hace sentir aún peor. ¿Qué has comprado?

–Abre las cajas –dijo él, dejando los paquetes sobre la cama.

–Voy a tener un niño, no sextillizos.

–Fui de compras un par de veces mientras estaba en Atenas –incómodo, Alekos desabrochó otro botón de su camisa–. Es posible que me dejase llevar un poco.

Emocionada, y sintiéndose horriblemente culpable, Kelly tomó el primer paquete, grande y blandito. Cuando rasgó el papel, encontró un enorme oso de peluche con un lazo rojo.

–Es precioso.

–Pensé que si lo compraba con un lazo azul te enfadarías por haber creído que era un niño y que si luego era una niña tendríamos que cambiarlo por uno rosa... así que el rojo me pareció mejor.

Kelly nunca había pensado que comprar un oso de peluche pudiera ser tan complicado y menos para un hombre que tomaba decisiones millonarias todos los días.

—Es perfecto. Al niño o a la niña le encantará.

Cuando abrió el segundo paquete encontró otro oso de peluche, idéntico al primero.

—Otro oso.

¿Qué quería, que el niño tuviera un oso de peluche para cada día de la semana?

—Estás pensando que me he vuelto loco.

—No, no estaba pensando eso.

Alekos le quitó el oso para mirarlo con una extraña expresión.

—Mi oso de peluche era la única constante en mi vida cuando era pequeño. Pasara lo que pasara, él siempre estaba allí. Pero un día lo perdí. Me lo dejé en un taxi cuando iba a casa de mi abuela y nunca volví a verlo. Para mí fue una tragedia —Alekos levantó la cabeza para mirarla a los ojos—. Cuéntaselo a la prensa y destrozarás mi reputación para siempre.

Kelly sintió que sus ojos se llenaban de lágrimas.

—Nunca se lo contaré a nadie. ¿Pero por qué no pudiste encontrarlo? Podrías haber llamado a la empresa de taxis.

—A nadie le pareció importante. Sólo era un oso de peluche... por eso he comprado dos. Por si acaso nuestro hijo lo perdiera. Podemos guardar éste en un armario y si el niño perdiese el primero, lo sacaremos para que no lo eche de menos.

Kelly no pudo evitar que las lágrimas rodaran por su rostro.

—Muy bien, haremos eso.

—¿Por qué lloras? ¿Qué he hecho?

–No has hecho nada, no te preocupes. Me encantan los osos, los dos.

–¿Entonces?

–No dejo de pensar en ti a los seis años, teniendo que elegir entre tu padre y tu madre.

–¿Estás llorando por algo que me pasó hace veintiocho años?

–Sí –Kelly se pasó una mano por la cara, intentando controlarse–. Creo que estar embarazada me hace más emotiva de lo normal.

–Posiblemente –asintió Alekos, ofreciéndole un pañuelo–. Pensé que había metido la pata con los osos.

–No, son preciosos. Y tener uno de repuesto es buena idea. Ahora me siento fatal por haberte acusado de negar la existencia del niño. Y perdona que llore, es que estoy cansada y me siento mal.

–No tienes por qué. Sé que lo hago todo mal, pero lo estoy intentando, *agapi mu*.

Kelly asintió con la cabeza.

–¿Qué más has comprado?

Abrió las cajas una por una, emocionada. Había más juguetes, ropa, libros de cuentos... cosas inapropiadas para un recién nacido, pero lo importante era la intención.

–He pensado que debería aprender los dos idiomas –Alekos la observaba mientras abría las cajas–. Quiero que el niño sepa que es griego.

–O griega –le recordó ella, mirando los libros que el niño o niña no podría leer hasta que tuviera cuatro años por lo menos.

–Va a ser un niño, estoy seguro.

–Tú no puedes dictar el sexo del bebé, pero todo es muy bonito. De verdad.

–Me alegro de que te haya gustado –Alekos se levantó para dirigirse a la puerta–. Y ahora voy a darme una larga ducha fría porque, aunque en teoría estoy de acuerdo con los dormitorios separados, en la práctica es muy difícil de soportar. Te veré en la terraza para desayunar, cuando me haya enfriado un poco.

Capítulo 8

KELLY puso la mano en el picaporte del cuarto de baño.

Que se acostaran juntos o dejasen de hacerlo no iba a afectar al progreso de su relación. De hecho, estaba empezando a creer que era todo lo contrario; la abstinencia hacía que no pudiera pensar en otra cosa. Era como dejar el chocolate, en cuanto no podías comerlo no dejabas de pensar en él.

Kelly abrió la puerta antes de que pudiese cambiar de opinión.

Alekos estaba en la ducha, con los ojos cerrados, el agua cayendo sobre sus anchos hombros, su plano abdomen y...

Kelly levantó rápidamente la mirada, pero eso no ayudó mucho porque se encontró mirando la perfecta simetría de su rostro y la sensual línea de su boca.

Dejando caer al suelo el albornoz, entró en la ducha y se abrazó a su cintura.

–Me preguntaba cuánto tiempo ibas a estar mirándome.

–Tenías los ojos cerrados. ¿Cómo sabías que estaba en la puerta?

–Puedo sentirte –Alekos abrió los ojos–. Además, he oído que abrías la puerta. Y, a menos que mi ama de llaves hubiera decidido espiarme mientras estoy en la ducha, tenías que ser tú.

Kelly estaba segura de que todas las empleadas de la casa querrían verlo desnudo, pero intentó no pensar en ello.

—No decías de broma lo de la ducha fría —protestó, tiritando—. Está helada.

—Puedes tomártelo como un halago.

Temblando y con piel de gallina, Kelly soltó una carcajada.

—¿Tan insoportable es?

La respuesta de Alekos fue guiar su mano hacia la evidencia de su deseo.

—Ten en cuenta que me estoy dando una ducha helada.

Kelly cerró la mano y lo oyó contener el aliento.

—Yo diría que el agua fría no sirve de mucho. Tal vez deberíamos probar otra cosa —cerrando el grifo con la mano libre, se puso de rodillas sobre el suelo de la ducha y lo tomó en su boca.

No necesitaba entender griego para saber que él se había quedado sorprendido; una sorpresa que se convirtió en un gemido de placer cuando acarició el aterciopelado miembro con la boca.

—Kelly... —dijo con voz ronca tirando de ella—. Nunca habías hecho eso antes.

—Las cosas cambian.

Cuando su hambrienta boca buscó la suya en un beso apasionado, Kelly sintió un escalofrío.

Le gustaría decirle lo que estaba sintiendo en ese momento, pero no era capaz de formar una frase coherente.

Alekos la apretó contra la pared de la ducha y metió una mano entre sus piernas. Estaba intentando respirar y decir su nombre al mismo tiempo cuando sintió que deslizaba los dedos dentro de ella.

Encendida, cada centímetro de su cuerpo ardiendo, intentó decirle que debería volver a abrir el grifo del agua fría, pero Alekos estaba devorándola.

Quería decirle también que era increíble, pero antes de que pudiese apartarse él la tomó en brazos para llevarla a la habitación.

—Estoy mojada —protestó Kelly.

—Lo sé, *agapi mu* —Alekos sonrió mientras la dejaba sobre la cama.

Kelly intentó incorporarse, avergonzada porque estaban a plena luz del día, pero él sujetó sus muñecas con una mano y usó la otra para hacer exactamente lo que quería.

Con cada caricia, cada íntimo roce de su lengua, la llevaba más cerca del orgasmo. Kelly se movía, intentando aliviar la quemazón que sentía en la pelvis, pero Alekos sujetó sus caderas con las dos manos, sometiéndola a una sensual tortura.

Su lengua era húmeda e inteligente, sus dedos expertos... y el orgasmo la golpeó con fuerza mientras gritaba su nombre, clavando las uñas en sus hombros.

Mientras seguía temblando, Alekos entró en ella con una poderosa embestida que los unió completamente. Kelly gritó su nombre de nuevo, las sensaciones tan abrumadoras que le impedían respirar.

Agarrando su trasero con las dos manos, Alekos empujaba con fuerza, el sensual movimiento de sus caderas creando un placer casi insoportable.

Kelly le rodeó con los brazos el cuello y, cuando él levantó la cabeza para mirarla a los ojos, la conexión se convirtió en algo tan íntimo que sintió que algo se rompía dentro de ella.

La explosión final se los llevó a los dos juntos, dejándolos temblando y con el corazón acelerado.

Sin aliento, atónita, lo oyó jadear durante unos segundos hasta que pudo recuperar el aliento.

—Dime que no he sido demasiado bruto —murmuró, apartando el pelo de su cara.

Kelly sólo pudo negar con la cabeza.

—Eres perfecta —Alekos sonrió, satisfecho, mientras se tumbaba de espaldas, llevándola con él—. He intentado tener cuidado, pero eres mucho más pequeña que yo.

—Ha sido...

—Increíble. Tú has sido increíble, especialmente a la luz del día.

Kelly sintió que le ardían las mejillas al recordar su íntima exploración.

—No me has dejado alternativa.

—Después de lo que ha pasado en la ducha, *erota mou*, me parecía una pérdida de tiempo fingir que eras una tímida virgen —dijo él, con un brillo burlón en los ojos.

—A lo mejor necesitamos practicar más —Kelly deslizó una mano entre los dos, encantada con las diferencias entre ellos. Su piel era pálida en contraste con la bronceada de él, suave mientras él era duro, femenina contra masculino.

—Sigue haciendo eso y no nos levantaremos de la

cama en todo el día –Alekos sonrió, tirando de ella para colocarla encima.

–¿Qué haces?

–Me gusta la vista desde aquí.

Kelly decidió tomar la iniciativa y, sujetando el miembro con la mano, lo deslizó en su interior. Sintió una punzada de satisfacción al ver que sus ojos se oscurecían y, moviendo las caderas, esta vez fue ella quien sujetó las manos de Alekos sobre su cabeza.

Experimentaba una sensación de poder al tenerlo así, aunque sabía que podría haberse soltado cuando quisiera.

Inclinándose hacia delante, pasó la lengua por sus labios, sonriendo al verlo jadear.

–*Theé mou*, eres increíble –musitó él, levantando un poco las caderas para aumentar el ritmo. El pelo de Kelly cayó hacia delante formando una cortina mientras sus cuerpos se movían al mismo ritmo.

La última embestida se convirtió en una explosión de sensaciones. La intensidad del orgasmo hizo que cayese sobre su pecho, murmurando su nombre mientras caían juntos al abismo.

–¿Por qué cuatro hijos? –Alekos le colocó bien el sombrero sobre la cabeza para proteger su piel del sol.

–No lo sé, me pareció un bonito número. Yo fui hija única y siempre pensé que mi infancia habría sido más fácil si hubiera tenido hermanos. O hermanas, para intercambiarnos la ropa y pintarnos las uñas. ¿Y tú?

–Yo nunca he sentido la necesidad de pintarme las uñas.

Kelly sonrió mientras se ponía crema solar en las piernas.

—Qué alivio.

—¿Quieres que te ponga crema en la espalda?

—No —Kelly siguió extendiendo la crema por sus piernas—. La última vez que hiciste eso acabamos en la cama.

—¿Y eso es un problema?

—No, pero también me gusta hablar contigo.

—Puedo hablar y hacerte el amor al mismo tiempo.

Kelly lanzó sobre él una mirada de advertencia.

—Intenta estar unos minutos sin pensar en sexo. Inténtalo de verdad.

—Si vas a pavonearte por ahí con ese bikini minúsculo, me temo que va a ser imposible.

—Tú me has regalado este bikini. Pero no creo que pueda ponérmelo durante mucho tiempo —Kelly lo miró entonces, preguntándose si la referencia al embarazo enfriaría el ambiente.

Alekos sacó el móvil del bolsillo de la camisa.

—Perdona, tengo que hacer una llamada.

Con el móvil en la mano, se dirigió al otro lado de la terraza y Kelly dejó escapar un suspiro.

Aparentemente, mencionar el embarazo sí enfriaba el ambiente.

Después de diez días haciendo el amor casi continuamente, aún no podía relajarse. El sexo y los generosos regalos no eran suficiente y su ansiedad tenía fundamento. Alekos había dejado claro que no quería tener hijos y, aunque ahora entendiese el porqué, sabía que convertirse en padre no era lo que él quería.

Y una persona no cambiaba de un día para otro.

Ella había crecido viendo a su madre intentar convertir a su padre en un hombre familiar... y no había funcionado.

¿Estaba Alekos utilizando esa llamada para escapar de un tema del que le resultaba difícil hablar? ¿Significaba eso que seguía teniendo problemas para aceptar la situación?

Lo miró mientras paseaba por la terraza, su amante mediterráneo convirtiéndose en implacable hombre de negocios mientras ella razonaba consigo misma.

Pero estaba allí, ¿no? Eso tenía que contar. Mucho, además. Por supuesto, no iba a acostumbrarse a la idea de un día para otro, pero estaba intentándolo.

Kelly miró el precioso jardín que llegaba hasta la playa. Las flores atraían a los pájaros y a las abejas y los únicos sonidos eran el alegre canto de las cigarras y el sonido de las olas al fondo.

Era un paraíso.

Un paraíso con una nube en el horizonte.

Alekos cortó la comunicación y se volvió hacia ella con cara de enfado.

—¿Qué haces tú cuando tus alumnos se pelean?

—Los separo —contestó Kelly, sorprendida.

—¿Los separas?

—No dejo que se sienten juntos porque entonces ponen toda su energía en pegarse en lugar de escucharme.

Alekos marcó un número y, en griego, dio una serie de instrucciones. O algo que parecían instrucciones.

Kelly esperó pacientemente hasta que terminó de hablar.

—¿Qué ha pasado?

–Dos de mis ejecutivos son incapaces de trabajar juntos sin pelearse –Alekos se acercó a la mesa para servir dos vasos de limonada–. No quiero despedirlos porque son muy buenos y he estado intentando que aprendan a trabajar juntos, pero no se me había ocurrido separarlos. Es muy buena idea.

Ella sonrió, ridículamente halagada y aliviada al saber que había hecho la llamada por una cuestión de trabajo, no por la conversación sobre el niño.

–¿Vas a separarlos?

–Sí, los pondré en departamentos diferentes. Creo que deberías trabajar en mi empresa, podrías solucionar los problemas de recursos humanos que me vuelven loco.

–Venga ya...

–No, en serio. Eres muy lista –Alekos le dio un vaso de limonada.

–Sólo soy una profesora de primaria.

–Y por eso serías la más indicada para lidiar con algunos de los miembros de mi consejo de administración –bromeó él, mirando su reloj–. Ve a ponerte algo menos provocativo. Vamos a comer fuera.

–¿Fuera?

–Si quieres que hablemos, lo mejor será que vayamos a algún sitio lleno de gente.

La llevó a Corfú y, de la mano, pasearon por la vieja fortaleza, mezclándose con los turistas.

–¿Siempre quisiste ser profesora?

–Cuando era pequeña solía colocar mis juguetes en fila para darles clase –respondió Kelly, mientras buscaba algo en su bolso–. No puede ser, he perdido las gafas de sol y mi nuevo iPod. Sé que los guardé en el bolso, pero...

–Llevas las gafas de sol sobre la cabeza y yo tengo tu iPod –divertido, Alekos lo sacó de su bolsillo–. Te lo habías dejado en la cocina.

–¿En la cocina? Qué raro.

–Estaba en la nevera.

–Ah, debí dejarlo allí cuando me estaba sirviendo un vaso de leche.

–Sí, eso suena perfectamente lógico –replicó él, burlón–. Cuando pierdo algo, el primer sitio en el que miro es la nevera.

–Tú nunca pierdes nada porque eres exageradamente ordenado. Deberías relajarte un poco. Y no te metas conmigo, estoy muy cansada.

–¿Quieres que llamemos al médico?

–No, no, estoy bien. Sólo un poco cansada. Estoy embarazada, no enferma, sólo necesito dormir un rato.

Y tenía que dejar de pensar que un día Alekos no estaría a su lado cuando despertase.

–Pobrecita.

–Y no ayuda nada que seas insaciable.

–Creo recordar que has sido tú quien me ha despertado a las cinco de la mañana.

Kelly sintió que le ardían las mejillas cuando dos mujeres volvieron la cabeza.

–¿Te importaría bajar la voz?

–No deberían escuchar conversaciones privadas.

Pero Kelly sabía que las mujeres miraban a Alekos fueran donde fueran. Incómoda, decidió cambiar de conversación.

–Seguro que eras un niño muy aplicado.

–No, me aburría mucho en clase.

–Ah, pobres de tus profesores entonces. No me habría gustado ser profesora tuya.

Alekos se detuvo para abrazarla, apartando el pelo de su cara.

–Pero estás enseñándome muchas cosas. Todo el tiempo –dijo con voz ronca–. Cada día aprendo algo nuevo contigo.

–¿Ah, sí? ¿Qué, por ejemplo?

–A ser más paciente, a resolver los problemas de manera no violenta. A encontrar un iPod en la nevera...

–Ja, ja, muy gracioso. Pero tú también me enseñas cosas a mí.

–Tal vez no deberías decir en voz alta lo que te enseño, estamos en un sitio público. Para eso hemos venido aquí, ¿no?

–No me refería a eso, tonto.

Riendo, Alekos le dio un beso antes de llevarla por una calle estrecha hasta un restaurante en el que lo recibieron como a un héroe.

–Mi abuela solía traerme aquí porque hacen comida tradicional de la isla. Te gustará, ya verás.

–Querías mucho a tu abuela, ¿verdad? –Kelly tocó el anillo–. Ahora me siento culpable por haber estado a punto de venderlo. No sabía que hubiera sido de tu abuela y tampoco que fuera tan valioso. Casi me da un infarto cuando vi la puja de cuatro millones de dólares.

–Pero no tanto como cuando me viste en la puerta del colegio.

–Eso es verdad –Kelly querría preguntarle si había pensado dárselo a Marianna, pero decidió que su frágil relación no necesitaba cargas de profundidad–. Fue una sorpresa.

–¿Por qué decidiste ser profesora en Little Molting? Podrías haber dado clases en Londres o en cualquier otra ciudad.

Ella observó, sorprendida, que media docena de camareros se acercaban con bandejas.

–¿Cuándo hemos pedido? ¿O es que has leído mis pensamientos?

–No, aquí siempre ofrecen la especialidad del día. Si quieres auténtica comida griega, éste es el sitio perfecto. Pero no has respondido a mi pregunta.

–¿Sobre Little Molting? Quería vivir en un sitio pequeño, donde no me conociese nadie.

Alekos, que estaba sirviéndole *dolmades*, se quedó parado un momento.

–¿Por qué?

–La atención de los periodistas era insoportable cuando la boda se canceló. No me dejaban en paz. Por ti, claro, en realidad yo les daba lo mismo. ¿Te puedes imaginar lo que dirían sobre mí en una de esas revistas de cotilleos?: «Kelly nos ha invitado a visitar su precioso hogar. Y aquí estamos, en la cocina, donde pueden ver que... oh, cielos, ha olvidado tirar la basura» –al darse cuenta de que él no había dicho una palabra, Kelly levantó la mirada–. ¿Qué? ¿Hablo demasiado?

–No, no, en absoluto. El médico me dijo que la prensa te había perseguido el día de la boda.

–Sí, bueno, que no aparecieras debió ser una fiesta para ellos. Por razones que no puedo entender, algunas personas disfrutan con las miserias de otros. La gente a veces es decepcionante, ¿no crees?

–*Theé mou*, siento muchísimo lo que te hice pasar –se disculpó Alekos, tomando su mano–. La verdad es que no pensé en ello.

–Porque tú vives detrás de unos muros muy altos y tienes unos hombres de seguridad que parecen el increíble Hulk –Kelly miró su mano, preguntándose si se daría cuenta de que seguía llevando el anillo en la mano derecha. Tal vez se le había olvidado, los hombres eran desastrosos con esas cosas.

–¿Eres diestro o zurdo?

–Diestro, ¿por qué?

«Porque estoy intentando que te des cuenta de algo», pensó ella, sabiendo que la sutileza no era lo suyo.

–Yo también soy diestra –le dijo, moviendo los dedos.

–Tú eres diestra –repitió Alekos, un poco sorprendido–. Bueno, supongo que siempre está bien saber esas cosas. Pero de verdad lamento mucho lo que pasó ese día.

También ella lamentaba que no se diera cuenta de que llevaba el anillo en la mano derecha.

–Lo pasé muy mal, fue muy humillante. Y estaba furiosa contigo.

–¿Furiosa? Entendería que hubieras querido matarme.

–Sí, bueno, eso también. Me sentía como una idiota por haber pensado que alguien como tú estaría interesado en mí.

Y tal vez seguía siendo una idiota, tal vez era absurdo pensar que aquello podría salir bien.

—¿Por qué?

—En el mundo real, los multimillonarios no suelen salir con estudiantes sin dinero.

—Pues deberían. Serían más felices.

Le gustaría preguntarle si era feliz o qué sentía por el niño ahora que habían pasado unas semanas, pero tocar ese tema era como manejar un delicado jarrón de la dinastía Ming, le daba pánico que acabase en pedazos.

—Nuestra relación era demasiado intensa —murmuró—. Apenas dejábamos de besarnos un momento, así que era imposible mantener una conversación. Ninguno de los dos pensaba en el futuro... es lógico que te asustases al leer ese artículo en la revista.

Alekos respiró profundamente.

—No tienes que buscar excusas. Lo que hice estuvo mal.

—Ya, pero ahora lo entiendo un poco mejor. Tal vez si la revista no hubiera salido ese día estaríamos casados. ¿Quién sabe? Que saliera precisamente el día de la boda fue mala suerte.

—Lo que hice es imperdonable.

—Fue horrible, sí, pero no imperdonable. Ahora entiendo que los dos nos lanzamos de cabeza sin pensar, sin conocernos.

Él la miró, perplejo.

—Eres la persona más generosa que he conocido nunca.

—No tanto. Vivien podría contarte las cosas que he dicho de ti —Kelly miró su plato—. ¿Me perdonas por vender el anillo?

—Sí —respondió Alekos, sin vacilación—. Yo te empujé a hacerlo.

—Pero si era una herencia familiar, ¿por qué me lo regalaste?

—Porque quería hacerlo.

—Yo no sabía que fuese tan valioso. Cuatro millones de dólares... es una barbaridad.

—Vale mucho más que eso —dijo él—. Prueba el cordero. Lo hacen con hierbas y está delicioso.

—¿Más de cuatro millones de dólares? —exclamó Kelly, atónita.

—El anillo ha ido pasando de generación en generación en la familia de mi padre. Mi tatarabuelo lo recibió como recompensa por salvar la vida de una princesa hindú. O eso dice la leyenda —Alekos sonrió—. Sospecho que la piedra tiene un origen mucho menos romántico, pero nunca lo he investigado.

—Mejor, no quiero saber su valor real —dijo Kelly—. En cuanto salgamos de aquí, te lo devolveré. No quiero llevar algo tan caro. Me lo dejaría en la nevera o algo así... ya sabes que soy un desastre.

—Está perfectamente a salvo en tu dedo —replicó Alekos, divertido.

Pero Kelly no podía seguir fingiendo que no le importaba llevarlo en la mano derecha.

Se llevaban bien, hacían el amor sin parar, pero Alekos no había hablado del futuro. No había mencionado el matrimonio.

No había dicho «te quiero».

Y tampoco ella porque le daba miedo esperar demasiado o decir algo que él no quisiera escuchar. Por las noches, en la cama, tenía que hacer un esfuerzo para contenerse, temiendo que las palabras salieran de su boca sin que se diera cuenta.

Kelly dejó el tenedor a un lado y tomó un sorbo de agua.

Aún era pronto, se dijo a sí misma. Además, estaban construyendo una nueva relación. Una mejor, más profunda y duradera.

Tenía que darle tiempo.

Pero pensar eso no aliviaba el pellizco que sentía en el estómago.

Capítulo 9

QUE VAMOS a Italia a pasar la tarde? —exclamó Kelly. Ella nunca podría ser tan despreocupada sobre los viajes al extranjero—. ¿Dónde vamos exactamente?

—A Venecia, a una exposición de arte —Alekos no la miraba a los ojos y ella tenía la sensación de que le ocultaba algo.

—¿Y podemos dar un paseo en góndola?

—Eso es para turistas.

—Es que yo soy una turista —protestó Kelly, saltando de la cama para seguirlo al vestidor—. Siempre he querido dar un paseo en una góndola.

Alekos sonrió mientras tomaba un traje y una camisa.

—Muy bien, iremos a dar un paseo en góndola mañana, antes de volver a casa. Pero la de esta noche es una exposición muy elegante, tienes que arreglarte.

Kelly se llevó una mano al estómago.

—Tendré que ponerme algo ancho porque empiezo a tener tripa, debe ser la comida griega.

—O el niño —dijo él, poniendo una mano sobre la suya. En silencio, inclinó la cabeza para besarla antes de sacar una caja del armario—. Te he comprado un vestido, espero que te guste.

–Y yo espero que disimule lo gorda que estoy –Kelly sonrió, nerviosa. Alekos había mencionado al niño por primera vez–. Pero al menos yo tengo una excusa. Lo peor es cuando alguien te pregunta de cuántos meses estás y tú tienes que decir que no estás embarazada –emocionada por su inesperada reacción, siguió hablando sin parar mientras abría la caja–. Casi merece la pena estar embarazada para siempre, así tienes una excusa para llevar ropa ancha... ¡Alekos, es precioso!

Era un vestido largo, de seda color champán.

–¿Te gusta de verdad?

–Muchísimo. Es perfecto.

–Espero que no tropieces con la falda.

–Yo también. Con un poco de suerte, no habrá escaleras –murmuró ella, acariciando la tela–. ¿Dónde lo has comprado?

–Lo han hecho especialmente para ti... en Atenas.

¿Era su imaginación o de repente parecía extrañamente tenso? Tal vez no se había mostrado suficientemente entusiasmada y pensaba que estaba siendo desagradecida.

–Me encanta, en serio. Es precioso. Nunca había tenido un vestido hecho especialmente para mí –le dijo, poniéndose de puntillas para besarlo.

–Mira, también hay unos zapatos forrados con la misma tela.

Kelly miró el tacón con cara de susto.

–¿En esa galería de arte habrá cosas muy valiosas?

–No te preocupes, no vas a resbalar, *agapi mu* –relajado de nuevo, Alekos se dirigió a la ducha–. Tu estilista llegará en media hora. ¿Por qué no descansas un rato?

–Mi estilista –Kelly tuvo que sonreír–. No sé si alegrarme o no. Yo debería saber lo que me queda bien, pero es estupendo poder culpar a otra persona si sales hecha un desastre. ¿Volveremos a casa esta noche?

–No, tenemos una suite en el hotel Cipriani.

–¿El hotel Cipriani? Lo he oído nombrar. Allí van muchos famosos... George Clooney, Tom Cruise, Alekos Zagorakis...

–Y Kelly –dijo él.

–Y Kelly. Espero que George Clooney no se sienta amenazado por mi presencia. Pobrecito, lo dejaría en la sombra.

Cuando la limusina se detuvo frente a una larga alfombra roja, Kelly se encogió en el asiento.

–No me habías dicho que habría cámaras y cientos de personas mirando.

–¿Qué importa eso?

–Yo no puedo andar con estos tacones delante de tanta gente.

–Si te lo hubiera dicho habrías venido preocupada todo el camino –Alekos apretó su mano–. Esta vez, yo estoy contigo. Sólo tienes que sonreír y mostrarte digna.

–No es fácil mostrarse digna cuando estás tirada de bruces en el suelo y eso es lo que me pasará si tengo que recorrer la alfombra delante de toda esa gente.

–Yo te llevaré de la mano.

–¿No puedo quitarme los zapatos?

–No, a menos que quieras llamar la atención de verdad. Venga, sonríe –la animó Alekos cuando se abrió la puerta de la limusina–. Déjame el resto a mí.

Los fogonazos de las cámaras la cegaron por un momento, pero al ver a la gente que gritaba a ambos lados de la alfombra sintió una oleada de pánico. Y habría vuelto a meterse en la limusina si Alekos no la hubiera sujetado del brazo.

–Levanta la barbilla mientras caminas... así está mejor –sonriendo, la llevó hasta la puerta de la galería–. Ya puedes relajarte.

–Lo dirás de broma –Kelly miró alrededor, nerviosa–. No podré relajarme hasta que nos hayamos ido sabiendo que no he roto nada.

–Aunque rompieras algo nadie se atrevería a protestar –dijo él–. Soy uno de los patrocinadores de la galería. Y no, antes de que lo preguntes, eso no me hace sentir particularmente feliz.

–Ni siguiera yo me siento particularmente feliz sólo por ver un cuadro –le confesó ella, estirando el cuello para mirar alrededor–. ¿Por qué das dinero a un museo en Venecia?

–También apoyo museos en Atenas. Ven conmigo, quiero presentarte a una persona –Alekos la llevó entre la gente hacia un hombre que estaba admirando un cuadro–. Constantine.

Era un hombre de cierta edad, con el pelo blanco pero atractivo a pesar de los años.

–¡Alekos!

Después de intercambiar unas palabras en griego, Alekos se lo presentó.

–Ah –Constantine sonrió–. De modo que los demás estamos rodeados de valiosas obras de arte, pero tú consigues aparecer con algo más valioso del brazo –bromeó, llevándose su mano a los labios–. Ni el oro del Renacimiento brilla tanto como una mujer enamorada. Me alegro de conocerte, Kelly. Y ya era hora, Alekos.

Kelly sintió que se ponía tenso. Tenía que hacer algo, decir algo...

—Me encanta ese cuadro —fue lo primero que se le ocurrió—. ¿Es un... Canaletto?

Constantine la miró con curiosidad y después señaló la placa bajo el cuadro, que decía *Bellini*.

Ella sonrió, avergonzada.

—Ah, Bellini, claro. ¿Hay una tienda de regalos donde pueda comprar algún recuerdo para los niños?

—¿Niños? —Constantine miró a Alekos, que estaba inmóvil como una estatua—. Qué buena noticia. ¿Hay alguna razón para darte la enhorabuena?

—No —respondió él—. No hay razón para darme la enhorabuena.

—Me refería a mis alumnos —se apresuró a decir Kelly—. Soy profesora de primaria.

—¿Aún no eres padre, Alekos?

—No, no soy padre.

Ella sintió como si la hubiera abofeteado.

Se sentía enferma. ¿De verdad había dicho eso?

Seguía sin querer contárselo a nadie. Seguía negando la existencia del niño.

Ojalá pudiese beber el champán que circulaba por la galería, pero tuvo que conformarse con un zumo de naranja, que no servía para aliviar el dolor. Alekos había cambiado de tema, pero ella estaba tan disgustada que no quería ni mirarlo.

«No soy padre». Había dicho esas palabras.

«No soy padre».

¿Qué estaba haciendo?, se preguntó entonces. Había querido convencerse a sí misma de que su relación era normal, pero no lo era.

Estaba engañándose al creer que, de repente, Alekos iba a querer tener hijos. Y por mucho que quisiera entender su punto de vista, no iba a dejar que su hijo tuviera una familia tan desastrosa como la que ella había tenido. De ninguna manera iba a dejar que su hijo esperase sentado en la puerta a un padre que no estaba interesado en serlo.

«No soy padre».

—¡Alekos! —una mujer delgadísima se unió al grupo, besando primero a Alekos y luego a Constantine. Y luego miró su vestido—. ¿Ella es...?

—Tatiana, te presento a Kelly Jenkins —la interrumpió Alekos.

Kelly se preguntó por qué su vestido despertaba tanta admiración. Qué superficial era aquella gente. Sí, era bonito, pero ningún vestido, por bonito que fuese, podría compensar una relación desastrosa.

«No soy padre».

—¿Por qué mira mi vestido con esa cara?

Tatiana rió, un sonido tan agradable como el de una copa de cristal rompiéndose.

—Lo ha hecho Marianna, ¿verdad? Qué suerte. Ella sólo diseña para unos cuantos elegidos. Completamente imposible que te haga nada... a menos que ocupes un lugar especial en su corazón, claro.

Marianna.

¿Marianna?

Kelly miró a la mujer de nuevo. Y luego miró el

vestido dorado, recordando lo tenso que estaba Alekos cuando se lo regaló.

Y era lógico, claro. Debía haber temido que ella lo supiera.

¿Qué clase de hombre regalaba a su prometida un vestido hecho por una ex novia?

El mismo hombre que seguía negando la existencia de su hijo. El mismo hombre insensible que no le había dicho que se pusiera el anillo en la otra mano.

Con los ojos empañados, Kelly miró el cuadro de Bellini, preguntándose si los hombres del Renacimiento habrían sido más considerados que sus contemporáneos.

Decidida, dejó el zumo de naranja sobre una mesita y se dirigió a la puerta de la galería. Pero mientras corría por la alfombra roja, sus ojos se llenaron de lágrimas.

Había esperado que algo terminase hecho pedazos esa noche. Pero no había esperado que fuera su corazón.

La suite del hotel era como una cápsula de cristal suspendida sobre la laguna, pero si Alekos había esperado que ella mostrase entusiasmo iba a llevarse una desilusión.

Alekos había salido tras ella de la galería y, sin decir nada, la había ayudado a subir a la limusina. Cuando llegaron al hotel, Kelly entró en la suite, se quitó los zapatos y los dejó donde habían caído, sin mirar. Y ahora estaba intentando bajar la cremallera del vestido, decidida a no pedirle ayuda.

Estaba furiosa, más enfadada que nunca.

Alekos intentó ayudarla, pero ella le dio un manotazo.

–No me toques –le advirtió, con voz temblorosa–. No, mejor ayúdame a quitarme este estúpido vestido de una vez. No quiero llevar algo que ha hecho tu ex novia.

Él respiró profundamente.

–Se me ocurrió que podría disgustarte que fuese de Marianna, por eso no te lo dije.

–Habría sido mejor que no me regalases un vestido hecho por ella, ¿no te parece?

–Sabía que ir a esa exposición te pondría nerviosa y pensé que te sentirías más cómoda llevando algo que te gustase de verdad –intentó explicar Alekos mientras bajaba la cremallera–. Sus vestidos están muy cotizados y pensé que te daría confianza...

–¿Confianza? –lo interrumpió ella, volviéndose para fulminarlo con la mirada–. ¿Crees que me da confianza que alguien me diga en público que llevo un vestido hecho por tu ex novia?

–Yo no sabía que Tatiana iba a reconocerlo.

–Ah, bueno, entonces no pasa nada –Kelly sacudió la cabeza mientras se quitaba el vestido y lo dejaba caer al suelo–. Soy idiota, de verdad, soy idiota.

Apartando la mirada de la generosa curva de sus pechos, Alekos intentó concentrarse en la conversación.

–No eres idiota...

–Aléjate de mí. Sólo tú podrías convertir la ciudad más romántica del mundo en un infierno –Kelly se acercó a la ventana, sin pensar que estaba en ropa interior–. El fondo de esa laguna debe estar lleno de cadáveres de mujeres... mujeres que se han lanzado al agua después de pasar una noche con hombres como tú.

Levantando los ojos al cielo, Alekos se acercó.

–Marianna hace vestidos únicos, es una de las diseñadoras más famosas de Grecia. Tiene una lista de espera de cuatro años porque es la mejor y yo quería regalarte el mejor vestido.

–No puedo creer que seas tan insensible.

–Estoy contigo, no con ella.

–No, no estás conmigo, Alekos. En realidad, no estamos juntos –Kelly se volvió, el rímel mezclándose con las lágrimas.

Y luego, sin pensar, se pasó una mano por la cara, extendiendo la mancha. Alekos, que nunca antes se había conmovido al ver llorar a nadie, sintió que se le encogía el corazón.

–¿Me has dicho «te quiero» alguna vez? No, claro que no. Por la sencilla razón de que no me quieres. Te gusta acostarte conmigo, pero ahora voy a tener un hijo tuyo... ¡y es un desastre! Toda esta situación es un completo desastre y no tendría que ser así –Kelly empezó a sollozar, pero cuando Alekos puso una mano en su hombro la apartó de un manotazo–. Has vuelto a hacerlo. Cuando Constantine preguntó si debía felicitarte, le dijiste que no. Le dijiste que no ibas a ser padre.

Él se quedó mirándola con los brazos a los lados, sabiendo que si la tocaba se pondría a gritar.

–Kelly...

–¡No! Déjate de excusas, ya estoy harta. Y estoy harta de tener miedo.

–¿Miedo de qué?

–Me da miedo decir algo que pueda recordarte que estoy embarazada... y no dejo de preguntarme cuándo vas a desaparecer –Kelly sacudió la cabeza–. No quiero que nuestro hijo crezca preguntándose si vas a estar ahí o no, sintiendo como si hubiera hecho algo malo. ¡Yo sé lo que es esperar a un padre que no aparece nunca!

Sorprendido por tal afirmación, Alekos se quedó en silencio, esperando que siguiera hablando, como hacía siempre, que le contase todo lo que llevaba dentro. Pero Kelly se dio la vuelta para mirar la laguna.

–Quiero irme a casa, a Little Molting.

–¿Te quedabas en la puerta, esperando a tu padre? ¿Eso es lo que te pasó? ¿Tu padre te dejó?

–No quiero hablar de ello.

–*Theé mou*, ¿hablas de todo lo demás y no quieres hablar de eso precisamente? ¿Por qué no me lo habías contado?

Kelly tardó un momento en contestar:

–Porque hablar no ayuda nada.

–No creo que éste sea el mejor momento para cerrarte en banda. Háblame de tu padre, es importante para mí.

Ella se dio la vuelta, secándose las lágrimas de un manotazo.

–Mi madre se pasó la vida intentando convertirlo en algo que no era.

–¿Y qué era eso?

–Un marido, un padre. Pero él no quería tener hijos. Mi madre pensó que acabaría acostumbrándose, pero no fue así. De vez en cuando le molestaba la conciencia y llamaba por teléfono para decir que iba a verme –su voz se rompió en ese momento–. Yo le decía a mis amigas que mi padre iba a llevarme al cine y me sentaba en la puerta a esperar... pero no aparecía. Eso te hace sentir fatal, te lo aseguro. Mi infancia no fue precisamente un cuento de hadas.

Y ella siempre había querido un cuento de hadas, pensó Alekos, pasándose una mano por el pelo.

–¿Por qué no me habías contado eso antes?

–Ya te lo he dicho: hablar de ello no me ayuda y no tenía nada que ver con nosotros.

–Tiene mucho que ver con nosotros, Kelly. Explica por qué te cuesta tanto confiar en mí. Explica por qué me miras con cara de susto muchas veces, por qué esperas que te falle.

–La razón por la que te miro con cara de susto es que sé que no era esto lo que tú querías y sé que este tipo de situación nunca tiene un final feliz. Podríamos seguir juntos durante un tiempo, pero tarde o temprano acabarías por marcharte y no es eso lo que quiero. Ya no creo en los cuentos de hadas –dijo ella, con voz temblorosa–. Pero sí creo que merezco algo mejor. Y mi hijo también.

Sin mirarlo, Kelly se dirigió al dormitorio y cerró la puerta.

Y, mirando esa puerta cerrada, Alekos supo que era un gesto simbólico.

Lo había dejado fuera de su vida.

Kelly marcó el número de Vivien por enésima vez y dejó un nuevo mensaje.

Necesitaba desesperadamente hablar con alguien, pero su amiga no contestaba al teléfono.

Suspirando, buscó un pañuelo de papel para sonarse la nariz. Pero tenía que dejar de llorar. Aquello era ridículo. ¿Cuánta agua podía perder una persona en veinticuatro horas sin ponerse enferma?

Había ido llorando desde Venecia hasta Corfú. Y cuando no estaba dándole pañuelos, Alekos se dedicaba a trabajar, levantando ocasionalmente la cabeza del ordenador.

No había intentado retomar la conversación de la noche anterior. Seguramente creía que había perdido la cabeza, pensó Kelly.

Le había dicho que quería volver a Inglaterra de inmediato y él respondió que se encargaría de organizar el vuelo, pero en cuanto llegaron a la villa desapareció en su despacho.

De modo que estaba de vuelta en la suite, intentando no mirar la cama que dominaba la preciosa habitación.

Después de darse una ducha se puso un pantalón corto y una sencilla camiseta y fue al vestidor para sacar su maleta.

¿De qué le servirían todos esos vestidos en Little Molting?, se preguntó. No podía dar clases con un delicado vestido de lino.

Y tampoco podría ponerse los preciosos zapatos de tacón a menos que Alekos estuviera a su lado, sujetándola.

Intentando no pensar en eso, volvió al dormitorio y vio una nota sobre la cama. Pensando que serían los detalles del vuelo, la leyó: *Nos vemos en la playa en diez minutos. Lleva el anillo.*

Por supuesto, el anillo.

Apretando los dientes para contener las lágrimas, Kelly arrugó la nota y la tiró a la papelera. Ah, claro, no quería que desapareciese con su carísimo anillo por segunda vez.

Kelly miró el diamante que había estado con ella durante esos cuatro años. La idea de separarse de él resultaba horriblemente triste

Pero se lo llevaría en persona.

Y luego volvería a su antigua vida e intentaría seguir adelante sin Alekos.

Kelly bajó por el camino que llevaba a la playa, intentando no pensar en lo maravilloso que hubiera sido criar a su hijo allí, entre los olivos y las buganvillas.

Sentía como si alguien le hubiera hecho un agujero en las entrañas. Como si hubiera perdido algo que ya no podría recuperar nunca.

Deteniéndose un momento, cerró los ojos. Sólo tendría que soportar aquellos últimos cinco minutos y todo habría terminado. Se marcharía de Corfú y no volverían a verse.

Decidida a portarse con dignidad, llegó a la playa... y se quedó inmóvil.

Frente a ella había un semicírculo de sillas y, delante de las sillas, alguien con mucha imaginación había creado un arco con flores, un arco iris de colores sobre una pérgola que formaba una especie de puerta frente al mar.

Parecía el decorado de una película romántica.

Pero no tenía ningún sentido.

–¿Kelly?

Le pareció escuchar la voz de Vivien, pero no podía ser...

Y sin embargo, allí estaba, corriendo hacia ella,
con un vestido largo que se enredaba entre sus largas
piernas.

Riendo y llorando al mismo tiempo, Kelly la abrazó.

–He estado llamándote... ¿qué llevas puesto? –exclamó, dando un paso atrás para mirar a su amiga–.
Estás fantástica, pero no entiendo nada...

–¡Soy tu dama de honor! –gritó Vivien–. Alekos
me dijo que tenía que ser una sorpresa, así que apagué
el móvil porque ya sabes que soy incapaz de guardar
un secreto y sabía que si hablaba contigo acabaría por
contártelo. ¿Estás contenta?

Estaba más bien desconcertada.

–Pero... yo no necesito una dama de honor. No voy
a casarme.

–Pues claro que sí. Alekos me ha traído hasta aquí
para eso. He venido en su jet privado... y no voy a decirte cuántos mojitos he tomado, pero tengo un dolor
de cabeza espantoso. Venga, vamos.

–Te has adelantado, Vivien –dijo Alekos entonces–. Yo debería haber hablado con ella... Kelly no
sabe nada de esto.

–¿Qué? –Vivien lo miró, perpleja–. ¿Kelly no sabe
que vais a casaros? Cuando me dijiste que era una sorpresa, pensé que la sorpresa era que yo fuese la dama
de honor, no la boda.

–Las cosas no salen siempre como uno quiere y eso
es especialmente cierto en mi relación con tu amiga
–inusualmente inseguro, Alekos tomó la mano de

Kelly–. Anoche, en Venecia, iba a pedirte que te casaras conmigo, por eso te llevé allí.

Vivien se llevó una mano al corazón.

—Ay, Dios mío.

—Vivien... –dijo Alekos, sin dejar de mirar a Kelly–. Si vuelves a abrir la boca sin permiso, jamás volverás a viajar en mi avión privado.

Vivien hizo el gesto de abrocharse una cremallera en la boca, pero Kelly estaba mirándolo a él.

—¿Ibas a pedirme que me casara contigo? Pero cuando Constantine te preguntó si ibas a ser padre, tú dijiste que no... no, lo siento, esta vez no puedes engañarme.

—Estaba nervioso porque iba a pedirte que te casaras conmigo y temía que dijeras que no. Después de lo que pasó la última vez, ¿por qué ibas a confiar en mí? Por eso te llevé a una de las ciudades más románticas del mundo.

—Pero Constantine...

—Me preguntó si era padre y yo le dije que no porque para mí ser padre es mucho más que crear un hijo. Eso es lo que hizo el tuyo, pero nunca fue un padre de verdad, ¿no? –le preguntó Alekos con voz ronca–. Ser padre es querer a tu hijo más que a ti mismo, poner su felicidad por delante de la tuya, protegerlo de todo y hacerle ver que, pase lo que pase, estarás a su lado. Podría decirte que yo tengo intención de hacer todo eso, pero sería más elocuente demostrarlo. Y para eso necesito tiempo.

Kelly no podía respirar.

—¿Tiempo?

—Digamos que cincuenta años más o menos –dijo

Alekos–. Y muchos hijos. Tal vez después de cuatro hijos y cincuenta años, si alguien me pregunta si soy padre podré decirle que lo soy.

Ella tragó saliva.

–Pensé que la idea de ser padre te asustaba.

–No he dicho que no esté asustado, lo estoy. Pero sigo aquí, apretando tu mano. Y hablando de manos... –Alekos le puso el anillo en la mano izquierda.

–Alekos...

–Te quiero, *agapi mu*, porque eres generosa, divertida y la mujer más sexy del mundo. Me encanta que tengas que sujetarte a mi brazo cuando llevas zapatos de tacón, me encanta que odies los trocitos de cosas que flotan en las bebidas... incluso me gusta que tires las cosas por cualquier parte –Alekos apartó el pelo de su cara–. Y me encanta que hubieras sido capaz de marcharte para proteger a nuestro hijo. Pero no tienes que hacerlo, Kelly. Protegeremos juntos a nuestro hijo.

Temiendo creer lo que estaba pasando, Kelly miró el anillo.

–¿Me quieres de verdad?

–No tengas la menor duda. Si siempre vas a dudar de mí, esto no saldrá bien. Me gustaría pensar que nunca voy a decir algo equivocado, pero soy un hombre, de modo que tarde o temprano diré algo que te moleste... como anoche, en Venecia –Alekos abrió los brazos en un gesto de disculpa.

–Anoche no me dijiste que me querías. Yo me moría por escucharlo... quería que me pusieras el anillo en la otra mano, pero no lo hiciste.

Él asintió con la cabeza, apenado.

–Hace cuatro años te dejé plantada el día de nuestra boda. Sé que es difícil perdonar eso y temía que si te lo pedía demasiado pronto me dirías que no. Me daba pánico que me rechazases, por eso estaba esperando.

Su relación había ido haciéndose más profunda con el paso de los días, era cierto.

–Pensé que no me querías.

–Quería que estuvieras segura de que te amaba.

–Alekos...

–Aunque no sea capaz de decir las palabras adecuadas, quiero que sepas que eso es lo que siento, que eso es lo que hay en mi corazón –Alekos bajó la cabeza para besarla y, durante unos segundos, los dos se quedaron en silencio.

Vivien se aclaró la garganta entonces.

–Ya está bien. Para mí es evidente que te quiere, Kel. Por favor, tú no tienes un céntimo, eres la persona más desordenada del mundo y, aunque te pones muy guapa cuando quieres, con tacones pareces un pato mareado. Así que, básicamente, este hombre tiene que quererte mucho para casarse contigo.

–Gracias.

–De nada. ¿Podemos seguir adelante con la boda? Se me está quemando la nariz.

Medio riendo, medio llorando, Kelly miró a Alekos.

–¿Quieres que nos casemos aquí? ¿Ahora? No puedo creer que hayas organizado todo esto en la playa.

–Quería darte tu cuento de hadas –dijo él, emocionado–. Y sí, vamos a hacerlo ahora mismo. No voy a cambiar de opinión, Kelly. Sé lo que quiero y creo saber lo que tú quieres. Ninguno de los dos necesita una gran ceremonia o miles de invitados. Si me dices que sí, tengo dos personas esperando en la villa: mi director jurídico, Dmitri, que además es mi mejor amigo y el hombre que va a casarnos.

–Pero no puedo casarme en pantalón corto –protestó ella.

–¡Pues claro que no! –exclamó Vivien, señalando un montón de bolsas sobre una silla–. Afortunadamente, ha traído un vestido de novia.

Kelly miró a Alekos, preguntándole con la mirada si era un vestido de Marianna.

–No, no –se apresuró a decir él–. He hecho que trajeran diez vestidos diferentes. Puedes elegir el que quieras.

–¿Diez? –murmuró Kelly.

–Quería que pudieses elegir –Alekos sonrió–. Y, además, creo que debe ser una sorpresa para el novio.

Emocionada, Kelly levantó una mano para acariciar su rostro.

–Te quiero –murmuró, con los ojos llenos de lágrimas.

–¡No llores! Te pones horrible cuando lloras y se supone que tengo que maquillarte –protestó Vivien–. Y no se puede hacer nada con unos ojos hinchados y una nariz roja. Alekos, ve a dar un paseo mientras elegimos el vestido. No debes ver a la novia, trae mala suerte.

–Podría vestirme en la casa –sugirió Kelly.

–No pienso arriesgarme –dijo él–. Te quiero y quiero casarme contigo ahora mismo. No me importa que lleves pantalón corto.

–¡Alekos Zagorakis, mi amiga no va a casarse en

pantalón corto! –exclamó Vivien–. Una mujer mira las fotos de su boda durante toda la vida y nadie puede llorar al verse en pantalón corto –indignada, lo empujó–. Muy bien, ve a buscar al padrino y vuelve en diez minutos.

Diez minutos después, Kelly estaba bajo la pérgola de flores, con el vestido de novia más bonito que había visto en toda su vida, mirando al único hombre al que había amado en toda su vida.

Y Vivien le estaba poniendo ojitos a Dmitri.

–Tengo la impresión de que ni tu dama de honor ni el padrino están muy atentos –murmuró Alekos, apretando a Kelly contra su pecho ante la mirada de desaprobación del hombre que los casaba–. Puede que tengamos que hacer esto sin su ayuda.

Kelly miró su ramo de novia.

–No me puedo creer que vayamos a casarnos. Pensé que lo nuestro no terminaría así.

–¿Es el cuento de hadas que querías? Tal vez debería traer traído una carroza tirada por un par de caballos blancos.

Ella soltó una carcajada.

–No podrías traer una carroza a la playa –le dijo, poniéndose de puntillas para besarlo–. Pero has conseguido traer lo más importante.

–Estamos hechos el uno para el otro –dijo Alekos–. Para siempre.

Kelly sonrió, enamorada.

–Eso suena a cuento de hadas. Mi cuento de hadas.

BIANCA™

SARAH MORGAN

PARÍS EN EL CORAZÓN

Capítulo 1

YA ESTÁ aquí. Ha llegado. Damon Doukakis acaba de entrar en el edificio.

Aquella voz nerviosa sacó a Polly de sus sueños. Levantó la cabeza de sus brazos y la luz del sol que se filtraba por la ventana la cegó.

–¿Cómo? ¿Quién? –preguntó arrastrando las palabras.

Su mente volvió poco a poco del mundo de los sueños. El dolor de cabeza que había formado parte de su vida durante la última semana, seguía acompañándola.

–He debido de quedarme dormida –continuó–. ¿Por qué nadie me ha despertado?

–Porque llevas días sin dormir y das miedo cuando estás cansada. Te traigo algo para que te despiertes y tengas fuerzas –respondió la mujer, sujetando un par de tazas y una gran magdalena mientras cerraba la puerta con el pie.

Polly se frotó los ojos y miró la pantalla de su ordenador portátil.

–¿Qué hora es?

–Las ocho.

–¿Las ocho? –repitió y se levantó de un salto, esparciendo por el suelo los papeles y bolígrafos–. ¡La reunión es dentro de quince minutos!

Polly apretó el botón para guardar el documento en el que había estado trabajando toda la noche. Le temblaban las manos por el brusco despertar. Su corazón latía acelerado y tenía un nudo en el estómago. Todo estaba a punto de cambiar.

—Tranquila —dijo Debbie y atravesó la habitación para dejar las tazas sobre la mesa—. Si se da cuenta de que estás asustada, te pisoteará. Eso es lo que hacen los hombres como Damon Doukakis. Cuando perciben debilidad, se aprovechan.

—No estoy asustada.

La mentira constriñó su garganta. Tenía miedo de la responsabilidad y de las consecuencias de un fracaso. Y sí, tenía miedo de Damon Doukakis. Sólo un tonto no lo tendría.

—Lo vas a hacer bien. Todos dependemos de ti, pero no quiero que el hecho de que tengas el futuro de cien personas en tus manos te ponga nerviosa.

—Gracias por tus palabras de ánimo —dijo Polly y dio un sorbo de café a la vez que comprobaba los mensajes de su móvil—. Tan sólo he dormido un par de horas y tengo cien mensajes. ¿Es que la gente no duerme? Gérard Bonnel ha vuelto a cambiar la reunión de mañana para por la tarde. ¿Hay algún vuelo a París más tarde?

—No vas en avión. El tren era más barato. Te saqué billete en el de las siete y media desde St Pancras. Si ha cambiado la hora de la reunión, tendrás casi todo el día para matar el tiempo —dijo Debbie y se echó hacia delante para tomar un trozo de magdalena—. Ve a ver la Torre Eiffel, haz el amor en un banco del Sena con un atractivo francés. *Ooh la la.*

Polly se concentró en el correo electrónico que estaba contestando y no la miró.

—Hacer el amor en público es un delito incluso en Francia.

—No tanto como carecer de vida sexual. ¿Cuándo fue la última vez que tuviste una cita?

–Suficientes problemas tengo ya como para añadir otro más –dijo Polly y apretó el botón de enviar–. ¿Enviaste una orden de compra para la promoción de esa revista?

–Sí, sí. ¿No puedes dejar de pensar en el trabajo? A Damon Doukakis le gustará saber que tienes eso en común con él.

–El resto de los correos electrónicos va a tener que esperar –dijo Polly dejando el teléfono móvil en la mesa–. Maldita sea, quería echarle otro vistazo a la presentación. Tengo que peinarme... No sé por dónde empezar.

–Por el pelo. Has estado durmiendo apoyada en la cabeza y pareces la Barbie Mohicana. Espera, estamos ante una emergencia.

Debbie sacó de un cajón una plancha de alisar el pelo y la enchufó.

–Tengo que ir al baño y maquillarme.

–No hay tiempo. No te preocupes. Estás bien. Se te da muy bien mezclar lo antiguo con lo moderno –dijo Debbie, pasando la plancha por un mechón de pelo de Polly–. Además, esas medias rosas surtirán efecto.

Sin mover la cabeza, Polly desenchufó su ordenador portátil.

–No puedo creer que mi padre todavía no haya llamado. Su compañía está a punto de ser aniquilada y no aparece por ningún sitio. Le he dejado un montón de mensajes.

–Ya sabes que nunca enciende su móvil. Odia ese aparato. Ya estás lista –dijo Debbie desenchufando la plancha del pelo.

Polly se recogió el pelo en un moño bajo.

–Incluso llamé a algunos hoteles de Londres anoche para saber si un hombre de mediana edad con una joven estaban alojados.

–Te habrá resultado embarazoso.

–Crecí pasando vergüenza –dijo Polly sacando las botas de debajo de la mesa–. Damon Doukakis se pondrá furioso cuando vea que mi padre no viene.

–Los demás hemos hecho un esfuerzo para compensar su ausencia. Todo el mundo en la empresa ha llegado pronto y se ha puesto a trabajar de inmediato. Si Damon Doukakis busca vagos, aquí no los va a encontrar. Nos hemos propuesto causar una buena impresión.

–Demasiado tarde. Damon Doukakis ya ha tomado una decisión respecto a lo que quiere hacer con nosotros.

Y ella sabía lo que era. El miedo se apoderó de ella. Se había hecho con el control de la compañía y podía hacer con ella lo que quisiera. Era su venganza, su manera de mandarle un mensaje al padre de Polly.

Pero era un arma peligrosa. El fuego abrasador de su cólera no sólo iba a quemar a su padre, sino también a un montón de inocentes que no se merecían perder su trabajo.

El peso de la responsabilidad era agobiante. Como hija del dueño sabía que tenía que hacer algo, pero lo cierto era que no tenía poder. No tenía autoridad.

Debbie engulló un trozo de magdalena.

–En alguna parte he leído que Damon Doukakis se pasa el día trabajando. Al menos tenéis algo en común.

Después de tres noches sin dormir, Polly era incapaz de concentrarse. Agotada, trató de despejar la mente.

–He hecho algunos cálculos. Confiemos en que Michael Anderson sea capaz de manejarse con el ordenador portátil. Ya sabes lo mal que se le da la tecnología. He guardado la presentación de tres maneras diferentes ya que la última vez no sé qué hizo, pero la borró. ¿Ya ha llegado el resto del consejo?

–Todos llegaron a la vez que él, aunque no nos han dicho nada. Ninguno de ellos ha tenido las agallas de mirarnos a la cara desde que vendieron sus acciones a Damon Doukakis. Todavía no entiendo por qué un magnate rico y poderoso como él ha comprado nuestra pequeña compañía. No somos su estilo, ¿no?

–No, no somos su estilo.

–¿Así que nos ha comprado por diversión? –preguntó Debbie y se chupó los dedos tras terminar la magdalena–. Quizá sea algún tipo de terapia para millonarios. En vez de ir a comprarse zapatos, va y se gasta una fortuna en una agencia de publicidad. Les ha pagado un montón de dinero a los miembros del consejo.

Polly sabía por qué había comprado la compañía y no era algo que pudiera contar. Damon Doukakis le había hecho prometer que guardaría silencio después de la llamada telefónica que le había hecho unos días antes. No le había contado nada de aquella llamada a nadie. Tampoco a ella le interesaba que los motivos fueran de conocimiento público.

–No me sorprende que el consejo vendiera. Son unos avaros. Estoy harta de sus comidas y de sus billetes de avión en primera clase para después tener que oír que no damos beneficios. Me recuerdan a los mosquitos, sacándonos la sangre para...

–Polly, eso es asqueroso.

–Ellos son asquerosos.

Polly repasó mentalmente la presentación. ¿Se le habría olvidado algo?

–Si yo fuera a hacer esa presentación, no estaría tan preocupada.

–Deberías ser tú la que lo hiciera –señaló Debbie.

–Michael Anderson tiene miedo de que abra la boca. Tiene miedo de que cuente quién hace el trabajo. Además, soy la asistente ejecutiva de mi padre, sea lo que sea que eso signifique. Mi labor es hacer que todo siga su curso.

No había estudiado en la universidad. Había aprendido observando, escuchando y siguiendo su instinto y sabía que para la mayoría de los empleados eso no sería suficiente. Polly se llevó la mano al estómago, deseando tener un título de Harvard.

–Doukakis ya tiene una agencia de publicidad en su grupo empresarial. No necesita otra y menos aún a nuestro personal. Tan sólo va a hincar el diente a...

–Si Damon Doukakis está como loco por la empresa de tu padre, de alguna manera es un halago, ¿no? Y das por sentado que nos echará a todos, pero quizá no lo haga. ¿Para qué comprar un negocio y luego hacerlo pedazos? Anímate –dijo Debbie dándole una palmada en el hombro–. Quizá Damon Doukakis no sea tan despiadado como dicen. Todavía no lo has conocido en persona.

Sí, sí que lo había hecho.

Polly sintió que se ruborizaba y cerró el ordenador portátil.

Se habían visto en una ocasión en la oficina del director, cuando otra chica y ella habían sido expulsadas del colegio femenino al que asistían. Por desgracia, la otra chica había resultado ser la hermana de Damon Doukakis. El recuerdo de aquel día la hizo temblar.

No se hacía ninguna ilusión de lo que le deparaba el futuro. Para Damon Doukakis, ella era una persona problemática y con problemas de personalidad. Cuando levantara el hacha, ella sería la primera en despedazar.

Polly se pasó la mano por la nuca. Tal vez pudiera ofrecer su dimisión a cambio de que mantuviera al personal. Él buscaba un sacrificio por el comportamiento de su padre, ¿no? Así que ella sería el sacrificio.

Debbie recogió el plato.

–¿Con quién está saliendo tu padre ahora? ¿No será la mujer que conoció en las clases de salsa, no?

–No lo sé –contestó mintiendo–. No se lo he preguntado –añadió y se guardó el móvil en el bolsillo del vestido–. Es una locura, ¿verdad? No puedo creer que ese Damon Doukakis esté a punto de aparecer aquí y quedarse con todo por lo que mi padre ha trabajado, y que mi padre esté en cualquier hotel por ahí...

–¿Haciendo el amor con una mujer a la que le dobla la edad?

–¡No digas eso! No quiero imaginarme a mi padre haciendo el amor y menos aún con una mujer de mi edad.

–Deberías estar ya acostumbrada. ¿Será consciente tu padre de que su vida sexual es la causa por la que nunca has tenido una relación?

–No tengo tiempo para esta conversación –dijo Polly apartando aquellos pensamientos y poniéndose las botas–. ¿Te has ocupado de que haya café y pastas en la sala de juntas?

–Todo está listo. Aunque creo que Damon Doukakis es una especie de tiburón blanco –dijo Debbie imitando con las manos la aleta de los tiburones–. Se mueve por las aguas comiéndose todo lo que encuentra en su camino. Confiemos en no ser un bocado apetecible.

Incómoda, Polly dirigió la mirada hacia la pecera que tenía junto a la mesa.

–No hables tan alto. Romeo y Julieta se están poniendo nerviosos. Se están escondiendo entre las plantas acuáticas –dijo deseando poder estar con los peces.

Nunca en su vida había temido algo tanto como aquella reunión. Durante los últimos días había sacrificado sus horas de sueño tratando de buscar la manera de salvar al personal. Ya no se hacía ilusiones sobre su futuro, pero aquella gente era como su familia e iba a luchar hasta la muerte para protegerlos.

El teléfono de su mesa sonó y lo descolgó sin ningún entusiasmo.

–Polly Prince...

Reconoció la voz de Michael Anderson, el segundo de su padre y director creativo de la agencia. A pesar de la hora, era evidente que ya había tomado alguna copa. Mientras le ordenaba que llevara el ordenador portátil a la sala de juntas, Polly apretó con fuerza el auricular. ¡Víbora! Aquel hombre hacía más de una década que no tenía una idea original. Le había chupado la sangre a la agencia y ahora le había vendido sus acciones a Damon Doukakis por un precio desorbitado.

La ira la embargó. Si no hubiera habido venta, toda aquella situación podía haberse evitado.

Polly colgó el teléfono y tomó su ordenador portátil, decidida a hacer todo lo necesario para luchar por los empleados.

–Buena suerte –dijo Debbie mirando a Polly–. Esas botas son perfectas para patear algunos traseros. Y te hacen más alta.

–Ésa es la idea.

La última vez que había visto a Damon Doukakis, la había hecho sentir diminuta en todos los aspectos. Física y emocionalmente la había superado y no iba a dejar que ocurriera de nuevo.

De camino a la sala de juntas, se sintió como si caminara por la cuerda floja. No le era de ayuda el que a cada poco alguien se asomara desde su despacho para desearle suerte. Cada una de aquellas sonrisas nerviosas la hacía ser más consciente de su responsabilidad. Todos confiaban en ella, pero en el fondo sabía que no tenía influencia ni nada con lo que defenderlos. Era como ir a una batalla con un secador de pelo como única arma. Tan sólo esperaba que Michael Anderson usara la presentación que había preparado para luchar por ellos.

Las puertas de la sala de juntas estaban cerradas y se detuvo para respirar hondo. Le molestaba lo nerviosa que estaba. Y no por el consejo, sino por Damon Doukakis. Soltó el aire lentamente y se dijo que diez años era mucho tiempo. Quizá los rumores no fueran ciertos. Quizá se hubiera vuelto más humano.

Llamó a la puerta y la abrió. Por un momento todo lo que vio fueron expresiones engreídas, tazas de café y trajes oscuros cubriendo cuerpos gruesos.

Aferrándose a su ordenador portátil, Polly se obligó a avanzar. Al cerrarse las puertas detrás de ella, echó un vistazo a los hombres sentados en la mesa con los que había trabajado desde que acabara el instituto con dieciocho años. Ninguno de ellos la estaba mirando a la cara.

«Mala señal», pensó.

Un par de consejeros estudiaba sus notas. El ambiente era tenso. Le recordaba a las multitudes que se congregaban en la escena de un accidente. Para muchos, resultaba algo irresistible ver a otro ser humano pasándolo mal. Y ella estaba pasándolo mal. Sabiendo que todos los que estaban sentados a la mesa eran millonarios, Polly no pudo evitar sentir asco.

Habían traicionado a su padre sin dudarlo y se habían desentendido de los empleados.

Estaba tan enfadada con todos ellos que no se había detenido en el hombre sentado a la cabecera de la mesa.

Damon Doukakis presidía la mesa ocupando el puesto de su padre con actitud arrogante y sin ninguna muestra de tener conciencia. Ni hablaba ni se movía, pero todo en él transmitía agresividad masculina.

Aquellos ojos oscuros la miraron y se preguntó cómo era posible que irradiara tanta autoridad sin ni siquiera abrir la boca. De alguna manera dominaba la sala. La escasez de movimientos intensificaba el aura de poder como si de un campo de fuerza se tratara.

Un traje hecho a medida hacía destacar sus hombros anchos y una camisa blanca contrastaba con su piel bronceada. El nudo de su corbata era perfecto y todo en él resultaba impecable. Contrastaba con el resto de los hombres que había sentados a la mesa. No tenía el exceso de peso de los demás. Bajo aquel traje caro, su cuerpo era fuerte y compacto, probablemente resultado del ejercicio y de la misma disciplina que aplicaba a sus prácticas empresariales.

Las mujeres lo encontraban irresistible, por supuesto. Era un macho alfa, responsable de una de las compañías más exitosas de Europa. En medio de la depresión económica, el grupo de comunicación Doukakis era la estrella brillante que iluminaba la recuperación.

Le molestaba que aquel hombre, además de tener una mente privilegiada y un buen olfato para los negocios, fuera tan guapo. No era justo, pensó mientras abría su ordenador. No podía dejarse impresionar por aquel traje. La ropa no ocultaba lo que era, un oportunista despiadado que no se detenía ante nada para obtener lo que quería. Pero entendía por qué el consejo se había dejado embaucar por él. Era el rey de las bestias y los hombres que lo rodeaban eran la comida que se tragaría de un simple bocado. Eran débiles y nunca desafiarían a un hombre como Damon Doukakis.

«Míralo a los ojos, Polly», se dijo.

Sabía que lo peor que podía hacer era mostrarse asustada, así que lo miró. Fue tan sólo durante un segundo, pero algo pasó entre ellos. El impacto de aquel intercambio silencioso la hizo estremecerse y apartó la vista. Temblaba de la cabeza a los pies. Había pensado que se sentiría intimidada, pero lo que no habría imaginado jamás era sentir aquella repentina atracción sexual.

Aturdida, Polly encendió el ordenador.

—Caballeros —dijo e hizo una pausa—, señor Doukakis.

Una mueca de humor apareció en su sonrisa y, a su pesar, Polly se quedó mirando la sensual curva de sus labios. Según los rumores, las mujeres se le daban tan bien como los asuntos de negocios. Doukakis era tan frío y calculador en sus relaciones como en los demás aspectos de su vida. Quizá por eso fuera tan protector con su hermana, pensó. Sabía muy bien cómo eran los hombres.

Cuando sus ojos volvieron a encontrarse con los de él, su lengua se quedó encajada en el paladar y sus labios se negaron a pronunciar las palabras que se habían formado en su cabeza. En aquel momento, Polly se percató de que se había dado cuenta del efecto que le había provocado, el mismo que en todas las mujeres.

—¿Señorita Prince?

Aquella voz fría e irónica la sacó de su ensimismamiento. Era evidente que se acordaba de ella.

—Como sabe, Polly es la hija de nuestro presidente y consejero ejecutivo —dijo Michael Anderson, cuando por fin se atrevió a hablar—. Su padre siempre se aseguró de que tuviera trabajo aquí.

Aquel comentario implicaba que era incapaz de conseguir un trabajo por sí misma. Polly sintió que su mal humor se intensificaba por lo injusto de aquella presentación. Esa ira le ayudó a olvidar las otras sensaciones que estaba teniendo.

Aliviada por haber recuperado el control, apretó una tecla y abrió el archivo.

–He preparado una presentación para explicar la estrategia de nuestro negocio y estudiar las posibilidades para el futuro. Verán que hemos conseguido seis nuevos clientes este año y esas cuentas están...

–No tenemos por qué escuchar esto, Polly –la interrumpió Michael Anderson bruscamente.

Polly descansó los dedos en el teclado. Claro que tenían que escucharla. Sin su presentación, los empleados no tendrían oportunidad alguna de quedarse.

–Pero tiene que...

–Demasiado tarde, Polly –dijo Michael Anderson y se giró hacia los demás miembros del consejo–. Me doy cuenta de que ésta debe de ser una situación muy difícil para ti, pero tu padre ya no controla esta compañía. Siempre ha sido peculiar y ahora parece que ha desaparecido completamente. Incluso hoy, con los rumores de la compra en todos los informativos, no hay ni rastro de él, lo que confirma que el consejo ha tomado la decisión adecuada al vender. El grupo de comunicación Doukakis es el presente. Son momentos muy excitantes –dijo dirigiendo la mirada hacia el hombre que permanecía inmóvil y en silencio presidiendo la mesa–. Va a haber una reestructuración radical. Más adelante habrá despidos, pero quería decírtelo personalmente aprovechando que tu padre no está aquí. Es duro, lo sé, pero esto son negocios.

Polly se sintió como si estuviera en un mundo paralelo. Su cabeza daba vueltas y oía un zumbido en los oídos.

–Espere un momento –dijo con una voz que ni a ella le parecía la suya–. Dice que va a despedir a todo el mundo así, como si nada. Su tarea es protegerlos, demostrarle al señor Doukakis por qué son necesarios.

–Polly, la cuestión es que no se les necesita.

–No estoy de acuerdo –dijo y sintió un nudo en la garganta–. Las campañas que hemos conseguido, las hemos conseguido como equipo. Hacemos un gran equipo.

–Limítate a dejar el ordenador, Polly –dijo Michael Anderson dando unos golpes con el bolígrafo en la mesa–. Si alguien del equipo del señor Doukakis quiere ver la presentación, puede hacerlo.

Ya estaba. La estaban despachando.

Todos los ojos estaban puestos sobre ella, esperando a que se diera por vencida y se fuera.

La compañía de su padre iba a ser disuelta y cien personas iban a perder su puesto de trabajo.

–Aquí no se acaba –dijo Polly mirando a Michael Anderson, el hombre que había traicionado a su padre y que ahora traicionaba a sus compañeros–. Tiene que salir ahí y hacer esa presentación.

–Polly...

–¡Es su responsabilidad! Esta gente trabaja para usted. Debería defenderlos. Gracias a su esfuerzo, ustedes se están dando la gran vida. ¿Por qué me ha pedido que prepare la presentación si no tenía intención de exponerla?

El cansancio y la tensión de la última semana estaban saliendo a la luz.

–Estabas nerviosa por tu padre –dijo Michael tratando de mostrarse preocupado–. Pensé que sería mejor que estuvieras ocupada.

–No soy ninguna niña, señor Anderson. Sé mantenerme ocupada. No he tenido otra opción desde que los consejeros de esta compañía decidieran no hacer nada más que comer y beberse los beneficios.

Consciente de que estaba agotando sus posibilidades, rodeó la mesa y disfrutó de la satisfacción de ver la mirada consternada de Michael Anderson.

—¿Qué estás haciendo? ¿Adónde...? Sé que estás enfadada, pero...

—¿Enfadada? No, no estoy enfadada, estoy furiosa. Tiene a cien empleados ahí fuera mordiéndose las uñas, cien personas temiendo perder sus empleos y ¿no va a luchar por ellos? Es un asqueroso cobarde.

—¡Ya es suficiente! —dijo con el rostro consternado—. Si no fuera por el hecho de que eres la hija del jefe, hace tiempo que habrías sido despedida. Tienes un problema de personalidad. Además, tu forma de vestir...

—La forma en que una persona vista, no afecta su capacidad para trabajar, señor Anderson. Aunque no espero que lo entienda. A excepción del consejo —dijo paseando la mirada por la mesa—, ésta es una agencia joven, fresca y creativa. No tengo por qué ponerme un aburrido traje con la cinturilla elástica para poder dar cuenta de las comidas pantagruélicas.

Con el rostro acalorado, Michael Anderson parecía estar al borde de un infarto.

—Pasaré por alto tu comportamiento porque sé lo difícil que ha sido esta semana para ti. Y voy a darte un consejo ya que tu padre no parece asumir sus responsabilidades como tal. Toma el dinero de la indemnización por despido, vete de vacaciones y piensa en el futuro. Dejando a un lado tu temperamento, eres una buena chica. Y guapa —dijo mirándola de arriba abajo—. Trabajas en las campañas de los clientes por tu padre. En cualquier otra compañía, serías una secretaria. Y no es que haya nada malo en ello. A lo que me refiero es que una chica con tu aspecto, no necesita pasarse las noches estudiando hojas de cálculo, ¿verdad, caballeros?

Hubo un murmullo de asentimiento entre los miembros del consejo. El único que no sonreía era Damon Doukakis. Permanecía en silencio mientras observaba el espectáculo al otro extremo de la mesa.

Polly no veía nada por culpa de la ira que nublaba su vista.

–No se atreva a criticar a mi padre, ni a hacer esos comentarios sexistas y misóginos cuando todos sabemos quién está haciendo el trabajo de esta compañía. Ha hecho esta venta por su beneficio personal. Ahora es multimillonario y nosotros nos quedamos sin trabajo –dijo e intentó contener la emoción de su voz sin lograrlo–. ¿Dónde está su sentido de la responsabilidad? Debería darle vergüenza. ¡Debería darles vergüenza a todos!

–¿Quién te crees que eres? –dijo Michael Anderson.

–Alguien que se preocupa por el futuro de esta compañía y de la gente que trabaja en ella. Si despide a cualquier de ellos sin ni siquiera considerar otras opciones, entonces yo...

¿Qué? ¿Qué podía hacer? Consciente de que no tenía poder, Polly se dio la vuelta y rodeó la mesa, furiosa consigo misma por perder el control. Se sentía agotada y tremendamente desanimada. Había decepcionado a todo el mundo. En vez de mejorar las cosas, las había empeorado.

¿Por qué no se había mantenido fría y tranquila como aquellos gordos trajeados? ¿Por qué no se había ido a dormir la noche anterior? El cansancio siempre alteraba su paciencia.

Nerviosa por el largo silencio, Polly se sintió vencida. Lo había estropeado todo.

–Miren, me iré, ¿de acuerdo? Me iré sin armar escándalo, pero no despidan a nadie –dijo dirigiéndose directamente a Damon Doukakis, que seguía sin moverse–. Por favor, no despidan a todo el mundo por mi culpa.

Cerró el ordenador conteniendo las lágrimas y justo cuando iba a abandonar la habitación, Damon Doukakis habló.

–Quiero ver la presentación. Mándemelo a mi correo electrónico. Quiero ver todo lo que ha preparado.

Su voz sonó dura e inflexible. Sus ojos estaban fijos en los de Polly.

Sorprendida, Polly fue incapaz de moverse. Michael Anderson fue el primero en reaccionar.

–Es una secretaria engreída, Damon. Sinceramente, no debería molestarse...

Damon Doukakis lo ignoró. Seguía mirando a Polly.

–Puede decirle a los empleados que tienen tres meses para demostrar su valía. Los primeros despidos serán los de los miembros del consejo.

Aquella bomba inesperada hizo que la consternación se extendiera rápidamente por la sala de juntas.

Polly se sintió aturdida al reparar en el alcance de sus palabras. No iba a despedir a la plantilla. Su ejecución quedaba suspendida.

Michael Anderson hizo un extraño sonido al intentar aflojarse el cuello de la camisa.

–No puede deshacerse del consejo. ¡Somos el motor de esta compañía!

–Si mi coche tuviera un motor como usted, ya habría sido desguazado –dijo Damon–. No fue leal con la compañía al vender sus acciones. No quiero que nadie que trabaje para mí pueda ser comprado. Tampoco quiero verme demandado por un caso de discriminación sexual, algo que sin duda pasará si permanece en la compañía.

Al ver al otro hombre desmoronarse, Polly se alegró.

Damon Doukakis seguía hablando, detallando sus exigencias sin ninguna emoción.

–Voy a trasladar estas oficinas a mi edificio de Londres. Tengo dos plantas vacías y un equipo dispuesto a hacer la mudanza.

De repente la alegría de Polly se evaporó.

–Pero la plantilla ha estado aquí toda la vida y...

–Señorita Prince, no me preocupa el largo plazo. En negocios, hay que preocuparse por el presente. Carlos, mi segundo al mando, se encargará del día a día de la compañía.

–Pero Bill Henson lleva en ese puesto toda...

–Demasiado tiempo –la interrumpió–. Puede trabajar con Carlos durante los tres próximos meses. Si nos impresiona, se quedará. No me gusta perder a los buenos. Dirijo una meritocracia, no una organización benéfica.

El rostro de Michael Anderson estaba de un extraño color gris.

–Damon... –dijo y carraspeó antes de continuar–, necesita a alguien que le enseñe, que le explique cómo funciona la compañía.

–Al ver el balance, tardé menos de cinco minutos en entender cómo funciona la compañía: muy mal. Y sí, ya había decidido que se quedara alguien que conozca la compañía desde dentro...

Michael forzó una sonrisa desesperada.

–Es un alivio. Por un momento pensé que...

–... y es por ello por lo que la señorita Prince trabajará a mi lado los próximos tres meses.

¿Trabajar a su lado? No, eso no.

–Estoy dispuesta a marcharme, señor Doukakis.

–No va a marcharse a ninguna parte, señorita Prince. Usted y su ordenador van a estar a mi lado hasta que arreglemos juntos todo este desastre.

Sus palabras sonaron ambiguas y Polly se preguntó a qué desastre se estaría refiriendo, si a la compañía o a la relación entre su padre y la hermana de Doukakis.

—Pero...

—Mi gente llegará dentro de una hora para organizar la mudanza. Por supuesto que quien no quiera trasladarse, podrá marcharse.

—Un momento... —dijo Polly sintiendo una pesada carga—. Dimito.

Había asumido que sería la primera en marcharse. Estaba dispuesta a hacer ese sacrificio. De hecho, estaba deseando poner distancia entre Damon Doukakis y ella.

Él fijó su mirada en ella.

—Dimita y despediré a toda la platilla esta misma tarde.

La ira contenida de su voz resonó por toda la sala.

—¡No! —exclamó Polly horrorizada—. Ellos no han hecho nada.

—Echando un vistazo a su balance, me parece demasiado sencillo para creerla. Me pregunto qué es lo que todo el mundo de esta compañía ha estado haciendo este último año. Es justo que le advierta que no tengo mucha esperanza de que esta gente siga trabajando para mí dentro de tres meses. Hay más actividad en un cementerio.

Polly sintió que las piernas le flaqueaban. Pensó en Doris Cooper, que llevaba trabajando para su padre cuarenta años repartiendo la correspondencia. Había enviudado recientemente y llevaba una temporada que no dejaba de equivocarse al repartir las cartas. Como nadie quería incomodarla, se las hacían llegar unos a otros cuando no se daba cuenta. También estaba Derek Wills, que apenas sabía deletrear pero que preparaba un té magnífico para animarlos a todos. Si ella se marchaba, no durarían ni tres semanas.

–De acuerdo, trabajaré para usted. Pero creo que su comportamiento deja mucho que desear.

–No creo que su opinión sobre mí sea peor que la que yo tengo de usted.

Su ira la sacudió con la fuerza de un huracán.

Polly se quedó rígida. Le resultaba imposible no sentirse intimidada a pesar de sus intentos por evitarlo. Había algo aterrador en la mirada oscura y poderosa del hombre que tenía frente a ella. Era evidente que no tenía una buena opinión de ella.

–No está siendo justo.

–La vida no es justa. Le guste o no, ahora forma parte de mi compañía. Bienvenida a mi mundo, señorita Prince.

Capítulo 2

NUNCA en su vida se había encontrado con una operación tan caótica.

Estaba enfadado consigo mismo por haber comprado una compañía que no le ofrecía ningún beneficio y molesto por la despreocupación que los miembros del consejo habían mostrado hacia la seguridad laboral de los empleados. Con un simple movimiento de mano, Damon despejó la habitación.

Le molestaba tener que ocuparse de aquella situación cuando lo que realmente le preocupaba era localizar a su hermana y protegerla de sus propios errores. Después de una intensa semana de reflexión, seguía sin entender qué la había hecho tomar aquella decisión. ¿Su elección por Peter Prince sería otra de sus maniobras para demostrar su independencia? ¿Le estaría desafiando? Se quedó inmóvil unos segundos soportando el peso de la responsabilidad. Había sido su compañera desde que siendo un adolescente se viera obligado a hacerse cargo del bienestar de su hermana.

Interceptó a Polly Prince cuando se dirigía hacia la puerta con los miembros del consejo. Cerró la puerta tras el último de los hombres trajeados y se giró hacia la mujer que hacía más de una década que no veía.

–Esté donde esté, siempre hay problemas a su lado.

Era más alta de lo que recordaba, pero aparte de eso, apenas había cambiado. Seguía siendo aquella adolescente rebelde que había visto en el despacho del director del colegio, escuchando desafiante su suerte.

Damon la miró de arriba a abajo. La elección del vestido que llevaba era otra muestra más de su actitud descuidada e irresponsable en la vida.

Todo el mundo había elegido vestir trajes oscuros para la reunión. Era típico en Polly Prince haber elegido una prenda moderna en vez de algo formal. Su vestido corto dejaba ver unas piernas largas cubiertas con unas brillantes medias rosas y unos botines negros. Se la veía fresca, joven y... sexy.

La repentina explosión de deseo fue inesperada y Damon desvió la mirada de los botines para concentrarse en su rostro.

Acostumbrado a tratar con mujeres que vestían con sobria elegancia, se sentía desesperado porque la autodisciplina que se imponía lo hubiera abandonado. Intentó convencerse de que era lo suficientemente sofisticado como para no sentirse atraído por una muchacha de bonitas piernas. A la vez, trataba de contener la necesidad de quitarse la chaqueta y cubrir aquellas esbeltas curvas.

Para desterrar aquellas sensaciones, se concentró en el asunto de su hermana y el padre de Polly.

—¿Dónde demonios está?

—No lo sé.

—Entonces, cuénteme lo que sepa.

Polly fijó su mirada en él.

—Sé que se ha hecho con la compañía de mi padre. Es evidente que es un megalómano.

Su frío comentario arrojó combustible al fuego que ardía dentro de él.

—No me pique, señorita Prince. Soy un jefe duro, pero como enemigo lo soy aún más. Recuérdelo —dijo y al ver que Polly palidecía, se sintió satisfecho—. No quiero oír nada de esa boca suya más que respuestas a mis preguntas. ¿Dónde está su padre?

–No tengo ni idea.

Aquella sinceridad lo dejó pasmado. Había confiado en que le dijera dónde estaba.

–Tiene que tener alguna manera de contactar con él en caso de emergencia.

–No –dijo sorprendida por su comentario–. Mi padre me enseñó a ser autosuficiente. Si hay una emergencia, la resuelvo yo.

–Me he hecho con la compañía de su padre, señorita Prince. Sin lugar a dudas, esto es una emergencia y no veo que se esté ocupando de ella. No puedo creer que el presidente de una compañía abandone así como así sus responsabilidades.

Aquella muchacha no sabía nada de obligaciones y responsabilidades. Seguía sus propios criterios sin pensar en las consecuencias. Diez años antes había sido su hermana la que lo había sufrido. Apartó la idea de que Polly Prince no podía ser considerada responsable de los defectos de su padre.

–Ha ofrecido un precio muy alto por las acciones y los miembros del consejo han traicionado a mi padre. Eso escapa a mi control. Ahora mismo mi prioridad es hacer todo lo posible por proteger a nuestros leales empleados de las fauces de un depredador.

–Deje ya el numerito. Ambos sabemos que no tiene ningún interés en proteger a la plantilla. La única razón por la que se preocupa por el negocio es porque es su medio de vida. Ninguna otra compañía será tan estúpida como para contratarla. Ha estado sangrando esta empresa durante años, pero ya se ha acabado. Si pensaba que iba a darle una indemnización por marcharse, está muy equivocada. Aunque sea la hija del anterior dueño, a partir de ahora va a tener que ganarse el dinero. Va a tener que dejar de ser una vaga y ponerse a trabajar. Y si de lo único que es capaz es de limpiar baños, entonces limpiará baños.

Cada vez estaba más enfadado. De alguna manera el pasado se mezclaba con el presente.

Aquellos ojos azul zafiro estaban clavados en él. De pronto, ella rió.

—No sabe nada de la compañía que acaba de comprar, ¿verdad? De repente el gran magnate que todo lo ve y todo lo sabe, está completamente ciego.

Su tono destilaba desprecio y Damon, que se enorgullecía de controlar sus emociones, se encontró tratando de contener la tentación de estrangularla.

—Mi único interés en el negocio de su padre es conseguir su cooperación.

—No tiene otra elección más que preocuparse por el negocio. Es suyo. Diría que es una manera extraña de resolver un problema.

—Haré lo necesario para proteger a mi hermana.

Había estado protegiéndola desde que tenía quince años, desde aquella fría noche de febrero en que la policía había llamado a su puerta para darle las malas noticias. Perder a ambos progenitores de aquella manera tan brutal había sido devastador, pero Damon había conseguido salir adelante gracias a que había alguien que dependía de él. Era la única familia que Arianna tenía y lo que había empezado siendo una responsabilidad aterradora, se había convertido en la fuerza para hacer todo lo que hacía. Ahora, proteger a Arianna era algo tan natural como respirar. Nada podría destruir la red de protección que había tejido alrededor de ella.

—Si tiene alguna idea de dónde están, será mejor que me lo diga ahora porque lo descubriré.

–No tengo ni idea. No soy la guardiana de mi padre.

–Arianna es su amiga.

–Y su hermana. Puede confiar en usted tanto como en mí.

–No me cuenta nada de su vida. Y ahora sé por qué. Es evidente que tiene mucho que ocultar.

–Quizá usted no es una persona accesible, señor Doukakis. Arianna tiene veinticuatro años, es una mujer adulta. Si quisiera que supiera lo que estaba haciendo, entonces se lo contaría. Quizá debería confiar en ella.

–Mi hermana es tremendamente ingenua.

–Si no la hubiera protegido tanto, sería más sensata.

Damon se sorprendió de nuevo por el contraste entre su frágil aspecto y el temperamento de acero que se adivinaba en ella. Lo mismo le había ocurrido diez años antes al verla en el despacho del director del internado, negándose a explicar su comportamiento. Por su culpa, su hermana había sido expulsada de uno de los mejores colegios del país. En consecuencia, Damon había prohibido a Arianna volver a ver a Polly Prince. Fue entonces cuando entendió cómo pensaban las adolescentes. Su hermana pequeña se reveló y empezó a pasar más tiempo con la familia Prince, cosa que provocó un gran número de discusiones en el hogar de los Doukakis.

–Arianna es una mujer muy rica. Eso la convierte en el objetivo de individuos sin escrúpulos.

–No soy una experta en relaciones, señor Doukakis, pero sé que mi padre no está con Arianna por su dinero.

–¿De veras cree eso? Entonces no conoce los problemas que tiene esta compañía.

–¿Se le ha pasado por la cabeza que puede estar con ella porque lo pasan bien juntos?

Aquella idea lo hizo enfadarse aún más.

–Bueno no creo que dure mucho más –dijo tratando de controlarse–. ¿Cómo demonios puede estar tan tranquila? Debería darle vergüenza. ¿Cuántos años tiene su padre? ¿Cincuenta?

–Cincuenta y cuatro.

–¿Y a usted no le avergüenza ver su nombre ligado a una ristra de jovencitas? Es treinta años mayor que Arianna. Y se ha divorciado cuatro veces. Eso demuestra su personalidad inestable.

–O un gran optimismo, señor Doukakis. Mi padre sigue creyendo en el amor y en el matrimonio.

Si no hubieran estado hablando de su hermana, Damon se habría reído. El modo en que defendía a su padre hizo que su opinión de ella empeorara.

–Para eso no hace falta casarse una y otra vez, señorita Prince. Cuando salga de aquí, voy a mandar un comunicado a la prensa. Dentro de unas horas, la noticia de que me he hecho con esta compañía estará en Internet. Una vez se entere, su padre aparecerá. Cuando eso ocurra, quiero saberlo. Y quiero saberlo enseguida.

–A mi padre no le gusta Internet. Dice que interfiere en el desarrollo de las relaciones personales.

–Las malas noticias vuelan y ambos sabemos que soy la última persona a la que le gustaría ver al mando de su compañía.

–Estoy de acuerdo, no le agradará. Le considera un hombre cuyo único objetivo es aprovecharse. No le gusta la gente que juzga las cosas en términos económicos. No es así como lleva su vida ni como conduce sus negocios. Para mi padre, un negocio exitoso tiene más que ver con las personas que con los beneficios.

–Me di cuenta de eso al ver las cuentas de la compañía. La agencia de publicidad Prince se mantiene a flote por casualidad y por el éxito accidental de unas

cuantas campañas –replicó Damon y se dio cuenta de
que Polly había fruncido el ceño–. La compañía tiene
beneficios a pesar de cómo la dirige su padre. Y respecto al personal... Es necesario hacer algunos recortes.
Hay un montón de inútiles.

–No se atreva a llamarlos inútiles. Todo el mundo
aquí juega un papel importante –dijo con voz temblorosa–. Su lucha es con mi padre, no con la gente inocente que trabaja en esta empresa. No puede despedirlos, no estaría bien.

–Primera regla en los negocios: nunca dejes que el
contrario sepa lo que piensas. Es una manera de darle
ventaja.

–Ya lleva ventaja, señor Doukakis. Ha comprado la
compañía de mi padre. No me da miedo decirle lo que
pienso y lo que pienso es que es tan despiadado y frío
como dicen.

Sus ojos brillaban y Damon se preguntó si debería
decirle que era peligroso demostrar sus emociones. Pero
enseguida reparó en lo hipócrita que sería ese comentario puesto que sus emociones también eran evidentes.

Llevado por un impulso incomprensible, Damon la
tomó por la barbilla y la obligó a mirarlo.

–Tiene razón, soy tan despiadado como dicen. Será
mejor que no lo olvide. Y las lágrimas me molestan, señorita Prince.

–No estoy llorando.

Pero estaba a punto de hacerlo. Reconocía los indi-
cios y veía el temblor de su barbilla. Tenía la misma
edad que Arianna, pero ahí era donde terminaba todo
parecido. Por un instante, se preguntó cómo habría sido
su vida. Era la hija única de un conocido playboy.

–No me he quedado con nada más que lo que me
ofrecían los miembros del consejo de administración.

–Les hizo una oferta que no podían rechazar.

Su acusación casi lo hizo sonreír.

–Soy griego, no siciliano. Y la gente que trabaja para mí, nunca me traicionaría por muy buena que fuera la oferta.

Damon adivinó un brillo especial en sus ojos justo en el momento en que apartaba la mirada.

–Todo el mundo tiene un precio, señor Doukakis.

–Me temo que tengo que rechazar su oferta. En lo que se refiere a compañeras de cama, soy tremendamente exigente.

Por unos segundos se quedó mirándolo.

–Hablaba de negocios.

Damon fijó la mirada en sus labios.

–Por supuesto.

–No sea tan ofensivo. ¿Ha terminado ya?

–¿Terminado? Si ni siquiera he empezado –dijo Damon levantando la vista a sus ojos.

La química entre ellos era innegable, pero no le preocupaba. En lo que a mujeres se refería, tomaba las decisiones basándose en la lógica y no en la libido. No le gustaba perder el tiempo con gente incapaz de controlar sus impulsos cuando el deseo surgía.

–De momento la plantilla tiene trabajo. Que sigan teniéndolo o no es decisión de su padre y suya. La espero en mi despacho a las dos de la tarde. Va a empezar a trabajar. Y no pierda el tiempo apelando a mis sentimientos, señorita Prince. Nunca dejo que mis sentimientos afecten la toma de decisiones.

–¿De veras?

Aquellos ojos azules se clavaron en él y vio en ellos el mismo fuego y decisión que había visto aquel día en el internado.

–Es interesante porque diría que la decisión que ha

tomado en este instante ha sido condicionada por sentimientos. Está usando la compra de la empresa como una provocación hacia mi padre. Si ésa no es una decisión sentimental, entonces no sé qué es. Y ahora, si me disculpa, tengo que organizar al personal para la mudanza. Si quiere trasladar a esta panda de inútiles a sus oficinas esta misma tarde, será mejor que esta vaga se ponga en marcha.

Se dirigió hacia la puerta haciendo sonar los tacones de sus botas en el suelo. Al caminar, su vestido resaltó su cuerpo.

Damon apartó la mirada de la seductora curva de su trasero y borró la idea de tomarla allí mismo, sobre la mesa de la sala de juntas.

—Y vístase de otra manera. Con esas medias rosas parece un flamenco. Me gusta que la gente que trabaja para mí tenga aspecto profesional.

—Así que no le gusta lo que hago ni mi aspecto —dijo de espaldas a él, quedándose donde estaba—. ¿Algo más?

Damon se preguntó si le daba la espalda a modo de desafío o porque estaba a punto de llorar.

Había algo raro en la postura de sus estrechos y débiles hombros, pero Damon no sintió compasión. Si de veras le preocupaba el personal, el negocio no estaría en el estado que estaba. Por culpa de aquella mujer y de su padre, Prince Advertising estaba en un estado lamentable y cien personas corrían el riesgo de perder su trabajo. Cien familias corrían el riesgo de que sus vidas se vieran afectadas. Se estremeció al imaginarse ese escenario.

—Quiero que mi equipo tenga las contraseñas de los sistemas para que tengamos acceso a todo. Si voy a desenmarañar este desastre, quiero saber a qué me enfrento. Eso es todo. Puede irse.

Podía haberle dicho que él consideraba los despidos como fracasos. Podía haberle dicho que entendía sus responsabilidades como jefe mejor que nadie y que dirigía los negocios según sus estrictos principios. Le podía haber contado todo eso, pero no lo hizo.

Ella había contribuido a aquel desastre vergonzoso. Tenía que dejar que sufriera.

–Voy a matarlo. Voy a tomarlo por el cuello y a apretar hasta que no pueda decir palabra –dijo Polly hundiendo la cabeza entre las manos–. ¿Qué ven las mujeres en él? No puedo imaginarme a nadie que voluntariamente quiera pasar un solo minuto con él. Es un monstruo sexista y sin corazón.

Pero eso no la había detenido para sentirse atraída por él durante todo el tiempo que había durado su confrontación. Había una tensión sexual entre ellos que la incomodaba. ¿Cómo podía encontrarlo atractivo?

–No sé si es un monstruo, pero es muy guapo –dijo Debbie dejando unas cajas vacías en el suelo–. Al menos, seguimos teniendo trabajo. Asumámoslo, las cifras son tan malas que podía habernos echado a todos y nadie podría haberlo culpado.

Polly levantó la cabeza, consciente de que eso era verdad, y se quedó mirando a su amiga.

–Confía en mí, eso habría sido la mejor opción.

–No lo dices en serio.

–No lo sé, pero estoy segura de que no quiero trabajar para ese hombre.

Se sentía exhausta y estresada y trató de borrar las imágenes de su frío y atractivo rostro.

«Frío y sin sentido del humor», se recordó.

–No voy a durar ni una semana. La única duda es si me matará antes de que yo lo mate a él.

–¡No puedes marcharte! El futuro del personal depende de que te quedes.

–¿Cómo sabes eso?

–Estábamos escuchando detrás de la puerta.

–¿No te da vergüenza? –dijo Polly, dejándose caer en una silla.

–Esto es una crisis. Teníamos que saber si había que llamar a la oficina de empleo.

–Llama de todas formas. No querrás trabajar para él por mucho tiempo.

Dispuesta a ponerse en marcha, Polly abrió el cajón de su mesa y se quedó mirando todas sus cosas.

–Necesito medias diferentes. El rosa fuerte no es su color favorito. No puedo creer que esté dispuesta a cambiar mi forma de vestir porque un hombre me lo haya pedido. Debería haberle dicho lo que podía hacer con su código de vestir, pero ya me he enfrentado a él más de lo que debería.

–¿No le han gustado las medias? –preguntó Debbie, arqueando las cejas–. ¿Le dijiste que te las habías puesto porque...

–¿Decirle? –dijo Polly revolviendo en el cajón–. Nadie puede decirle nada a Damon Doukakis. Todos se limitan a escuchar sus órdenes. Esto es una dictadura, no una democracia. ¿Cómo demonios consigue que no se le vayan los empleados?

–Paga bien y es muy guapo –dijo Debbie guardando libros en las cajas–. Tranquilízate. Sé que estás enfadada, pero mira el lado positivo: ha echado al consejo. Y estuviste brillante.

–Perdí el temperamento con Michael.

–Lo sé, estuviste increíble. Que se aguante ese cerdo

sexista. Se acabó mirarnos las faldas y prepararle café cuando todos estábamos haciendo el trabajo que ese vago no hacía. Nos hemos puesto todos muy contentos.

–No hay nada de qué alegrarse. Damon Doukakis es un maniático del control con serios problemas de carácter.

–Siendo tan guapo, yo se lo perdonaría.

–No me interesa su aspecto.

–Pues debería interesarte. Eres joven y estás disponible. Sé que te asusta el matrimonio por culpa de tu padre, pero Damon Doukakis es muy sexy.

–¡Debbie!

–Oh, relájate. Llevas muy nerviosa toda la semana. Es malo para la tensión.

Polly volvió a concentrarse en su cajón.

–No tengo ningún par de aburridas medias negras.

–Ponte unas mallas. Toma una caja y empieza a empaquetar.

Tomó la caja y se obligó a respirar hondo. Aunque había crecido sabiendo que el amor y el sexo eran dos cosas diferentes, la tensión sexual entre Damon y ella la horrorizaba.

–Dejando a un lado el hecho de que no podría sentirme atraída por un hombre que nunca sonríe, no podría acostarme con alguien que está a punto de echar a un montón de gente inocente. Eso demuestra que no tiene una personalidad compasiva.

–No puedes esperar que sonría cuando acaba de comprar una compañía tan rara como la nuestra –dijo Debbie cerrando una caja que ya tenía llena–. La mayoría de la gente no entiende nuestra forma de trabajar. A mí me gusta, pero no somos convencionales, ¿no te parece? Nada de lo que hace tu padre es convencional.

–No me lo recuerdes.

–Relájate. Cuando tu padre aparezca de donde quiera que esté esta vez, la compañía seguirá intacta aunque pertenezca a otra persona. Si Damon estuviera pensando en despedir a todo el mundo inmediatamente, no habría hecho que todo un ejército de mudanzas se estuviera ocupando de trasladarnos al mundo Doukakis –dijo Debbie levantando una planta–. Estoy emocionada. Siempre he querido conocer ese edificio. Tengo entendido que hay una fuente en el vestíbulo. A las plantas les va a encantar. Y a los peces también. El sonido del agua es muy relajante. Le tienen que preocupar sus empleados para ponerles algo tan agradable como una fuente.

–Probablemente sea para que los empleados desesperados puedan ahogarse allí sin tener que salir del edificio.

Polly se acercó al tablón de anuncios que tenía en la pared y empezó a quitar fotografías.

–Siempre has dicho que todo el mundo tiene un lado sensible.

–Bueno, me equivocaba. Damon Doukakis es de piedra. Hay más sensibilidad en una armadura.

–Es un hombre muy exitoso.

Polly se quedó mirando una foto de su padre en una fiesta de Navidad, con una copa en una mano y una rubia de contabilidad a su lado.

–¿De qué lado estás?

–Polly, lo cierto es que estoy del lado de la persona que me pague el sueldo. Siento si eso me convierte en una chaquetera, pero es lo que pasa cuando tienes quien dependa de ti. Tener principios está muy bien, pero no puedes comértelos y tengo dos gatos a los que alimentar. Ten cuidado con esas fotos –dijo Debbie mirando a Polly y suspiró nostálgica–. Ésa fue una noche divertida. El señor Foster bebió demasiado. Desde aquella fiesta es más amable conmigo.

—Es un hombre encantador, pero no es muy buen contable. No durará ni cinco minutos si Damon Doukakis decide comprobar lo que hace —dijo Polly guardando las fotos en un sobre—. Estoy segura de que el departamento financiero es tan quisquilloso como el jefe. No creo que se impresionen cuando lo vean usar el lápiz y la calculadora. Le destrozará perder el trabajo.

—Quizá no. Le has estado enseñando a usar las hojas de cálculo.

—Sí, pero va despacio. Todas las mañanas tengo que recordarle lo del día anterior. Confiaba en que pudiéramos salvarlo de la inquisición y que nadie se enterara de lo que hace, pero va a ser difícil. Estoy segura de que Doukakis se entera de todo. Debbie, no podemos darle motivos para que despida a nadie. Todo el mundo tiene que demostrar lo que vale y, si no pueden, tenemos que cubrirlos.

—Imagino que no es un buen momento para decirte que la canguro de Kim está enferma. Ha traído al bebé a la oficina porque es lo que siempre hace, pero... Imagino que Damon no tendrá sitio para bebés.

Consciente de todo el trabajo que tenía por delante, Polly vació el contenido de un cajón en una caja sin ni siquiera revisarlo.

—Dile a Kim que se vaya a casa y que trabaje desde allí, pero que encuentre a alguien para que se quede con el bebé mañana.

—¿Y si no puede?

—La meteremos en un despacho y que se esconda allí. Supongo que es una tontería preguntar si mi padre ha llamado, ¿verdad? ¿Has llamado a los hoteles que te dije?

–A todos. Nada.

–No me extrañaría que hubiera comprado el silencio de algún director de hotel –dijo Polly metiendo las fotos en una caja–. Tenemos que guardar todo esto. La gente de Doukakis llegará en cualquier momento para ayudarnos con la mudanza.

–La compra está en los titulares de la BBC. Tu padre se ha debido de enterar ya.

Polly se tomó un par de analgésicos con un vaso de agua.

–No creo que esté viendo la televisión.

–¿Tienes idea de con quién está esta vez?

«Sí».

Su padre estaba con Arianna, una joven que podía ser su hija. Sintió un escalofrío al imaginar la reacción de todos si se enteraban. Al igual que Damon Doukakis, Polly no deseaba compartir esa información con nadie. Por una vez en su vida, ¿no podía haber elegido su padre a alguien de su edad?

–Intento no pensar en la vida amorosa de mi padre –dijo cerrando la tapa de una caja–. No sé cómo vamos a trasladar todo en unas horas. Estoy agotada. Estoy deseando irme a la cama y recuperar unas horas de sueño.

–Pues vete a dormir. Ya sabes lo mucho que a tu padre le gusta la flexibilidad. Siempre dice que, si los empleados no quieren estar aquí, no tiene sentido obligarlos a quedarse.

–Por desgracia, Damon Doukakis no es así. Además, quiere verme en su despacho dentro de dos horas.

–¿Para qué? –preguntó Debbie abriendo los ojos como platos.

–Quiere que empiece a ganarme el dinero trabajando.

Debbie se quedó mirándola unos segundos, antes de romper en carcajadas.

–Lo siento, pero me resulta muy divertido. ¿Le contaste la verdad?

–¿Qué sentido tiene? Nunca me creería. Además, se ha propuesto convertir mi vida en un infierno –dijo cerrando con adhesivo la caja–. Y de momento, lo está consiguiendo.

Debbie tomó un montón de folletos de universidades.

–¿Qué quieres que haga con esto?

Polly se quedó pensativa. Si Damon Doukakis los encontraba en su mesa, se reiría de ella.

–Tíralos. No debería haberlos solicitado.

–Pero siempre has dicho que lo que más querías era...

–He dicho que los tires. Era un sueño estúpido. Una locura.

Absorta, se quedó mirando cómo sus esperanzas y sus sueños desaparecían con aquellos papeles.

Cinco horas más tarde, después de supervisar que se recogiera todo lo del edificio y que los autobuses llevaran a los empleados a las nuevas oficinas, Polly entró en el vestíbulo del edificio Doukakis. En el centro estaba la fuente, un monumento al éxito de la compañía, hecha de cristal y mármol. Cegada por aquella perfección arquitectónica, Polly entendió por qué era uno de los edificios más emblemáticos de Londres.

Una atractiva recepcionista le indicó el piso al que tenía que dirigirse. De camino al ascensor de cristal, oyó la alegre voz de la recepcionista contestando el teléfono.

–Compañía DMG, le habla Freya, ¿en qué puedo ayudarle?

«No puede, nadie puede ayudarme», pensó Polly.

Allí donde mirara había muestras del éxito de Doukakis.

Acostumbrada a ver un muro desde la ventana de su
despacho, se sorprendió al ver las vistas desde el ascensor. A través del cristal se veía el río Támesis y a su derecha la famosa noria London Eye y más allá el Parla-
mento. Era un ascensor tan impactante como el resto
del edificio. Damon Doukakis podía ser despiadado,
pensó, pero tenía un gusto excepcional.

Deprimida por la diferencia entre sus logros, Polly
dio la espalda a la vista e intentó no pensar qué se sentiría al trabajar para una compañía como aquélla. Seguramente, todos sus empleados tuvieran un título universitario, pensó nerviosa.

Con razón no le había impresionado.

Se quedó mirando su imagen en uno de los espejos
que enmarcaban la puerta del ascensor y se preguntó
cómo podía demostrarle que sabía lo que estaba haciendo.

Iba a trabajar para el jefe más exigente de la ciudad
de Londres. Seguía sin saber por qué no la había despedido junto a los miembros del consejo. Quizá porque
la viera como el único enlace con su padre. O tal vez
para torturarla.

Una vez olvidada la impresión de ver a los consejeros abandonar el edificio, los empleados habían cele-
brado que seguían manteniendo sus empleos. Ni siquiera la idea de mudarse a nuevas oficinas parecía
molestar a la gente. Todo el mundo estaba muy contento con la mudanza.

La única persona que no estaba contenta era Polly.
No sabía mucho de Damon Doukakis, pero estaba segura de que no hacía favores a nadie. Iba a mantener a
los empleados por alguna razón, no por amabilidad.

Cuando quisiera, los echaría, a menos que pudiera convencerlo de que merecía la pena dejarlos.

No había dejado de hacer cosas aquella mañana. Había estado hablando por teléfono con clientes mientras empaquetaba y supervisaba la mudanza. En mitad de aquel caos se había roto las medias y se las había cambiado por unas negras. Era su primera y única concesión al estricto código de vestimenta de Doukakis. En aquel momento se preguntó si debería haber evitado cualquier conflicto y haberse puesto un traje de chaqueta. Se pellizcó las mejillas para sacarse los colores e ignoró el nudo de su estómago.

Odiaba los primeros días. Le hacían acordarse de su época de colegiala. Recordaba la humillación de que su padre la llevara al colegio en un coche llamativo, con su última y joven esposa sentada en el asiento delantero.

Se miró al espejo. Si algo había aprendido en aquella época, era a sobrevivir. Pasara lo que pasase, no iba a permitir que Damon Doukakis cerrara la empresa. Al menos, no sin luchar.

Tenía que impresionarlo como fuera.

Se preguntó cómo podría impresionar a alguien como Damon Doukakis y apretó el botón de la planta ejecutiva. A punto de cerrarse las puertas del ascensor una mano enguantada obligó a que volvieran a abrirse.

La esperanza de tener dos minutos de paz se desvaneció y Polly se fue a un rincón mientras un hombre vestido con un mono de cuero para motos entraba en el ascensor. Miró de soslayo y por la anchura de los hombros reconoció a Damon Doukakis.

Sus miradas se encontraron y deseó salir y usar las escaleras. La temperatura en aquel lugar diminuto subió. No hacía falta que dijera nada. Incluso su porte resultaba intimidatorio. Polly arqueó una ceja. Se sentía intimidada porque estaba tan guapo con aquel mono como con traje.

—Pensé que teníamos que llevar trajes.

—He tenido una reunión al otro lado de la ciudad y he ido en moto.

—¿Así que no se pone ese mono para castigar a sus empleados?

La mirada que le lanzó fue una amenaza a la vez que un aviso.

—Cuando empiece a castigar a mis empleados, será la primera en enterarse porque encabezará la lista. Si hubiera tenido disciplina con catorce años, su vida no se habría convertido en un desastre. Evidentemente, su padre nunca le dijo que no.

Polly no le dijo que su padre se había desentendido de su responsabilidad como padre desde el principio.

—Le costó trabajo controlarme.

—Bueno, a mí no —dijo y de un vistazo, la miró de arriba abajo—. Le agradezco que haya sido puntual y que se haya cambiado esas medias fluorescentes.

Por alguna razón, su comentario le produjo un nudo en la garganta. Tenía callos en las manos por cargar con cajas pesadas, le dolían los pies y la espalda, y llevaba cuatro noches sin dormir en una cama. Su teléfono no había dejado de sonar. Durante toda la mañana, los clientes no habían dejado de llamarla, pero ahora que quería sorprender a Damon y demostrarle lo buena que era, su teléfono permanecía en silencio.

No tenía sentido darle explicaciones. Se había hecho una opinión de ella basada en el episodio de su adolescencia y en el estado de la compañía de su padre. Por ella habían expulsado a Arianna del internado. No le sorprendía que tuviera tan mala opinión de ella. Lo que le sorprendía era lo mucho que le importaba. No debería preocuparse por lo que pensara de ella. Lo único que debía importarle eran los empleos de la gente inocente que trabajaba para su padre.

–Los titulares de las noticias de la una han sido muy agresivos. Se han referido a usted como el sicario.

–Bien, quizá eso haga que su padre deje de esconderse –dijo sonriendo levemente y apretando el botón del ascensor para que subiera.

Aturdida por su boca, Polly sintió un nudo en el estómago. Sus rasgos eran muy viriles, desde su estructura ósea hasta la sombra de la barba en sus mejillas.

–Mi padre no se está escondiendo.

–Señorita Prince, a menos que quiera conocer de primera mano mi temperamento en un sitio reducido, le sugiero que no me obligue a pensar en lo que estará haciendo su padre en este momento.

Polly dio un paso atrás.

–Lo que digo es que no se está escondiendo, eso es todo. Mi padre no es un cobarde.

A sus pies, Londres se hizo cada vez más pequeño, como si se tratara de una ciudad de juguete. Por el contrario, la tensión en el interior de la cápsula aumentó.

–Ha permitido que su empresa se fuera a pique en vez de dedicarse a tomar decisiones. Tenía que haber hecho algunos recortes, pero prefirió no hacerlos. Si eso no es cobardía, no sé cómo llamarlo.

–No debería hacer juicios de cosas que no conoce.

–Dirijo una compañía multinacional. Tomo decisiones difíciles todos los días.

Su innata superioridad la cargaba tanto como el hecho de que tuviera razón. Su padre debería haber tomado algunas decisiones. Pero el hecho de que Damon Doukakis lo hubiera sacado a colación, hacía que fuera más duro de asumir.

–Estoy segura de que se siente más poderoso despidiendo a gente.

Pasó tan deprisa que no lo vio venir. Estaba mirando la vista aérea de Londres y al segundo siguiente tenía frente a ella unos hombros anchos y un par de ojos enfurecidos.

–Nunca antes me he tenido que contener frente a una mujer, pero con usted... –dijo Damon respirando con agitación, tratando de controlar sus emociones–. Es capaz de provocar a un santo. Créame cuando le digo que no le gustaría ver una demostración de mi poder.

Polly se quedó mirándolo fascinada y se preguntó por qué todo el mundo pensaba que era estupendo. Era el hombre más volátil que había conocido. Olía muy bien y deseó que se apartara de ella antes de que sucumbiera y hundiera el rostro en su cuello.

–A lo que me refería era a que parece disfrutar estando al mando y haciendo que se hagan las cosas a su manera. Estamos acostumbrados a trabajar en un ambiente más relajado. Sinceramente, no sé cómo nos irá trabajando en un ambiente de terror.

–Ese ambiente relajado ha llevado a la compañía al borde de la quiebra. Si hay que hacer algunos despidos, su padre y usted serán los responsables.

Polly sintió una perversa sensación de satisfacción al verlo tan enfadado. Quería que él también sufriera, no sólo por haberle hecho pasar la peor semana de su vida, sino porque tenía la desesperada necesidad de unir su boca a la de él.

–Es evidente que no está contento con incluirnos en su grupo empresarial.

La soltó tan rápido como la había atrapado y dio un paso atrás dejando escapar una exclamación en griego.

–De alguna manera, la prensa ha adivinado que su

padre y mi hermana están juntos –dijo él bajándose la cremallera de la chaqueta–. A menos que le guste ser objetivo de los cotilleos, le sugiero que no hable con ellos. Le he dado instrucciones a mi gente para que emita un comunicado sobre la compra, concentrándose en los objetivos de la compañía. Estoy intentando destacar el hecho de que su empresa encaja en mis negocios.

–Quiere decir que no quiere admitir en público que es un megalómano que compró la empresa para asustar al hombre que tiene una relación con su hermana.

Pero estaba horrorizada al saber que la prensa conocía la historia. No tardarían en indagar en motivos y no quería ni pensar en lo que eso significaría. Ya había pasado por eso antes. Todo el mundo le preguntaría qué se sentía al tener una madrastra de su misma edad. Todo el mundo se mofaría de las ridículas historias de su padre.

–Deje que le dé un consejo, señorita Prince –dijo y su mirada se tornó oscura al mirarla–. Trate de potenciar su lado más femenino y ¿quién sabe? Quizá encuentre un novio. Puede que incluso sea un empresario y le deje jugar con su compañía.

Polly se quedó tan sorprendida que no pudo hablar. No sabía qué le afectaba más, si el hecho de que la considerara una inútil, que le preguntara tan abiertamente por su vida sexual o su curiosidad por saber cómo besaba.

–Nunca estaría interesada en un hombre que no pudiera enfrentarse a una mujer fuerte.

–Hay mujeres fuertes y mujeres estridentes, lo que explica por qué sigue soltera.

Polly fijó la mirada en las calles que tenían a sus pies.

«Esto va bien. Si sigue haciendo esos comentarios, lo único que voy a querer hacerle es matarlo».

–Si las puertas pudieran abrirse, lo empujaría fuera.

Él rió sin humor.

–Si supiera que íbamos a trabajar juntos durante mucho tiempo, saltaría.

A punto de estallar, Polly no tuvo que pensar ninguna respuesta a su comentario. En aquel instante, las puertas del ascensor se abrieron a un espacio muy iluminado. Damon le cedió el paso y se vio en mitad de una oficina como ninguna otra que hubiera visto antes.

Atónita, se olvidó de la acalorada conversación que habían mantenido. Se quedó parada y se limitó a observar.

A pesar de todo lo que había oído y leído de Damon Doukakis, no estaba preparada para el efecto de la sede de la compañía Doukakis. Se fijó en los escritorios, todos ellos con un videoteléfono, un ordenador portátil y una impresora. La mayoría de los puestos estaban ocupados y nadie levantó la cabeza de lo que estaba haciendo.

–¿Dónde están sus cosas? ¿Dónde guardan libros, revistas, sus fotos, sus cosas personales? Todo es muy espartano.

–Los empleados no tiene un sitio fijo. Llegan y se sientan donde quieren. El espacio de oficinas es el activo más caro que tenemos y la mayoría de las oficinas sólo usan el cincuenta por ciento de su capacidad en un momento dado. Los diez primeros pisos de este edificio están alquilados. Es una manera muy rentable de maximizar el espacio.

–¿Así que no tienen mesa propia? Eso es horrible –dijo Polly imaginándose a sus compañeros en aquel ambiente–. ¿Qué pasa si alguien quiere poner una foto de su hijo?

–Cuando están en el trabajo, tienen que estar trabajando.

Damon Doukakis le enseñó la planta, deteniéndose de vez en cuando para hablar con alguien.

Polly se fijó en los rostros de la gente y se preguntó qué se sentiría al trabajar en un ambiente tan frío. A excepción de las vistas, no había nada que hiciera aquella oficina un lugar acogedor.

–No hay nada personal por ninguna parte.

–La gente viene aquí a hacer un trabajo. Tiene todo lo necesario para hacerlo. La gente que trabaja para mí es flexible. La tecnología permite mayor movilidad. Los desplazamientos son caros y consumen mucho tiempo. Prefiero que mi gente trabaje dos horas extra a que pierdan esas horas en mitad del tráfico. Algunas personas tienen horarios flexibles: empiezan y acaban tarde. Se sientan en la mesa cuando otro se marcha. Si tienen que salir a una reunión, otra persona puede usar la mesa. Ésta es una oficina pensada para el futuro.

Excepto que Damon Doukakis había traído el futuro al presente.

Polly se acordó del despacho que acababa de dejar. Sus paredes habían estado cubiertas por fotocopias enmarcadas de sus campañas publicitarias y fotos de fiestas. En su mesa siempre había tenido objetos para animarla y sacarle una sonrisa. Además, también había tenido a Romeo y Julieta.

En las oficinas en las que estaba no había paredes de las que colgar fotografías. Allí donde mirara, sólo había cristal y un silencio sepulcral.

–¿Va a ser ésta nuestra planta?

–No, le estoy enseñando un ejemplo de eficiencia. Eche un buen vistazo a su alrededor, señorita Prince. Éste es el aspecto de una compañía exitosa. Para usted, seguramente parezca un planeta extraterrestre –dijo y sonrió con ironía–. Para no interferir en las otras operaciones, he asignado un piso diferente para su empresa.

Sin esperar que dijera nada, abrió una puerta y bajó los escalones de dos en dos. Polly le sacó la lengua a sus espaldas y lo siguió, envidiando su buena forma. Atravesaron otra puerta y se encontró en otra planta, rodeada de cristal.

Todas las cajas de las antiguas oficinas estaban allí y los empleados de Prince Advertising estaban hablando y riendo mientras desempaquetaban las cosas. Se les veía optimistas y emocionados. No sabían lo frágil que era su futuro.

–Esto es suyo –dijo Damon haciendo un gesto con la mano–. Hay salas de reuniones allí, desde las que se puede hablar por teléfono cuando necesiten privacidad.

Al terminar de hablar, las puertas del ascensor se abrieron y Polly vio a Debbie y a Jen salir cargadas de cajas. Al ver las vistas, se quedaron tan sorprendidas que dejaron las cajas en el suelo.

–Esto es lo último. Ya podemos empezar a instalarnos. Tardaremos poco en sentirnos como en casa –dijo Debbie–. ¿Dónde está la tetera?

Polly reparó en la expresión de Damon Doukakis y se dio cuenta de que del único modo en que iba a poder preservar empleos era manteniendo a todo el mundo lo más lejos posible del jefe. Tenía que protegerlos.

–Señor Doukakis, no he tenido oportunidad de enviarle la presentación. Se la he copiado en este lápiz de memoria para que lo abra en su ordenador. Debbie, si pudieras ocuparte de desempaquetar las cajas, sería estupendo.

–Por supuesto. Tengo que ver a qué plantas les viene bien la luz porque hay mucha luz en este edificio.

–Haz lo que tengas que hacer –dijo y se giró hacia Damon–. Quizá deberíamos mantener esa reunión en su despacho porque va a haber muchas distracciones en esta planta.

Polly quería distraer a su nuevo jefe. La razón por la que los empleados no parecían darse cuenta del peligro que corrían era por el mucho tiempo que llevaban trabajando para su padre.

–A usted parece gustarle trabajar entre distracciones. ¿Son ésos los peces? –preguntó al ver a Debbie con la caja de la pecera.

–Nos ha avisado de la mudanza con pocas horas de antelación. Enseguida instalaremos la pecera y nadie se enterará de que están aquí.

–¿Pecera?

–Usted fue el que insistió en que toda la empresa se mudara aquí. Los peces también forman parte de la empresa.

–¿Ha traído a los peces?

–Mírelo así. No van a molestar a nadie y no tendrá que pagarles.

Su intento por aplacar la situación fracasó. Damon Doukakis no sonrió. Se quedó mirándola y la habitación se quedó en silencio. Todos los ojos estaban puestos en ella.

El ambiente pasó de festivo a consternado. Polly sintió su mirada de desaprobación.

–A mi oficina ahora mismo –gruñó.

Capítulo 3

OCÚPATE de mis llamadas, Janey.

Damon dejó su teléfono móvil en la mesa de su secretaria y entró en su despacho, seguido de Polly.

En cuanto oyó que la puerta se cerraba, se giró dispuesto a comentar la actitud poco profesional del personal, pero al verla en mitad de su enorme despacho, fue incapaz de hablar. No había visto a nadie con un aspecto tan cansado y derrotado en su vida.

Fuera lo que fuese que estaba pasando, era evidente que Polly Prince había pasado una semana muy dura. No debía de ser fácil ver cómo su vida se le iba de las manos. Unos cuantos mechones de su pelo rubio habían escapado del recogido, tenía ojeras bajo sus ojos violetas y sus mejillas estaban tan pálidas como su camisa blanca. Allí, en mitad de su espacioso despacho, le recordaba a una gacela que hubiera perdido a su manada.

–¿Qué? –preguntó mirándolo sorprendida–. ¿Podría dejar de mirar a todo el mundo con ese gesto hostil? Da miedo trabajar aquí.

–Nos gusta hacer encuestas. Si alguien se siente amenazado, tiene la oportunidad de decirlo.

–A menos que teman decirlo. Mire, sé que piensa que soy un auténtico desastre y de hecho... –dijo y se apartó el pelo de la cara–. No le culpo, pero algunas cosas no son lo que parecen. Quizá crea que somos un caos, pero trabajamos bien en un ambiente informal y relajado. Eso nos ayuda a ser creativos.

Su voz dejaba patente su cansancio, como si el esfuerzo de mantener aquella actitud fuera demasiado.

—Si es su manera de preguntar si puede quedarse con los peces, la respuesta es no. No permito mascotas en mis oficinas.

—Romeo y Julieta no son exactamente mascotas. Son parte del personal. Animan a la gente y la motivación es muy importante. Le estoy pidiendo que no sea tan rígido. Le sorprendería lo poco que cuesta disfrutar.

—Lo que pienso es que el modo en que hace negocios es descuidado y poco profesional.

Lo irónico era que no estaba interesado en el negocio. Se había hecho con el control en un intento desesperado de conseguir que Peter Prince dejara de esconderse. Por desgracia, no había funcionado.

El hecho de que Arianna no lo hubiera llamado, añadía dolor y ansiedad a su ira. Siempre lo había acusado de ser excesivamente protector, y quizá lo fuera, pero quería evitar que sufriera.

La idea de tener que ocuparse de una Arianna con el corazón roto le estremecía. En una ocasión había tenido que consolarla y no quería tener que volver a hacerlo. No quería volver a ver a su hermana tan triste.

Polly lo miró con el ceño fruncido.

—Mire, deme una oportunidad –dijo con una nota de desesperación en su voz–. Ahora que ha echado al consejo, sé que puedo mejorar esta compañía.

—¿Usted?

Aquel comentario lo distrajo de los pensamientos sobre su hermana.

—Sí, yo. Al menos, déjeme intentarlo.

Por primera vez desde que llegara a las oficinas de Prince Advertising, Damon sintió ganas de reír.

—¿Quiere que le dé rienda suelta para seguir haciendo lo que ha estado haciendo?

—Entiendo que no me crea, pero sé lo que hace falta para que esta empresa triunfe.

—Necesita tener al mando a alguien que no tenga miedo de tomar decisiones difíciles. Los peces no pueden quedarse. No dirijo un acuario. Lo único que necesita para hacer su trabajo es un ordenador y una conexión a Internet. Estoy seguro de que ha oído hablar de ambos, ¿verdad?

Tenía que admitir que estaba sorprendido por cómo defendía a la plantilla. Estaba muy interesada en que no perdieran su trabajo. Seguramente habría caído en la cuenta de que, si la compañía fracasaba, se quedaría sin trabajo y sin herencia.

Polly se acercó y dejó un lápiz de memoria en su mesa. Estaba tan pálida que parecía a punto de desmayarse.

—El fichero que quiere está aquí. Eche un vistazo a los números. El noventa por ciento de los gastos lo causaba el uno por ciento de la plantilla. Ha echado a ese uno por ciento. Esa gente tenía los salarios más altos, pero apenas contribuían con su trabajo. Acaba de hacer un gran ahorro en los costes operativos.

Damon se distrajo con la tentadora curva de su labio inferior.

—Me sorprende que sepa lo que es un coste operativo.

—Por favor, abra el fichero.

Damon metió el lápiz de memoria en el ordenador y abrió el documento.

—¿Tengo que leer el cuento desde el principio?

–No es un cuento. Verá que en los últimos tres meses, hemos conseguido seis campañas nuevas. Una de ellas se la arrebatamos a su agencia de publicidad. El cliente nos dijo que era la campaña más creativa y original que había visto.

–La originalidad y la creatividad no llevan a una compañía a la quiebra.

–No, pero los gastos elevados sí y la mala gestión también. Y hemos sufrido ambos.

–Su padre estaba al mando. ¿Quién es el culpable?

–Buscar culpables es una pérdida de tiempo. Le estoy pidiendo que nos ayude a avanzar. Sé que se le da bien lo que hace, pero a nosotros también. Juntos podemos ser muy buenos. Estaré abajo ayudando a los empleados a desembalar las cajas por si quiere hablar de esto. Empiece mirando estos números –dijo inclinándose sobre su mesa y apretando un botón del teclado.

Un mechón de pelo se le vino a la mejilla y Damon se lo apartó a la vez que ella hacía lo mismo. Sus dedos se rozaron. Sonrojándose, Polly se apartó, tan incómoda como él por el roce.

–No necesita mi ayuda con esto. Todas las explicaciones están ahí.

–¿Es eso...?

Entrecerró los ojos y se fijó en sus uñas, pero ella escondió rápidamente las manos en su espalda.

–Eche un vistazo a la presentación.

–Enséñeme las manos. ¿Tiene una calavera y unos huesos pintados en las uñas?

–Sí, me gusta llevarlas pintadas.

–¿Y ha elegido para hoy calaveras y huesos?

–Me parecía apropiado –contestó encogiéndose de hombros–. Mire, sé que le parece frívolo, pero uno de nuestros clientes es dueño de una importante marca de pintauñas. Le preparamos una fantástica campaña en una de las revistas femeninas más importantes y... No importa, ya lo verá en la contabilidad. ¿Qué está haciendo?

Polly se calló cuando Damon tomó su mano. Trató de soltarse, pero él la sujetó con fuerza. Sus manos eran suaves y delicadas, y Damon se quedó inmóvil al sentir sus dedos finos agarrándose a él. Una oleada de deseo sexual recorrió el cuerpo de Polly. Sus manos temblaron entre las de él.

Damon se preguntó si el aire acondicionado de su oficina se habría estropeado. El ambiente se había vuelto pesado.

–Le dejaré para que lea la presentación –dijo Polly soltándose y dando un paso atrás.

Damon se sintió desorientado. ¿Qué demonios estaba haciendo?

–Sí, vaya.

Sin querer pararse a analizar su comportamiento, fijó la mirada en los documentos de la pantalla. Pero lo único que veía eran mechones rubios y uñas largas.

Se obligó a concentrarse y miró la primera diapositiva. Parecía hecha por alguien con conocimientos en informática. De hecho, era la primera muestra de profesionalidad que veía desde que llegara a Prince Advertising.

Apartó aquellos pensamientos y se concentró en la información que tenía delante.

–Espere –dijo haciéndola detenerse al llegar a la puerta–. ¿Quién ha hecho esto?

–Lo he hecho yo –contestó Polly dándose la vuelta después de unos segundos de silencio.

–Quiere decir que el señor Anderson le dio la información y usted la recopiló.

–No, yo misma reuní la información que creí que le

haría falta para tomar una decisión sobre el futuro de la compañía.

Damon reparó en la complejidad de los datos que aparecían en pantalla y luego volvió a mirarla.

—Considero una falta muy grave apropiarse del trabajo de otro.

Una extraña sonrisa asomó a sus labios.

—¿De veras? Es un gran cambio oírselo decir a alguien con autoridad. Quizá después de todo trabajemos bien juntos.

Damon se quedó leyendo la hoja de cálculo, tratando de ver el sentido de lo que tenía delante.

—¿Cuál era exactamente el papel que desempeñaba en la compañía?

—Era la asistente de mi padre, lo que significaba que hacía un poco de todo.

—¿Así que esta hoja de cálculo no la ha hecho el señor Anderson?

—El señor Anderson no sabe ni encender el ordenador, menos aún hacer una hoja de cálculo.

—¿Así que se le da bien la informática? —preguntó Damon recostándose en su silla.

—Soy buena en muchas cosas, señor Doukakis. Sólo porque lleve medias rosas y me pinte las uñas no significa que sea tonta —dijo con la mano aún en el pomo de la puerta—. Tengo que volver abajo. Todo el mundo está muy nervioso sabiendo que su futuro está en manos de otra persona. ¿Supondría mucho si la próxima vez que baje sonriera o dijera algo amable?

—Deberían estar agradecidos de que me haya hecho con el control. Sin mí, su empresa habría quebrado en menos de tres meses.

En un intento de proteger a su hermana, había acabado con más responsabilidades.

–Hemos tenido problemas con el flujo de caja, pero...

–¿Hay algún área de la empresa en la que no hayan tenido problemas?

–Los clientes nos adoran porque somos creativos –dijo mirándolo a los ojos–. Lo único que quiero es que me asegure que no habrá despidos.

–No puedo asegurarle eso hasta que solucione el desastre que ha dejado su padre.

–Sé que hay problemas, pero quiero que conozca cómo trabajamos antes de tomar una decisión equivocada. Creo que está tan enfadado con mi padre y su hermana, que está deseando hacer lo que sea para recuperar el control. Y respecto a lo que piensa de mí... No ha olvidado que fui la razón por la que expulsaron del internado a su hermana cuando tenía catorce años. Admito que lo estropeé todo, pero no castigue a la plantilla por algo que hice hace diez años. No sería justo.

Damon se quedó quieto, sabiendo que su acusación era cierta. ¿Había sido injusto al juzgarla por algo que había ocurrido hacía tanto tiempo?

–Vaya y tranquilice al personal. La llamaré si tengo algún problema.

Una hora más tarde tenía más preguntas que respuestas. Desesperado, apretó un botón y llamó a la directora financiera.

–Ellen, ¿puedes venir? –dijo con la mirada fija en la pantalla–. Y trae el listado de salarios de la gente de Prince. Hay algo que no cuadra.

Unos minutos más tarde estaba mirando otras cifras que tampoco acababa de entender. Tratando de resolver el puzle, se puso de pie bruscamente.

–Según esta información, toda esa gente aceptó una reducción de sueldo hace seis meses.

–Lo sé, yo también he estado revisando las cifras

–dijo Ellen–. Es una pequeña agencia con los gastos de una gran compañía.

–Los consejeros eran los responsables de esos enormes gastos.

Polly Prince estaba en lo cierto. El consejo estaba acabando con la compañía: billetes en primera clase, comidas pantagruélicas, botellas de miles de libras,... La lista no tenía fin.

–Hay un serio problema financiero. La crisis les ha afectado, pero no han tomado medidas para poner remedio. Peter Prince tenía que haber recortado la plantilla, pero en su lugar, han aceptado una reducción de sueldos para evitar que hubiera despidos –dijo Ellen y se ajustó las gafas–. La empresa está hecha un desastre, pero ya lo sabías cuando la compraste. El lado positivo es que tienen buenas campañas y acaban de conseguir la de una compañía francesa llamada Santenne. Su marca más importante es High Kick Hosiery. Va a ser algo gordo. ¿No hizo nuestra gente alguna propuesta para la misma campaña?

–Sí. ¿Cómo la ganaron? Es la empresa más caótica que he visto nunca.

–Es cierto. Su estructura y sus finanzas son un desastre. Pero desde el punto de vista creativo... Bueno, supongo que has visto esto –dijo su directora financiera, entregándole el expediente que había llevado.

–No he visto nada.

–Siempre revisas con detenimiento las compañías.

–Esta vez no.

–Hace tiempo que trabajamos juntos, Damon. ¿Quieres que hablemos de algo?

–No –contestó Damon sacudiendo la cabeza–. No preguntes.

–Supongo que esto tiene algo que ver con tu hermana. Tiene suerte de que te preocupes por ella.

–Me gustaría que ella también pensara eso.

–Eso es porque da por hecho que la quieres. Lo cual es un halago. Significa que se siente segura. Confía en mí, lo sé. Tengo hijos adolescentes. Has hecho un buen trabajo.

Damon no quería seguir hablando de aquello.

–Respecto a esta compañía...

–No todo son malas noticias. Hay un gran cerebro creativo trabajando. Tan sólo tienes que aprovecharlo.

Damon abrió el expediente y lentamente lo fue estudiando. Levantó una página con un anuncio en el que aparecía un adolescente en un club nocturno.

–Es bueno.

–Muy bueno y original. Llegan al público al que se dirigen. Mi hijo mayor lleva meses para que se lo compre y todo por el poder de su campaña. Las ventas se han cuadruplicado desde que se puso en marcha esta campaña. Puede que Prince Advertising sea un desastre, pero tienen a alguien excepcional. Iría más lejos y diría que siguen a flote gracias al talento de su director creativo. ¿Quién es?

–Su nombre es Michael Anderson y lo he echado –dijo Damon con la mirada fija en el anuncio–. Pero es imposible que estas ideas sean suyas. No había nada original en su cabeza.

–Quizá fuera el propio Prince.

–Tiene más de cincuenta años y deja la compañía cuando le apetece. Por lo que tengo entendido, para él es un entretenimiento más que un negocio. Esto es fresco, joven, atrevido.

–Y divertido –añadió Ellen sonriendo.

Damon pensó en las calaveras y huesos de las uñas de Polly, las medias rosas, los peces, el ambiente desenfadado de la plantilla,...

–Tienen un curioso método de trabajo.

–Si no son del director creativo, ¿de quién son las ideas? –dijo Ellen recogiendo sus papeles–. Gracias a su creatividad consiguen buenas campañas. Tenemos que asegurarnos de no perder al cerebro que hay tras esas campañas. Tenemos que averiguar quién es y retenerlo con un buen contrato. ¿Alguna idea de quién se trata?

–No –dijo Damon cerrando la carpeta y recordando mentalmente a las personas que había conocido–. Pero quiero descubrirlo inmediatamente y sé a quién preguntarle.

A las siete de la tarde, Polly era la única que quedaba en la planta de su oficina. Había pasado la segunda mitad del día resolviendo problemas y tranquilizando los ánimos, mientras atendía las llamadas de los clientes que se habían enterado de la compra de la empresa por la televisión.

–Señor Peters, creo que deberíamos aclarar el asunto –dijo hablando a través de unos auriculares para tener libres las manos y poder seguir desembalando cajas–. Sí, es cierto que el señor Anderson se ha marchado –añadió sacando una bolsa de globos y dejándola en la mesa–. Pero hay gente más cualificada para aconsejarle sobre la mejor estrategia. Fijemos una reunión; conocerá al equipo y le presentaremos unas ideas. Le prometo que le sorprenderemos. Será nuestra prioridad.

Cuando colgó, siguió anotando en la agenda de su teléfono las cosas que tenía que hacer y despejó su mesa. El resto de la plantilla se había ido horas antes, emocionados ante la idea de tomar el ascensor de cristal para salir a la calle.

Una vez a solas, Polly se había quitado las botas, dispuesta a pasar la tarde trabajando. La oscuridad había caído sobre la ciudad mientras hablaba por teléfono. Levantó la mirada y permaneció inmóvil unos segundos mientras disfrutaba de la vista. La luna se reflejaba sobre el Támesis y, por primera vez en días, se sentía tranquila.

Quizá aquello resultara ser algo bueno. Damon Doukakis era una de las pocas personas con el talento necesario para darle la vuelta a la compañía, suponiendo que no los echara antes.

Romeo y Julieta parecían contentos en su nuevo entorno y Polly había comprobado que había mesas suficientes para todos sin necesidad de turnarse y aplicar el método Doukakis. Se preguntó si a los empleados de Damon les gustaría llegar cada día y sentarse en una mesa diferente.

Damon Doukakis estaba concentrado en el éxito de sus negocios hasta el punto de no preocuparse por nada más. Bueno, no era del todo así. Sus mejillas se sonrojaron y se miró las manos recordando. Estaba segura de que él también había sentido la atracción.

Se había quedado horrorizado, lo cual debería de haber alimentado su ego. Pero era realista. Era imposible que sintiera algo por ella. Lo había visto muchas veces en las revistas con mujeres impecables y elegantes. Todo en su vida estaba perfectamente controlado, desde el trabajo hasta las mujeres.

Polly se miró. Las mujeres con las que solía salir nunca se sentarían descalzas en el suelo a abrir cajas, ni saldrían a la calle sin estar perfectamente peinadas.

Polly terminó de vaciar la caja, preguntándose por qué se molestaba en pensar en la clase de mujeres con las que Damon Doukakis solía salir.

Su mesa estaba llena de notas rosas con los mensajes que Debbie había tomado mientras ella hablaba por teléfono. Todos ellos eran urgentes y sintió pánico ante todo el trabajo que tenía por delante. Todo el mundo se había enterado de la adquisición de Prince, así que lo único que podía hacer era mostrarse optimista.

Era consciente de que, si los clientes se marchaban, los empleados se quedarían sin trabajo, así que fue tomando las notas una a una y haciendo una lista de las llamadas que tenía que hacer. Después, fue dando prioridades a las cosas que haría por la mañana.

De repente oyó el sonido de una puerta al abrirse y Damon Doukakis apareció, dirigiéndose hacia ella. Llevaba un esmoquin y una pajarita, lo cual indicaba que sus planes para la noche eran más emocionantes que los de ella. Contuvo el aliento al ver que se acercaba. Su atractivo hacía que fuera imposible no mirarlo cuando estaba en la misma habitación. Además, destilaba esa seguridad que parecía genética en la gente rica. Hacía años que no tenía aquella sensación de inferioridad.

Su cabeza empezó a dar vueltas y se alegró de estar sentada. Así no tendría que apoyarse en las piernas. Debía de ser el cansancio, pensó. Tampoco era tan guapo.

Al ver que la observaba desde su formidable altura, Polly cambió de opinión. Sí, sí que era guapo. Sintiéndose incómoda, hizo un intento de aligerar la tensión.

—Bonita vestimenta. No sabía que también trabajara como camarero.

No obtuvo ninguna sonrisa como respuesta y se sintió aliviada. Nunca encontraría atractivo a un hombre que no tuviera sentido del humor, por impecable que fuera su aspecto físico.

—¿Por qué está sentada en el suelo? ¿Dónde están sus botas?

–Debajo de la mesa. Estaba vaciando cajas y me molestaba... No importa, prometo ponerme zapatos cuando me reúna con clientes.

Polly se dio cuenta de que estaba mirándole las piernas y la temperatura de su cuerpo aumentó.

–No tiene... –dijo y se detuvo al ver la transformación de la oficina–. ¿Qué ha pasado aquí?

–Nos dijo que podíamos hacer lo que quisiéramos con este espacio –dijo Polly y siguió su mirada hasta un calendario de bomberos medio desnudos–. Ése es un proyecto que hicimos para uno de nuestros clientes. Son unas fotografías magníficas, ¿no le parece? Lo hemos puesto ahí porque nos ayuda a ser creativos.

–Cuanto más descubro sobre su proceso creativo, más fascinado estoy –dijo él arqueando una ceja.

–Admito que somos... más informales que usted, pero lo cierto es que esa idea de mesas compartidas no funciona para nosotros. Nos gusta saber dónde vamos a sentarnos cada día. Nos gusta tener un sitio que podamos considerar nuestro.

–Este sitio parece un mercadillo –dijo él tomando un bolígrafo rosa de su mesa–. ¿Qué hace con esta cosa?

–Escribo con ella. Cuando estoy buscando ideas, me gusta hacer garabatos en un papel. Me ayuda a pensar. Me gusta ese bolígrafo. Me hace sonreír y soy más creativa cuando estoy contenta.

–Bueno, eso está bien porque mi prioridad es su felicidad. Hablando de felicidad, ¿cómo están los peces? ¿Hay algo que pueda hacer para que se sientan más a gusto?

–No se acerque demasiado. Tienen miedo de los tiburones –dijo Polly ignorando su sarcasmo.

–No soy un tiburón, señorita Prince.

–Se ha hecho con la compañía de mi padre de un bocado, así que disculpe si no estoy de acuerdo con usted.

–Ambos sabemos que no tengo interés en los negocios de su padre.

–Lo que es una lástima porque ahora tiene que lidiar con nuestro modo de entender los negocios.

De repente, Polly se sintió cansada para discutir. Discretamente metió su cuaderno rosa bajo una carpeta con la intención de que no lo viera.

–¿Puede devolverme mi bolígrafo? Es mi bolígrafo de la suerte. Todas mis mejores ideas las he escrito con él.

Damon frunció el ceño y se preguntó qué habría dicho esta vez.

–¿Puede dejar de fruncir el ceño? Me pone nerviosa. Estamos acostumbrados a trabajar en un ambiente relajado.

Se quedó mirándola unos segundos y luego volvió a dejar el bolígrafo en la mesa.

–¿Ha sabido algo de su padre?

–No.

–¿Le llama alguna vez?

Con aquella simple pregunta estaba clavándole un puñal en su lado más vulnerable. Temiendo que se diera cuenta, Polly bajó la mirada.

–Llevamos vidas independientes. ¿Quiere algo más? Porque estoy muy ocupada.

Por nada del mundo estaba dispuesta a darle a Damon Doukakis la satisfacción de saber lo mucho que todo aquel asunto le afectaba.

–Parece cansada –dijo después de un breve silencio–. Debería irse –añadió sorprendiéndola.

El hecho de que se hubiera dado cuenta le agradó, pero eso la asustó aún más.

–No puedo irme. Mi jefe cree que soy una vaga y tengo que hacer un millón de llamadas antes de irme a casa.

–No puede irse a casa –dijo tomando un oso de peluche y estudiándolo con incredulidad–. Hay un puñado de periodistas esperando a que cualquiera de los dos salga para bombardearnos a preguntas.

–No me dan miedo los periodistas –replicó ella arrancándole el oso de las manos.

–No me refiero a unas cuantas preguntas. Me refiero a un puñado de gente en busca de un escándalo jugoso. Ese oso y usted pueden pasar la noche en mi apartamento –dijo sacando una tarjeta magnética del bolsillo–. Tome el ascensor hasta la última planta. Con esto se abre la puerta. Allí estará a salvo.

Aquel gesto inesperado la sorprendió. Si se quedaba en el apartamento, podría seguir trabajando y quitarse un peso de encima.

–Bueno, sí... gracias. ¿Cómo va a evitarlos usted?

–Tengo el coche en el aparcamiento subterráneo –dijo y miró su reloj–. Tengo que irme. Mañana hablaremos de su presentación. Tengo algunas preguntas.

–De acuerdo, pero mañana no podrá ser. Voy a París a reunirme con un cliente.

–¿A qué hora es su vuelo?

–No voy en avión, voy en tren. Sale a las siete y media. La reunión es por la tarde. Cambiaron la hora de la reunión una vez había comprado el billete de tren. Era un billete barato y no podía cambiarlo.

–Y pensó pasar el día en París.

El momento de paz había pasado. Después del largo y estresante día, no podía soportar sus continuos ataques y lo miró poniéndose a la defensiva.

–He visto la cuenta de gastos.

–No, ha visto la cuenta de gastos de los consejeros.

–¿Con quién va a verse en París?

–Con Gérard Bonnel, el vicepresidente de marketing de Santenne. Quiere revisar algunas ideas.

–No puede reunirse sola con alguien del estatus de Gérard. Iré con usted. Y póngase un traje antes de verse con el cliente.

Polly abrió la boca para decir algo, pero Damon ya se había ido en dirección al ascensor. Se quedó mirándolo y decidió que no dormiría en su apartamento. ¿Y qué si unos cuantos periodistas la estaban esperando fuera? Ya había tratado con periodistas antes.

Polly se quedó una hora más trabajando y luego se puso las botas, guardó el teléfono en el bolso y disfrutó de las vistas panorámicas del ascensor. La idea de que Damon Doukakis la acompañara a París la horrorizaba. Quería seguir con su trabajo y evitarlo todo lo posible.

Las puertas del ascensor se abrieron en el vestíbulo y vio al guardia de seguridad hablando con un grupo de personas ante el mostrador. Nada más salir a la calle, se vio rodeada.

–Polly, ¿alguna declaración sobre la compra de la compañía de su padre por Damon Doukakis?

–¿Ha hablado con él?

–¿Es cierto el rumor de que está con la hermana de Damon?

Sintió un codazo en los riñones y Polly se dio la vuelta. Zarandeada, perdió el equilibrio y su cabeza dio con algo duro y frío. Hubo unos flashes y sintió algo cálido y húmedo por el rostro.

Sangre, pensó aturdida, y de repente todo se volvió oscuro.

Capítulo 4

QUE ELLA qué? ¿En qué hospital?

Damon dejó a su cita en mitad de la cena, se guardó el teléfono en el bolsillo y se dirigió hacia su limusina. Su equipo de seguridad le abrió paso a través de la nube de periodistas.

–¿Se sabe cómo está? –preguntó una vez en el interior del coche.

–El hospital no nos ha dado detalles, señor –dijo Franco, su conductor, mientras atravesaban Londres–. Me han dicho que se ha dado un golpe en la cabeza y que van a dejarla ingresada en observación esta noche.

De un tirón deshizo su pajarita y se acomodó en el asiento, conteniendo su enfado. ¿Por qué demonios había salido del edificio? Le había dicho que se quedara en el apartamento.

Aquella mujer era un desastre. En parte deseaba dejar que soportara las consecuencias de su estupidez. Pero por otro lado, era consciente de que estaba sola en el hospital y de que nadie sabía cómo localizar a su padre.

De pronto se le ocurrió una idea.

–Franco, llama a la prensa de manera anónima y que se enteren de que está en el hospital.

–Son ellos los culpables de que esté allí –dijo Franco mirándolo por el retrovisor.

–No me refiero a los tabloides, sino a las televisiones. Diles que la señorita Prince ha tenido un accidente y que no se sabe cuánto tiempo va a estar en el hospital. No des muchos datos y asegúrate de que parezca algo serio. Quiero que la historia esté en los titulares y que haya imágenes para que se sepa en qué hospital está.

Seguramente cuando Peter Prince oyera que su hija estaba ingresada en un hospital, saldría de su escondite.

Damon se obligó a relajarse mientras avanzaban entre el tráfico. A cada hora que pasaba estaba más preocupado ante la falta de noticias de su hermana.

Arianna tenía seis años cuando sus padres murieron. Ante la responsabilidad de hacerse cargo de ella, había tenido que madurar de la noche a la mañana, y comprender que su prioridad era que no sufriera. Lo que por entonces no había sabido era que la mayor amenaza vendría de la propia Arianna. ¿Y si cometía la estupidez de casarse con aquel hombre?

Quince minutos más tarde su limusina se detuvo ante la entrada del hospital. Damon salió del coche y entró en urgencias. Sentía alivio por poder pensar en otra cosa que no fuera su hermana.

–¿Puedo ayudarlo? –preguntó la recepcionista nada más verlo.

–Estoy buscando a una amiga –dijo Damon esbozando una sonrisa–. Se llama Polly Prince. Se ha dado un golpe y la ha traído una ambulancia.

–Prince, Prince... Está en el cubículo uno. Pero no puede...

–¿Derecha o izquierda? Le agradezco mucho su ayuda.

Consciente del efecto que provocaba en las mujeres, Damon lo usaba en su beneficio cuando le hacía falta.

–A la izquierda al pasar la puerta. El médico está con ella.

–Gracias –dijo sonriendo.

Antes de que nadie pudiera detenerlo, se dirigió al cubículo, en el que encontró a una doctora a punto de estallar.

–¿Dónde está?

–Acaba de irse. Ha pedido el alta en contra del consejo médico. Queríamos que pasara veinticuatro horas en observación, pero ha dicho que no podía quedarse porque tenía muchas cosas que hacer. Es una joven muy decidida.

Damon recordó aquel día en el colegio en el que se había negado a explicar su comportamiento. Decidida era una descripción muy amable.

–¿Por qué ha pedido el alta?

–Dijo que tenía cosas que hacer, pero que se tumbaría y descansaría. Se ha dado un golpe muy fuerte en la cabeza –dijo la doctora, guardándose el estetoscopio en el bolsillo–. Mencionó un viaje a París y una reunión con un cliente muy importante. No pudimos conseguir que dejara de hablar por teléfono. Tengo que admitir que su dedicación me ha impresionado.

Sorprendido, Damon se preguntó si la doctora y él estaban refiriéndose a la misma persona.

–¿Dice que le aconsejó que se quedara, pero que ella decidió marcharse?

–Así es. No hay inconveniente de que esté en casa siempre y cuando esté acompañada. Tan sólo tiene que estar atento y traerla si su estado empeora.

La doctora asumía que iba a pasar la noche con Polly y Damon decidió no corregirla.

–¿Por dónde se fue? –preguntó mirando hacia la salida.

—Salió por la entrada de ambulancias. Dijo que tenía quién la llevara a casa.

Damon se dirigió hacia la salida y llamó por teléfono a su chófer para que lo recogiera en la puerta.

—¿Has visto a Polly Prince?

—No.

Damon maldijo entre dientes y luego miró a su alrededor. Incluso a aquella hora de la noche, había mucha actividad en el hospital. No había ni rastro de Polly.

—¿Cuál es la estación de metro más cercana?

—Creo que es Monument, jefe.

Siguiendo un presentimiento, Damon se metió en el coche.

—Vamos, vete hacia allí.

Al cabo de un par de minutos la vio, caminando con la cabeza gacha y los hombros caídos, como si estuviera a punto de desmayarse.

—Para aquí. *Theé mou*, ¿quiere morir? Primero se va de la oficina cuando le dije que no lo hiciera y luego se va del hospital en contra de las instrucciones de los médicos. ¿Qué le pasa? ¿Por qué tiene que hacer lo contrario de lo que le dicen?

—¿Damon?

Al darse la vuelta, Damon vio su pelo manchado de sangre y una marca morada a un lado de su cara.

—*Maledizione*. ¿Le han golpeado?

Desorientada, lo miró a él y luego a la limusina.

—¿Qué está haciendo aquí? Pensé que tenía una cita.

—Me dijeron que había tenido un accidente.

—¿Y qué tiene que ver con usted?

—Naturalmente, me fui de inmediato al hospital.

—¿Por qué naturalmente? ¿Por qué iba a preocuparle que fuera al hospital? No es familiar mío.

Molesto porque se cuestionara su decisión, Damon se pasó la mano por el pelo.

–Su padre está ausente y no podía dejarla sola después de lo que le ha ocurrido.

–Suelo ocuparme de las cosas yo sola. ¿Ha dejado a su cita para venir al hospital?

–No la he dejado, me he ocupado de que alguien la lleve a casa.

–Pero le ha privado del placer de su compañía y de sus acrobacias en el dormitorio. ¡Pobrecilla!

Ignorando su tono irónico, Damon le tocó la cabeza.

–¿Qué demonios ha pasado?

–Me rodearon, perdí el equilibrio y me caí sobre una cámara. Estoy bien. Ha sido muy amable preocupándose por mí, pero podré llegar a casa –dijo y comenzó a caminar.

Damon la tomó del brazo. Su cuerpo rozó el suyo y el delicado aroma de su perfume lo embriagó. No sabía por qué le resultaba tan difícil mantener el control cuando estaba con ella.

–No puede tomar el metro y no se supone que pase la noche sola.

–¿Se ofrece voluntario para dormir conmigo? Me gustaría que pudiera ver su cara. Relájese. Sé que preferiría dormir con pulgas que conmigo.

Damon, que tenía una idea muy clara de lo que le haría si la tuviera en su cama, ignoró el comentario.

–¿Por qué no se ha quedado en el hospital?

–Tengo que estar en París mañana y todavía tengo algunas cosas que terminar.

–Obviamente, mañana no irá a París –dijo Damon, atrayéndola hacia él al pasar un grupo de personas junto a ellos.

–Por supuesto que sí.

–Si su padre estuviera aquí, no le permitiría que fuera.

–No, no lo haría –dijo ella sin mirarlo–. Pero soy yo la que toma las decisiones y voy a ir a París.

Polly se soltó y siguió caminando hacia la estación de metro.

Damon se quedó inmóvil unos segundos. Nunca antes se había encontrado con alguien tan cabezota. Era evidente que no estaba dispuesta a entrar en razón, así que ¿qué podía hacer?

–¿Por qué es tan importante ir a París mañana? ¿Está liada con algún cliente?

–Tiene una opinión muy mala de mí, ¿verdad?

–Conozco a Gérard. Como a la mayoría de los franceses, le gustan las mujeres bonitas. Y usted va a llegar nueve horas antes de la reunión.

–Lo cual significa que tengo tiempo suficiente para sexo, ¿es eso? –dijo mirándolo a sus ojos azules–. Decídase. Esta mañana decía que parecía un flamenco y ahora cree que me he convertido en una *femme fatale*.

Damon no sabía lo que sentía y no quería que ella cuestionara su comportamiento.

–Tan sólo me pregunto por qué esta reunión es tan importante como para dejar el hospital en contra del consejo de los médicos.

–El trabajo de todo el mundo está en peligro. Es un nuevo cliente y trabajo en una empresa de servicios –dijo Polly mirando a un hombre que pasaba junto a ellos–. Y antes de que haga algún comentario desagradable, no me refiero a esa clase de servicios.

Polly volvió a darse la vuelta y Damon se interpuso en su camino para evitar que se fuera.

–Mire, no puede pasar la noche sola y en cualquier momento la prensa que está en el hospital descubrirá que se ha marchado por la puerta de atrás. Métase en el coche antes de que se lleve otro golpe por segunda vez.

–No necesito que me lleven. Y tengo que ir a mi casa para recoger algunas cosas antes de la reunión de mañana.

–Estoy intentando ayudarla.

–Y yo estoy intentando decirle que no necesito ayuda. Sé arreglármelas yo sola, siempre lo he hecho.

–Bueno, esta noche me ocuparé yo –dijo Damon extendiendo su mano–. Deme las llaves. Franco nos dejará y luego irá a su casa a recoger lo que necesite. Haga una lista en el coche. Ya decidiré si está bien para ir a París por la mañana. Hasta entonces, se quedará en mi ático. Si lo hubiera hecho desde el principio, no estaríamos aquí ahora.

–¿Le gusta tener el control, verdad?

–Cuando la situación lo requiere, sí.

–¿Así que me invita a quedarme en su casa? ¿No teme que dé una fiesta salvaje? Ya me conoce, no puedo resistirme a los hombres y al alcohol.

Damon ignoró su referencia al incidente del internado.

–Me arriesgaré.

Mientras decía aquellas palabras, se preguntó por qué estaba dando lugar a una situación en la que tendrían un estrecho contacto.

–Aprecio el gesto, pero estoy bien. Estoy acostumbrada a cuidarme yo sola.

Añadió aquel último comentario en un tono que hizo que Damon se preguntara qué papel había jugado su padre en su vida. Estaba a punto de preguntar cuando vio un movimiento por el rabillo del ojo.

–Tenemos compañía. Pongámonos en marcha.

Damon la tomó en brazos y la depositó en el asiento

trasero de la limusina. Cerró la puerta justo en el momento en el que la prensa llegaba.

—¡Arranca, Franco!

Polly tenía sentimientos confusos al bajarse del coche en el aparcamiento subterráneo del edificio Doukakis. Le había incomodado que la metiera en el coche, pero se había sentido aliviada de haber escapado de la prensa.

—Este sitio parece una fortaleza.

—Puede ser una fortaleza cuando hace falta —dijo Damon sin mirarla, mientras se dirigían hacia el ascensor.

Polly lo siguió lentamente y no sólo porque su cuerpo había empezado a dolerle por la caída.

¿Qué le ocurría ahora? Era evidente que estaba enfadado, pero Polly no tenía ni idea de por qué.

Después de meterla en el coche, había estado hablando en griego con el chófer, dejándola a solas con sus pensamientos mientras miraba por la ventanilla.

—¿Está enfadado porque le he estropeado la noche o porque no he seguido sus órdenes? Porque no le pedí que acudiera en mi rescate.

—¿Se refiere a cuando quedó inconsciente o a cuando salió del hospital en contra de la opinión del médico?

—Soy capaz de tomar mis propias decisiones.

—Cualquiera puede tomar una decisión. Lo difícil es tomar la adecuada en el momento oportuno.

—Eso es lo que suelo hacer.

—Lo que hace, señorita Prince, es llevarme la contraria por norma.

—Eso no es cierto.

—¿Ah, no? Ha estado a punto de ser arrollada por los periodistas por segunda vez en una misma noche. ¿Se habría metido en el coche si no la hubiera obligado?

Ella se revolvió incómoda.

—Sí, si me hubiera dado tiempo para pensármelo.

—No había tiempo para eso.

—¡Lo siento! Le he estropeado la noche y lo siento. Le agradezco que me haya ayudado. Es que no... Bueno, no estoy acostumbrada a aceptar ayuda. Me resulta extraño.

No sólo había acudido a su rescate, sino que había dejado a su cita para ir al hospital y todo lo que ella había hecho había sido causarle molestias.

¿Cuándo había acudido alguien a su rescate? ¿Cuándo le había ayudado alguien?

Una sensación desconocida la recorrió y pensó si el golpe en la cabeza habría sido peor de lo que había pensado. De repente se alegró de que la obligara a entrar en el coche. Sentía como si tuviera una banda de rock tocando dentro de su cabeza y se preguntó si habría sido una buena idea dejar el hospital. ¿Sería normal sentirse así de mal?

Tenía que ir a París. Era fundamental conseguir la campaña de High Kick Hosiery.

—De verdad que siento haberle estropeado la noche —dijo Polly, llevándose la mano a la cabeza—. No pensé que la prensa estaría tan interesada en la historia. ¿Cómo se enteró?

—Mi jefe de seguridad me llamó. Estaba cerca y vio lo que pasaba, pero no pudo impedirlo. ¿Por qué no se quedó en el hospital?

—No podía quedarme en el hospital. Tengo un jefe insensible. Cree que soy una vaga y que no trabajo como debería.

—¿Así que soy el culpable?

—No, no lo es. Habría hecho lo mismo a pesar de lo que hubiera dicho. La reunión es importante. Las cosas están muy difíciles ahí fuera. Si no voy a verlo, Gérard descolgará el teléfono y llamará a otra agencia. No quiero que eso ocurra.

–No soy un jefe insensible –dijo él entre dientes–. Cualquiera con un poco de sentido común, se tomaría unos días de descanso después de una herida así. ¿O acaso está intentando impresionarme?

–No soy tan estúpida como para pensar que puedo impresionarlo. Tan sólo intento hacer mi trabajo. La reunión de mañana es importante. Con tanta incertidumbre, no puedo suspenderla. Hemos trabajado mucho para conseguir ese contrato y tenemos que demostrarles que podemos hacer un gran trabajo. ¿Tiene algún analgésico en su apartamento?

–Sí.

Incluso con el primer botón de la camisa desabrochado y la pajarita suelta, estaba muy guapo. Claro que también parecía enfadado.

Polly pensó en la mujer a la que había dejado en mitad de la cita. ¿Quién sería? Seguramente alguien de gran belleza que nunca se pondría unas medias de color rosa.

Lo miró de soslayo. Nadie antes había acudido en su rescate. Incluso cuando se cayó en el colegio y se rompió un brazo, había tenido que volver a casa en taxi porque nadie había podido localizar a su padre. Confundida por sus sentimientos, Polly apartó la mirada. Estaba tan acostumbrada a arreglárselas sola, que se le hacía muy extraño que alguien se preocupara.

–Vuelva y pase el resto de la noche con su cita. Todavía no es tarde y no necesito que me cuiden. Voy a darme un baño para limpiarme la sangre. Vaya y disfrute.

–Teniendo en cuenta que pasa de un desastre a otro, necesita que alguien la cuide.

Polly rió y sintió que el dolor de cabeza iba en aumento. No la habían cuidado desde que era una niña.

–A menos que tenga pensado pasar la noche junto a mi cama, no veo cómo va a cuidar de mí.

Al encontrarse con su mirada, Polly deseó no haber dicho aquello. No estaba acostumbrada a pensar en sexo y menos junto a aquel hombre.

–Tan sólo necesito unos analgésicos y dormir –añadió–, eso es todo. No necesito compañía.

Pero la tranquilidad que sentía sabiendo que iba a estar cerca de ella la sorprendió. ¿Por qué le importaba? Nunca había sido una persona dependiente. El hecho de que fuera ancho de hombros no significaba que tuviera que apoyarse en él.

Cuando por fin las puertas del ascensor se abrieron, Polly se sintió aliviada de que hubiera más espacio alrededor de ellos.

Como todo el mundo, había oído toda clase de especulaciones acerca del dúplex que coronaba el edificio. Cuando el edificio Doukakis estaba en construcción, había habido multitud de comentarios acerca del ático con vistas de trescientos sesenta grados de Londres, jardines y una piscina climatizada. A pesar de los rumores, no estaba preparada para la realidad.

Polly se quedó boquiabierta, mirando las vistas de la ciudad. Nunca antes había visto tanto cristal en un solo sitio.

–No creo que nadie pueda sufrir aquí de claustrofobia. Es increíble, espectacular.

–Me gustan los espacios abiertos y la luz –comentó Damon–. Como en mi villa de Grecia.

Era la primera cosa personal que le contaba y Polly se dio cuenta de lo poco que solía conversar con hombres.

–¿Tiene una villa en Grecia? Qué afortunado.

Vaya comentario estúpido. Con razón pensaba que era idiota. Seguramente se estaría arrepintiendo de tener que hacer de enfermero en vez de seguir su cita con alguien que sin duda tendría una conversación interesante.

Damon señaló hacia el fondo de la habitación, donde el espacio se estrechaba.

–Puede usar la suite de invitados de esta planta. Se la enseñaré.

Polly reparó en las alfombras blancas que cubrían el suelo de madera y automáticamente se quitó las botas.

–Es increíble –dijo fijándose en los lujosos sofás, mientras lo seguía por el apartamento.

El ambiente era muy acogedor y sintió una punzada de envidia. Aquel hombre no pasaba las noches en vela preocupado por cómo mantener su compañía a flote ni cómo salvar puestos de trabajo. Tenía tanto éxito que su única preocupación debía de ser cómo contar el dinero.

–¿Tiene hambre? –preguntó Damon al pasar por delante de la cocina–. Puedo pedirle al chef que le prepare algo.

–No, al menos que sepa preparar pasta con salsa de analgésicos. En serio, no tengo hambre, pero gracias.

Polly reparó en una escalera de caracol que había en el centro de la habitación. Perfectamente iluminada, parecía sacada de un cuento. Nunca se había considerado romántica, pero de repente se preguntó si habría subido a alguna mujer en brazos de la misma manera que había cargado con ella para meterla en el coche.

Lo siguió hasta la enorme suite de invitados y se quedó sin aliento al entrar. Había una chimenea moderna y la cama estaba colocada hacia las espectaculares vistas. Cualquier invitado que se quedara allí no querría irse.

—El cuarto de baño está tras esa puerta. Tiene sangre en el pelo... —dijo y alzó la mano para acariciarla, pero rápidamente la bajó.

La tensión sexual entre ellos era más que evidente. Damon frunció el ceño y dio un paso atrás. Ambos empezaron a hablar a la vez.

—No quiero que...

—¿Necesita ayuda?

Nadie antes le había ofrecido su ayuda y le agradaba, aunque no iba a aceptarla. La sola idea de desnudarse ante él le impedía aceptar su ofrecimiento.

—Estaré bien. Agradezco su preocupación.

En parte deseaba que no se preocupara por ella. Le resultaba incómodo sentirse agradecida. Era extraño saber que alguien cuidaba de ella, aunque fuera por un sentido del deber.

Quizá fuera despiadado, pero también era decente. «Y tremendamente atractivo».

Damon apretó un botón que había junto a la cama. Al hacerlo, la manga se le subió, dejando al descubierto una muñeca fuerte, de vello oscuro. Una pantalla de televisión apareció en la pared, pero Polly no se fijó. Estaba absorta por el contraste entre la seda blanca y su piel bronceada.

Tragó saliva. Aquello era peor de lo que había imaginado. Debía de encontrarse muy mal para que le pareciera sexy la muñeca de un hombre.

—Espero que la noticia de su accidente salga en los informativos dentro de una hora. Si su padre está viendo la televisión, entonces se pondrá en contacto. Si la llama, quiero que me avise marcando el dos en el teléfono que hay junto a la cama. Conecta con la habitación principal.

Su cabeza estaba ocupada imaginándoselo desnudo y tardó unos segundos en comprender lo que le estaba diciendo. ¿Accidente?

–No había cámaras. Había fotógrafos y un par de periodistas. No creo que salga en las noticias.

–Sí, sí saldrá.

–Pero... ¿Usted se lo ha dicho?

Las imágenes de él desnudo se desvanecieron al instante.

–Oh, Dios mío. Ha aprovechado mi accidente para hacer publicidad.

–No soy responsable de su accidente. Usted tomó la decisión de abandonar el edificio y se topó con un puñado de periodistas hambrientos de cotilleos.

Aquella respuesta fue la gota que colmó el vaso. Polly se agarró al pomo de la puerta, consciente de que su interés por ayudarla era para conseguir que su padre saliera de su escondite.

–Y pensar que por un momento pensé que estaba preocupado de que no me encontraran muerta sola en mi casa... Debería habérmelo dicho antes de tomarse tantas molestias. Le habría dicho que no habría cambiado nada. Podría estar en cuidado intensivos que mi padre seguiría sin venir.

–¿Me está diciendo que cuando su padre vea las noticias seguirá sin llamar? –dijo frunciendo el entrecejo.

Aquel comentario hizo que Polly se sintiera aún más triste. Si había algo peor que tener un padre que no se preocupara, era que todo el mundo lo supiera. ¿Por qué había tenido que contárselo?

–Mire, déjeme a solas. Ya he tenido suficiente. Espero que su conciencia le deje dormir bien.

Él se quedó mirándola. Era evidente que quería decir algo más, pero se calló.

–No cierre la puerta. Si se desmaya, quiero enterarme.

–¿Por qué? ¿Para dejar que los paparazzi me hagan fotos?

Sintiéndose peor que nunca, Polly entró en el cuarto de baño, cerró la puerta dando un portazo y echó el pestillo. Estaba al borde de las lágrimas y apretó los dientes para contener la rabia.

–Qué hombre tan vil y miserable –dijo ante el espejo.

Mojó el borde de la toalla y se la llevó a la cabeza, tratando de analizar por qué se sentía tan deprimida. Estaba acostumbrada a cuidarse ella sola, ¿no? Siempre lo había hecho. No necesitaba que Damon Doukakis acudiera en su rescate.

Polly miró su rostro pálido en el espejo. Se había dejado llevar por la química que había entre ellos. Se había olvidado que todo aquello tenía que ver con su hermana y había cometido el error de pensar que sentía por ella algo. Eso era lo que le pasaba por bajar la guardia.

Ignorando el dolor que sentía, se entretuvo en el baño con la esperanza de que cuando saliera, Damon se hubiera ido.

Cuando salió, la habitación estaba vacía. Sobre la cama estaba su maleta, en la que estarían las cosas que había anotado en la lista. Aquel Franco trabajaba rápido.

En la mesilla de noche había una jarra de agua y un bote de analgésicos. El que se lo hubiera dejado no lo hacía más considerado.

Se tomó un par de pastillas y se puso los pantalones cortos y la camisola de encaje con los que solía dormir. Sacó su teléfono móvil y revisó sus correos electrónicos. No había nada que no pudiera esperar hasta por la mañana, así que se sentó en la cama, sacó su cuaderno y empezó a anotar algunas ideas para la reunión del día siguiente. Decidida a demostrarle a Gérard que no se había equivocado al elegirlos, hizo unas anotaciones hasta que el sueño pudo con ella y se dejó caer sobre las almohadas.

Con una copa de whisky en la mano, Damon vio el reportaje de las noticias desde el hospital. Mostraron unas imágenes de Polly llegando en una ambulancia, con sangre en la cara, y una entrevista con la doctora, que se negó a comentar el estado de su paciente. Aquello era suficiente para que un padre corriera al teléfono más cercano.

Pero el teléfono seguía en silencio. ¿Qué hacía falta para sacar a Peter Prince de su nido de amor? Evidentemente, algo más que una hija herida. ¿Qué clase de padre veía que su hija estaba en el hospital y no la llamaba?

Damon dio un sorbo a su whisky buscando las respuestas a aquellas preguntas. La responsabilidad hacia la familia era algo natural en él, tanto como respirar. Desde el momento en que la policía le informara sobre la muerte de sus padres, había apartado sus sentimientos y había concentrado todas sus energías en su hermana. Pero Peter Prince no sentía esa obligación.

Damon recordó la llamada que había recibido desde el internado una década atrás. Había tenido que dejar una reunión importante para ocuparse de su hermana. Los niños, en especial los adolescentes, necesitaban normas y disciplina. Pero el recuerdo de aquel día no tenía nada que ver con Arianna, sino con Polly Prince, de pie en un rincón del despacho, sola y desafiante.

No había ni rastro de su padre. En aquel momento, Damon había pensado que la ausencia de sus padres era la prueba de que la hija se había salido del redil.

¿Qué papel había jugado aquel hombre en la vida de Polly?

Su teléfono vibró. Al contestar, Damon miró hacia la habitación de invitados, pero seguía cerrada y se preguntó si debía comprobar cómo estaba. La doctora le había dicho que necesitaba a alguien cerca.

Tratando de apartar la imagen de Polly inconsciente en el suelo del cuarto de baño, habló con su chófer y colgó al terminar.

No podía estar inconsciente. Era una mujer fuerte. Pero no podía apartar la idea de su cabeza, así que se dirigió a la suite de invitados para asegurarse de que estaba bien.

Abrió la puerta y la vio hecha un ovillo sobre la cama. Había un cuaderno abierto sobre la colcha de seda blanca y un bolígrafo manchando de tinta negra el delicado material.

Pero no fue la tinta lo que llamó su atención. Fue la extraña palidez de su rostro. Recordó que la doctora había dicho que debía permanecer en el hospital bajo observación y cruzó la habitación preocupado. ¿Estaba sangrando la herida? Suavemente le apartó el pelo del rostro y vio sombras violáceas bajo sus ojos y un cardenal en la frente. Dormida, parecía aún más joven.

¿Cómo se sentiría sabiendo que su padre no se molestaba en llamar para saber cómo estaba?

Mirándola, recordó que le había dicho que cuando surgía alguna emergencia, era ella la que la resolvía.

Llevaba todo el día intentando resolverla. No podía negar que se había esforzado en ayudar a los empleados a instalarse en las nuevas oficinas y que los había defendido con una pasión que le había sorprendido.

Damon le quitó de la mano el bolígrafo y lo puso en la mesilla. Al tirar de la colcha para taparla, el cuaderno se cayó al suelo. Lo recogió y, a punto de cerrarlo, unas palabras llamaron su atención. *Corre, vive. Vive para correr. Siéntete vivo.*

Era evidente que había estado buscando combinaciones para dar con el eslogan para una marca.

Con la atención aún puesta en el cuaderno, Damon se sentó al borde de la cama. Sin ningún reparo, empezó a leer desde el principio lo que Polly había escrito.

Enseguida le quedó algo claro: se había equivocado al juzgar a Polly Prince.

El cerebro creativo detrás de cada brillante campaña pertenecía a la mujer que estaba tumbada en la cama.

Capítulo 5

POLLY se despertó por el insistente sonido de una vibración. Abrió un ojo y al ver la intensidad de la luz, soltó un quejido.

—Me molesta la luz.

—Es el sol.

—¿Y por qué ha salido el sol a esta hora? —dijo y al meter la cabeza debajo de la almohada, sintió dolor—. Ay, qué daño. Y ese sonido...

—Puso la alarma del teléfono. Son las seis de la mañana.

Una mano grande apareció ante ella, tomó el teléfono y apagó el sonido.

—No puede ser. ¡Váyase!

—Puede darse la vuelta y volver a dormirse, pero ha dormido toda la noche sin moverse y quería asegurarme de que seguía viva.

—No estoy viva. Nadie está vivo a esta hora de la mañana —dijo moviéndose bajo las sábanas—. Déjeme en paz.

—¿Se siente mal? Llamaré al médico y le pediré que venga.

—No necesito a ningún médico. Así soy por las mañanas, incluso cuando no me doy golpes en la cabeza. Me cuesta madrugar. Me gusta tomarme tiempo para despertar. De todas formas, ¿qué está haciendo en mi habitación? Supongo que estará pensando en la manera de conseguir que mi padre salga de su escondite. Soy tan sólo el cebo para conseguirlo.

–Para que lo sepa, estoy en su habitación porque estaba preocupado.

–¿Cuánto tiempo lleva ahí?

–Casi toda la noche. He dormido en la butaca. Quería asegurarme de que no tuviera ninguno de los síntomas que la doctora mencionó.

Con cuidado para no tocarse de nuevo la herida, Polly apartó la almohada y lo miró. En algún momento de la noche, se había quitado el esmoquin y se había duchado. Llevaba puestos unos vaqueros negros y un polo, y estaba igual de guapo.

–No tiene aspecto de haber dormido en una butaca –comentó Polly reparando en que se le veía enérgico–. ¿Me ha estado observando mientras dormía? ¿No le parece inquietante?

–Es aburrido. No resulta demasiado divertida mientras duerme.

A pesar de su tono de burla, sus palabras la incomodaron por los pensamientos prohibidos que le provocaron.

–¿Y por qué me ha estado observando? ¿Acaso temía que su rehén muriera?

–No es mi rehén.

–Me trajo aquí porque esperaba que mi padre viniera a buscarme, no porque estuviera preocupado por mí. Así que deje de hacerse el santo.

Polly se incorporó lentamente y reparó en la taza de café que estaba en la mesilla. Estaba sorprendida de que hubiera pasado la noche cuidándola.

–¿Es para mí? –preguntó, disfrutando del olor a café.

–Sí. Ya me he dado cuenta de que le gusta el rosa, pero me temo que no tengo ninguna taza de ese color.

No sabía qué le molestaba más, si su tono seco o el hecho de que irradiara vitalidad mientras ella se sentía como un trapo. ¿Cómo podía estar tan guapo a primera hora de la mañana después de haber dormido en una butaca? En la mayoría de los hombres, la sombra de la barba les daba un aspecto descuidado, pero en Damon Doukakis aumentaba su atractivo.

Polly fue a dejar la taza en la mesilla cuando vio la mancha de tinta en la colcha.

–¡Oh, no! ¿He hecho eso? Lo siento mucho. Me debí de quedar dormida con el bolígrafo en la mano.

–Su bolígrafo de la suerte, el que necesita para sus ideas creativas.

Había una nota extraña en su voz, pero Polly estaba demasiado agobiada por el daño que había causado como para pensar en otra cosa. Se chupó el dedo y frotó la mancha. Al ver que no funcionaba, lo miró.

–Le compraré otra colcha. Sé que no tiene buena opinión de mí, pero entre mis delitos no está el estropear las cosas. De veras que lo siento.

–En comparación con los desastres que parece provocar, yo diría que esto no es nada. Vístase. Quiero hablar con usted.

–¿Qué he hecho esta vez?

–Eso es lo que quiero averiguar.

Polly trató de pensar en qué habría descubierto. ¿Tendría algo que ver con el modo en que había decorado la oficina?

–No es un buen momento para hablar. Tengo que darme prisa si quiero tomar el tren a París.

–Hace un momento estaba prácticamente inconsciente. No va a ir a París.

–He dormido profundamente porque estaba cansada, no porque me hubiera dado un golpe en la cabeza. Llevo sin dormir bien desde que me llamó para decirme que estaba a punto de arruinar mi vida. Y tengo que ir a París. Los empleados confían en mí para mantener esa campaña. Si me doy prisa, todavía puedo llegar a tiempo –dijo Polly apartándose el pelo del rostro.

–¿Por qué está tan dispuesta a proteger a los empleados?

–¿Qué clase de pregunta es ésa? Porque me preocupan. No quiero que pierdan sus trabajos, sobre todo teniendo en cuenta que parte de la culpa de este desastre es de mi padre. Me siento responsable. Siempre han sido muy amables conmigo y me han ayudado mucho. Cuando empecé a trabajar en la compañía, recién salí del colegio, estaba perdida.

–¿No fue a la universidad?

–Cuando terminé de estudiar, empecé a trabajar en la compañía de mi padre. Aprendí trabajando. Es la mejor forma de aprender.

Su cuaderno de notas aterrizó a su lado y se quedó mirándolo. Las mejillas le ardían al revisar mentalmente todos los secretos que podían haber quedado revelados.

–He disfrutado de la lectura –dijo él.

–No está bien leer las notas privadas de otra persona. Supongo que mira por las cerraduras y escucha detrás de las puertas.

–Ayer le pregunté de quién eran las ideas. ¿Por qué no me contó la verdad?

–Le dije que era el resultado del trabajo en equipo. Ésa es la verdad.

–El eslogan de la campaña de las zapatillas de correr es suyo. Según pone en su cuaderno, usted es responsable de todas las ideas de Prince Advertising de los últimos tres años. He estado revisando su porfolio y las cuentas de su compañía...

−¿Más lectura para la cama? Está claro que le gustan las historias de terror.

−Más que los misterios. Mi directora financiera, Ellen, ha revisado los números y ha llegado a unas interesantes conclusiones. ¿Por qué todo el mundo accedió a una reducción de sueldo?

−Porque nadie quería que hubiera despidos. Cierre los ojos mientras busco algo que ponerme. No puedo seguir hablando de esto en pijama −dijo Polly y se fue al cuarto de baño con algo que sacó de su maleta−. Como le digo, somos un equipo. Estamos en esto juntos.

−No hay ninguna duda de que tiene un gran talento creativo. ¿Por qué no se lo han reconocido?

Al oír aquel halago se quedó de piedra.

−¿Cree que tengo talento?

−Conteste a mi pregunta.

−Conoció al consejo −dijo sujetando la ropa delante de ella como si fuera un escudo.

−Cuando dijo que se habían apropiado de su trabajo, pensé que se refería a las hojas de cálculo.

Polly lo miró y suspiró.

−Nadie del consejo era capaz de presentar ideas. Así que ellos daban la cara, pero las ideas eran mías.

−Y ganó la campaña de High Kick Hosiery −dijo sacudiendo la cabeza incrédulo−. Deberíamos haber ganado esa campaña.

−Nosotros fuimos mejores. Y ahora, si me disculpa, tengo que tomar un tren.

La sola idea de tener que abrirse paso en la estación la hacía desear quedarse allí tumbada, pero no estaba dispuesta a decírselo.

–No va a ir en tren. Un médico la examinará y, si dice que está en condiciones de volar, iremos en mi jet a París.

–¿En su jet? ¿Por qué?

–Porque no me gusta viajar en tren.

–No, me refiero... ¿Para qué va a venir?

–¿Le pongo nerviosa, verdad? –preguntó mirándola con los ojos entornados.

El estómago le dio un vuelco y la boca se le quedó seca.

–Usted es el jefe y puede despedirme.

–No está nerviosa por eso –dijo manteniéndole la mirada.

Polly se encogió de hombros, preguntándose por qué era un desastre en lo que a hombres se refería.

–Mire, están pasando muchas cosas. El contrato con Gérard es importante. Tiene uno de los mayores presupuestos de marketing de Europa. Si se me da bien esta reunión, quizá consigamos más contratos.

–Por eso voy con usted. No debería ir sola a ver al vicepresidente de una compañía.

–Quiere decir que no confía en mí.

–Al contrario. Quiero verla en acción. Quiero saber más de su proceso creativo –dijo y miró su reloj–. Vístase. Más tarde seguiremos esta conversación.

–Lo estoy deseando.

Damon se dirigió hacia la puerta y de pronto se detuvo.

–Hace una hora que recibí una llamada de un investigador privado que he contratado para localizar a su padre. Al parecer, también está en París.

Sintió que se le secaba la boca y se preguntó si sería por la herida o por tener que hacer frente a la nueva relación de su padre. Esta vez sería peor puesto que la mujer en cuestión era Arianna, su amiga y hermana de Damon.

—Es posible. Mi padre es una persona muy romántica.

—No hay nada de romántico en una relación entre un hombre de cincuenta y cuatro años y una joven de veinticuatro.

—No lo sabe. Le gusta mucho juzgar a las personas.

—Cuando se refiere a proteger a mi familia, así es. Por cierto, espero que incluyera ropa de trabajo en el listado que le dio a Franco. Si va a llevar la responsabilidad de un ejecutivo de altos vuelos, tiene que parecerlo. Si va a conocer a un vicepresidente de marketing, tiene que cuidar su imagen. A los franceses les gusta lo chic. Debería dar una imagen de estilo y elegancia.

—¿Es así como vestía su equipo cuando perdieron el contrato? Es usted muy tradicional. Quizá el cliente no quería algo tradicional. Nos dijo que lo impresionamos por nuestra creatividad y originalidad.

—Quizá no se estaba refiriendo a su aspecto.

—O quizá le gusten los flamencos —dijo Polly esbozando una sonrisa inocente—. Me vestiré y nos encontraremos en el salón. Tengo que hacer unas llamadas antes de irnos. Y por el amor de Dios, póngase algo más serio y formal. No voy a llevarlo a París con esos vaqueros —dijo y sin darle opción a responder, se metió en el baño.

—Éste no es el hotel. Yo misma hice la reserva y a menos que lo hayan mejorado en veinticuatro horas, éste no es el sitio que elegí —dijo contemplando el lujoso vestíbulo del hotel.

Después de ver el interior del jet privado de Damon,

había pensado que nada podría volver a impresionarla. Pero se había equivocado. Todo el mundo allí parecía millonario. Un sentimiento de inferioridad empezó a apoderarse de ella, así que se irguió y se comportó como si estuviera en su salsa.

En cuanto Damon puso el pie en aquel hotel tan exclusivo, hubo un cambio en el ambiente. Damon parecía tener un efecto hipnotizador en los que lo rodeaban. Las cabezas se giraban y los empleados se dirigían a él con la debida deferencia. Acostumbrada a alojarse en hoteles baratos, donde ella misma tenía que cargar con la maleta hasta una diminuta habitación con vistas al aparcamiento, Polly estaba fascinada por el cambio.

–No puedo permitirme este hotel –dijo Polly, pensando en el presupuesto–. No podría cargar estos gastos al cliente.

–Ambos sabemos que las finanzas no son su punto fuerte. De ahora en adelante yo me ocuparé de esa parte de los negocios. Usted ocúpese de la parte creativa. He reservado una planta para nosotros –dijo Damon, dejando que su equipo de seguridad se ocupara de los detalles.

–Un momento –dijo Polly acelerando el paso para seguirlo hasta los ascensores–. No puedo ignorar la parte económica. Tengo que tenerla en cuenta.

–Usted es la que habló del trabajo en equipo. Esto es trabajo en equipo. Cada uno hacemos aquello que se nos da mejor. Lo suyo es garabatear en un cuaderno rosa. Yo me ocupo del dinero.

–Sí, pero... –comenzó, pero su teléfono la interrumpió–. Disculpe, tengo que contestar esta llamada. *Bounjour, Gérard, ça va? Oui, d'accord...*

Al terminar la llamada, Damon estaba dentro del ascensor, mirándola.

–Lo siento, pero no podía hacer esperar a un vice-presidente de marketing.

–No esperaba que lo hiciera. Tampoco esperaba que hablara francés.

–Hay muchas cosas que no sabe de mí. Tengo talentos ocultos.

–Ya me doy cuenta –dijo sin dejar de mirarla–. No ha dejado de mandar correos electrónicos y de hablar por teléfono desde que se levantó. ¿Cuándo aprendió a hablar francés?

–Teníamos un profesor de francés en el internado que era muy guapo. Era la única clase que todas seguíamos con interés y... Es broma –dijo Polly, consciente de que no era una buena idea recordar el colegio–. Me prometí que, si alguna vez un francés atractivo me susurraba algo al oído, sería capaz de entenderlo.

–Sería preferible no entenderlo –dijo Damon, haciéndola reír.

Al darse cuenta de que estaba riendo, Polly se detuvo. Pero la conexión ya se había producido y su corazón empezó a latir con fuerza. Por la expresión de sus ojos, él también la había sentido y rechazaba aquella química tanto como ella. De repente, deseó besarlo en la boca para callar su sarcasmo.

Preocupada por sus pensamientos, Polly sintió alivio cuando llegaron a la suite.

–*C'est magnifique* –dijo ella.

Luego atravesó el salón y salió a la terraza. El aire fresco borró la sensación claustrofóbica del ascensor. El deseo de besarlo desapareció y respiró aliviada mientras contemplaba los tejados de París. Al sentir sus pasos acercándose, se puso tensa.

–¿Dónde puede estar su padre?

–En algún sitio en el que nadie lo buscaría. Así es él

–dijo Polly y se giró, dando la espalda a la ciudad–. Esto no tiene que ver sólo con mi padre. También con su hermana. Tampoco se ha puesto en contacto con usted, ¿verdad? Eso quiere decir que tampoco quiere que den con ella.

–Es muy impulsiva y fácil de manipular.

–Si está pensando en aquel incidente en el internado, deje que le recuerde que tenía catorce años. De eso hace diez años. Ahora ya es una mujer adulta.

–No se comporta como tal. No siempre toma la decisión adecuada.

–¿No es eso parte del proceso de madurar? Uno tiene que equivocarse para darse cuenta de que ha tomado la decisión incorrecta. ¿No se ha equivocado nunca? Supongo que la vida es perfecta para usted.

La prueba de sus éxitos lo rodeaba. No sólo en aquel hotel ni en el jet que los había llevado a París con tanto lujo, sino en su estilo de vida. Tenía una isla en Grecia, un ático en Nueva York y una casa para esquiar en Suiza. La gente se moría por ser amigo de Damon Doukakis y de su hermana. Todas las puertas se abrían a su paso.

–¿Cree que nací con todo esto? –preguntó en un tono que la puso aún más nerviosa–. Mi padre trabajaba en una empresa de ingeniería. Cuando lo despidieron, se sintió tan avergonzado por haber fallado a su familia, que no nos lo contó. Cada mañana decía que iba a trabajar, pero realmente se iba a la biblioteca a buscar empleo.

Sorprendida por aquella inesperada revelación, Polly se quedó mirándolo.

–¿Lo consiguió?

–No. Mi padre era griego. Tenía mucho orgullo. El hecho de no ser capaz de mantener a su familia hizo que se sintiera frustrado. Incapaz de asumirlo, se lanzó con el coche por un puente. Estaba en casa esperándolos, cuando la policía llamó a la puerta.

–¿Esperándolos?

–Mi madre también iba en el coche. Nadie supo por qué lo hizo y si ella sabía lo que mi padre pretendía. ¿Sabe lo peor? –dijo Damon mirando la ciudad–. Los despidos no eran necesarios. Me enteré unos años más tarde, cuando aprendí de negocios y todo se debía a una mala decisión. Fue entonces cuando decidí que nunca trabajaría para nadie. No quería que nadie decidiera mi futuro.

Aquello explicaba muchas cosas como su despiadado comportamiento y el control rígido con el que dirigía sus negocios.

Polly se dio cuenta de que la impresión que tenía de él era tan equivocada como la que él tenía de ella.

–Tuvo que criar a su hermana.

–Tenía seis años y yo dieciséis. Se me daban bien los ordenadores, así que decidí aprovechar mi destreza. Desarrollé un modo de analizar información que interesó a muchas compañías. Tuve suerte –dijo encogiéndose de hombros–. Estaba en el sitio adecuado a la hora adecuada.

–Pero ahora sus negocios no tienen que ver con ordenadores.

–Aprendí una cosa más: hay que diversificar las inversiones. Así, si una parte de los negocios va mal, otra puede ir bien.

Había pensado en todo por el bien de su hermana.

Polly tuvo una extraña sensación y se dio la vuelta. No debería sentir envidia de alguien que había sufrido una pérdida tan trágica. Incluso sin padres, habían sido una familia. Todo lo que había hecho, todo lo que había conseguido, había sido por su cariño hacia Arianna.

Desde el momento en que se había hecho cargo de ella, su prioridad había sido protegerla.

–Tuvo que ser muy difícil perder a sus padres de esa manera.

–La vida es dura –dijo mirándola con expresión indescifrable–. ¿Qué le pasó a su madre? Supongo que se divorció.

–Se fue siendo yo niña. No le gustaba la maternidad. Y mi padre... Cada vez que una relación no le funcionaba, buscaba otra mujer.

Incluso con veinticuatro años, el comportamiento de su padre seguía avergonzándola. No le gustaban los sentimientos confusos que tenía cada vez que su padre comenzaba una nueva relación.

–¿Y siempre con mujeres jóvenes?

–Casi siempre –contestó Polly, ruborizándose.

–¿Le resulta vergonzoso?

–Mucho.

Después de lo sincero que se había mostrado, no tenía sentido que ella mintiera sobre sus sentimientos.

–Así que no aprueba su relación con Arianna.

–Me ha preguntado si me resultaba vergonzoso y la respuesta es que sí. Respecto a que lo apruebe o no... Él es mi padre y le quiero. Quiero que sea feliz. ¿No quiere lo mismo para Arianna?

Polly se preguntó por qué estaba compartiendo sus sentimientos más íntimos con un hombre que tenía tan mala opinión de ella.

–Sí, y es por eso que no me agrada esta relación.

–Creo que todas las relaciones son complicadas y no creo que la diferencia de edad cambie eso.

–Cuando ve a una mujer de veinticuatro años con un hombre de cincuenta y cuatro, ¿no se pregunta por qué están juntos?

Polly se mordió el labio. No sabía si confesarle que el asunto de las relaciones la aterrorizaba.

–Estamos en el siglo XXI. Las relaciones ya no responden a patrones tradicionales. ¿Por qué le molesta? Ya tiene edad para no importarle lo que piensen los demás.

Pero Damon Doukakis era muy tradicional. Era griego. En las últimas veinticuatro horas había aprendido que la familia era lo más importante para él.

–Me da igual lo que piense la gente. Lo que me preocupa es que Arianna sufra. No podemos negar que su padre no tiene una buena reputación en lo que a relaciones se refiere.

–Usted tampoco.

–Eso es diferente.

–Va de relación en relación. Además de lo evidente, acuerdos prematrimoniales, facturas elevadas de abogados,... ¿cuál es la diferencia?

–El matrimonio es una gran responsabilidad y ya tengo bastantes responsabilidades –dijo él respirando hondo, como si la sola idea lo incomodara–. En mis relaciones no hay promesas rotas, nadie sale herido.

–Para que a una mujer no le importe que una relación termine, el hombre en cuestión tiene que ser muy aburrido o un canalla. Lo que quiero decir es que estoy segura de que muchas mujeres resultan heridas cuando las deja. Probablemente no lo demuestren por orgullo. Y no veo la diferencia entre las relaciones de mi padre y las suyas. No todas las relaciones tienen que acabar en matrimonio.

Pero el hecho de que se sintiera tan opuesto a asumir responsabilidades y compromisos, hizo que sintiera una extraña sensación. Era muy diferente al planteamiento de su padre.

–Si va a decir que la relación de mi hermana con su padre sólo tiene que ver con el sexo, no lo haga –le advirtió–. No quiero pensar en eso.

–Ya somos dos. Él es mi padre y a nadie le gusta pensar en la vida sexual de su padre –dijo Polly–. Pero tiene que admitir que Arianna es una mujer adulta. Mi padre no la ha retenido en contra de su voluntad. Disfrutan estando juntos.

–¿Va a emplear la palabra amor? –preguntó él arqueando una ceja.

No creía en el amor, pero no iba a decírselo. Había visto lo que le pasaba a la gente que creía en el amor y se había prometido a sí misma no llevarse una desilusión así.

–Se llevan bien, hay química entre ellos, les gusta charlar. Quizá ellos también piensen que es una locura, pero les resulta imposible resistirse.

–¿Química? –repitió sorprendido, clavando sus ojos en los de ella.

De pronto, la idea de su padre y su hermana juntos pasó a un segundo plano. Resultaba difícil mantener la conversación.

–Sí, química. A lo que me refiero es que la química puede ser algo muy poderoso. Quizá no pudieron ignorarla, no lo sé.

Se hizo un largo silencio y luego la tomó del rostro y acercó su boca a la suya. Polly se entregó al calor del beso, fundiendo íntimamente sus bocas con intensidad. El calor que se generó era suficiente para hacer funcionar un reactor nuclear y la pasión tan ardiente que borró todas las ideas preconcebidas que tenía de cómo debía de ser un beso. Damon besaba igual que hacía todo lo demás, con la seguridad de alguien que sabía que era el mejor en todo. Aquella boca sensual y los movimientos eróticos de su lengua se apoderaron de su mente, de su cuerpo y de su alma. No sintió el movimiento de sus manos, pero de repente se dio cuenta de que sus cuerpos estaban unidos. Ardiendo por dentro, apoyó las manos en su pecho, sintiendo la fortaleza de sus músculos. Con la boca unida a la suya, deslizó los dedos bajo el cuello de su camisa, desesperada por acariciarlo. Al instante él hundió sus dedos en el trasero de Polly, acercándola a su erección.

Aturdida por el deseo, ella se estrechó contra él, pero en cuanto lo hizo, Damon se apartó de ella, negándole el placer que su cuerpo anhelaba. Polly buscó apoyarse en él, pero la sujetó por los brazos para impedírselo. Se mantuvo distante y no volvió a besarla. Poco a poco, Polly cayó en la cuenta de lo que aquello implicaba y, al abrir los ojos, comprobó que la estaba mirando.

Con la respiración entrecortada, Damon la soltó y se apartó de ella.

–¿Quieres saber cómo se ignora la química? Pues de esta manera. Se llama autodisciplina. Tan sólo hay que decir que no –dijo en tono frío, en contraste con los sentimientos de Polly.

Polly quiso replicar algo, sorprendida por su arrogancia y su indiferencia. Quería pretender que aquello no había significado nada para ella. Pero no había sido así. Y eso le impedía decir nada.

Deseaba darle una bofetada, pero si lo hacía, sería evidente lo que aquel beso había supuesto para ella. Así que permaneció quieta y en silencio como si tal cosa.

Damon miró su reloj.

–Hemos quedado con Gérard a las siete para cenar en la Torre Eiffel. Lleva algo elegante.

Después de decir aquellas palabras, se dio media

vuelta y regresó al interior del apartamento, a su mundo de lujo y elegancia.

Polly se sintió desplazada. ¿Qué acababa de ocurrir? Abrió la boca y se pasó la lengua por los labios. Su primer pensamiento fue que aquel beso no le había afectado a él tanto como a ella. Pero sabía que no había sido así. Había sentido la fuerza de su reacción.

¿Qué había querido demostrar al besarla? ¿Que podía irse cuando quisiera? ¿Que aquella pasión había sido una decisión como cualquier otra? Se preguntó si la fuerza de la atracción entre ellos lo había sorprendido a él tanto como a ella.

La rabia se apoderó de Polly. ¿Cómo se atrevía a besarla de esa manera y luego irse?

No había duda de que era un engreído y que se sentía superior. Había conseguido demostrar su despiadado autocontrol mientras que ella había demostrado un bochornoso grado de docilidad. Atraída por su experiencia sexual, había estado a punto de dejarse llevar hasta el final. Había conseguido ponerla en ridículo.

Furiosa y humillada, giró la cabeza y miró hacia la lujosa suite, pero no vio ni rastro de él. Al parecer, al haber conseguido su objetivo con tanto éxito, se había retirado a alguna parte para concentrar su atención en algún asunto de su imperio antes de la reunión de aquella tarde. Una reunión en la que estaba seguro de que lo avergonzaría.

«Lleva algo elegante».

Parecía convencido de que ella lo estropearía todo.

Polly apretó los labios. Sabía lo buena que era en su trabajo. Si fuera la mitad de buena en su relación con los hombres, no habría caído en aquella trampa. Hasta el momento, él no se había hecho más que opiniones equivocadas y ella había estado tan ocupada, que no había hecho nada por demostrarle lo equivocado que estaba.

Pero esa noche, eso iba a cambiar. Si Damon Doukakis pensaba que podía controlarlo todo, se iba a llevar una sorpresa.

Capítulo 6

YO LLEVARÉ la iniciativa en la reunión.

Damon se acomodó en el asiento trasero de la limusina. Los correos electrónicos que había recibido le servían de excusa para evitar conversar con la mujer que tenía a su lado.

¿Por qué demonios le había tenido que contar tanto sobre él?

—¿Por qué vas a llevarla cuando no has sido tú el que consiguió el contrato?

Su tono era frío y, al mirarla, comprobó que ella también estaba atenta a su teléfono móvil contestando un correo electrónico. Al ver que no lo miraba, Damon frunció el ceño. No estaba acostumbrado a la falta de interés de una mujer, especialmente de una a la que había besado.

—Tiene sentido que sea yo el que maneje la conversación. Hace quince años que conozco a Gérard.

—Entiendo, se trata de un asunto de hombres, ¿verdad? No te preocupes. Cuando acabéis de daros golpes en el pecho y de hacer todo lo que los hombres hacéis, expondré mis ideas.

Damon no sabía qué le enfurecía más, si sus palabras o el hecho de que no lo mirase al hablar.

—La manera en que llevo una reunión de negocios no tiene nada que ver con eso. Además, me gusta oír ideas nuevas.

–Siempre y cuando provengan de alguien vestido con un traje oscuro. Sé sincero: cuando me viste, me descartaste por mi vestido y mis medias rosas.

–Eso no es cierto.

–Es cierto. Una vez que lleguemos al restaurante, de lo primero que hablaréis será de los éxitos de vuestros negocios, de los logros y de los objetivos financieros logrados. Él te verá como el rey de la selva, tú pedirás una botella de vino caro para demostrar tu gusto exquisito y su importancia como cliente, y una vez que acabe el protocolo del macho alfa, entonces será mi turno.

Damon respiró hondo.

–Estás enfadada porque te besé.

Aquello llamó la atención de Polly y levantó la mirada.

–¿Por qué iba a enfadarme? Besas muy bien. A ninguna mujer le importaría ser besada por un hombre que sabe lo que está haciendo. Aunque tienes que mejorar el final. Resultó un poco brusco. Pero mejor así –dijo y volvió su atención al móvil–. Respecto a la reunión, quiero estar segura de haber entendido las reglas. Tienes que tener el control de todo lo que haces. De acuerdo, no tengo inconveniente. Me sentaré hasta que terminéis de presumir de egos.

Damon seguía digiriendo el comentario acerca de su beso, por lo que no supo qué responder.

Se preguntó si su elección de un abrigo largo tendría algo que ver con lo que había pasado antes. La cubría del cuello a los tobillos. No había nada provocativo en su aspecto. Lo que hacía que su deseo por desabrocharle los botones y saborearla de nuevo fuera más difícil de controlar.

Damon puso toda su fuerza de voluntad en apartar su mirada de ella y se fijó en la ventana. Fue un error.

París brillaba en la oscuridad y los amantes paseaban de la mano. Todo sugería intimidad.

Desesperado por el rumbo que estaban tomando sus pensamientos, Damon fijó su atención en su teléfono. Tenía que admitir que sentía que su autocontrol estaba siendo puesto a prueba. Sí, había ganado. Siempre se aseguraba de ganar todas las batallas, pero había necesitado una gran fuerza de voluntad.

Cuando el conductor se detuvo ante la torre Eiffel, Damon salió veloz, aliviado por dejar el espacio claustrofóbico del coche. Polly salió lentamente y se quedó a una distancia prudencial de él.

—Esto parece un sitio extraño para una cena. Espero que no te hayas equivocado —dijo Polly mirando la larga fila de gente que esperaba para subir a lo más alto de la torre.

—Gérard quiere impresionarte —dijo Damon reparando en que Polly se había recogido la melena rubia en un moño.

Se había aplicado brillo en los labios, nada provocativo. De hecho, su aspecto era discreto. Se había puesto unos zapatos planos, perfectos para las calles empedradas de París. Era evidente que se había tomado en serio la orden de que se pusiera elegante.

Confiaba en relajarse y que la tensión abandonara su cuerpo. Pero no ocurrió.

—He cenado aquí antes. El restaurante está allí arriba.

Ella siguió su mirada e inclinó la cabeza. La famosa estructura de hierro brillaba orgullosa ante la espectacular puesta de sol de París.

—No hay duda de que Gérard sabe cómo impresionar a una mujer. ¿O ha sido idea tuya? Quizá todo esto sea parte de tu complejo de superioridad, de tener que mirar a los demás por encima del hombro.

Damon ignoró su comentario y la condujo hasta un ascensor privado, reservado para los clientes del restaurante. Había sido un error dejar que su relación traspasara el plano personal. Menos mal que se trataba de una cena de negocios. Gérard y él hablarían de la absorción de Prince Advertising en DMG y Polly podría explicar sus ideas para la marca.

Mientras el ascensor subía, Damon mantuvo la mirada al frente. Era consciente de que Polly estaba a su lado, pero no giró la cabeza.

Al llegar al restaurante, el maître y Gérard, que acababa de llegar, los recibieron. Amigos desde hacía mucho tiempo, Damon y el francés se saludaron efusivamente, mientras alguien se ocupaba del abrigo de Polly. Sumido en su conversación sobre la fortaleza del euro, Damon tardó unos segundos en darse cuenta de que había perdido a su audiencia. Sólo había una cosa que podía superar el interés de Gérard por las fluctuaciones monetarias: las mujeres. Asombrado y molesto, Damon giró la cabeza para ver quién había distraído a su amigo.

Tardó unos segundos en reparar en que se había fijado en Polly. Nada más verla, Damon entendió por qué se había cubierto de la cabeza a los pies. Si la hubiera visto antes, la habría encerrado en la habitación del hotel y habría tirado la llave. Iba vestida de negro, color que era la única concesión a la elegancia. La chaqueta cerraba en un solo botón. Una camisola de encaje negro asomaba bajo las solapas. La falda era corta y llevaba las piernas cubiertas por unas medias que despedían destellos a la luz de las velas. Los zapatos planos habían sido sustituidos por otros de tacón. Hipnotizado por aquel increíble par de piernas, Damon reparó en que los destellos provenían de unos diminutos corazones de hilo plateado.

Las medias eran atrevidas, sexys y perfectas para una cita, lo cual las hacía completamente inapropiadas para una reunión con un cliente.

–*Mademoiselle est ravissant* –dijo Gérard, llevándose la mano de Polly a los labios–. Una vez más, estoy impresionado. Su decisión de ponerse esas medias para venir a un sitio como éste es una prueba más de que no me equivoqué al contratarla. Me encantan, son mis favoritas.

Ambos miraron las medias y Damon sintió que su temperatura se elevaba hasta niveles peligrosos. Iba a decir algo, cuando se dio cuenta de que estaban hablando de las medias y no de las piernas.

–Me encantan –dijo Polly, ignorando a Damon–. Son especiales, sexys y no resultan caras. Pueden transformar un aburrido traje negro en algo original –añadió lanzando una mirada fugaz a Damon–. Son el accesorio perfecto y entran dentro del presupuesto de la mayoría de las mujeres. A todas las chicas de la oficina les han encantado. Vamos a conseguir que sean un bombazo.

–¿Y me ha traído ideas de la campaña internacional con la que conseguiremos que High Kick Hosiery se convierta en un referente en el mundo de la moda?

–Le he traído un montón de ideas –contestó Polly, sacando su cuaderno rosa del bolso.

El francés rió.

–Ah, el famoso cuaderno rosa y el no menos famoso bolígrafo rosa. Las armas con las que Polly superó a los contrincantes. Si Napoleón te hubiera tenido a su lado con tu bolígrafo, la historia habría sido diferente –dijo tomándola del brazo y conduciéndola a la mesa–. Quiero escuchar tus ideas. Teniendo en cuenta tu gusto por el color rosa, me sorprende que esta noche no te hayas puesto unas medias de ese color.

—Al señor Doukakis no le gusta el rosa. Al parecer, le recuerda a los flamencos.

Damon se dio cuenta de que las medias rosas eran de la línea High Kick Hosiery y se preguntó en qué momento habría perdido su habilidad de pensar con claridad. Polly había decidido ponerse aquellas medias en uno de los lugares más exclusivos de París. Y no sólo eso, sino que se había puesto aquel abrigo largo porque sabía que a él no le habrían gustado. El hecho de que podía haberle avisado de que llevaba productos del cliente era algo de lo que hablaría con ella más tarde.

Damon se sintió en un segundo plano mientras Polly le presentaba a Gérard algunas ideas para la campaña. Al ver el alcance y la creatividad, se quedó sin habla.

Poco a poco fue dándose cuenta de que su papel en la empresa era más importante del que en un principio había pensado al leer las notas de su cuaderno.

—¿No es increíble? —dijo Gérard mirándolo, a la vez que levantaba su copa de champán—. Damon, no me queda más remedio que felicitarte por tu olfato para los negocios. La gente con talento no abunda. Polly es un diamante en bruto. Tengo que admitir que cuando mis colegas me recomendaron a Prince Advertising, me negué. Pero enseguida oí hablar de la muchacha del bolígrafo rosa y de sus grandes ideas creativas.

—Tiene unas ideas muy originales —admitió Damon—, y por suerte, en la compañía tenemos la capacidad de convertir esas ideas en realidad. Pondremos a nuestro mejor equipo a trabajar en tu campaña.

—No me importa quién esté en el equipo —dijo Gérard, pinchando con el tenedor una vieira—. Siempre y cuando esté Polly. Eres muy astuto, Damon. Te has adelantado. Me habría gustado contratarla en mi compañía.

Sorprendido ante la idea de que Gérard pensara ofrecerle trabajo a Polly, Damon frunció el ceño. Polly se había olvidado de su comida y estaba escribiendo en su cuaderno, ensimismada con sus ideas.

–Tenemos que pensar en la estrategia para dar a conocer la imagen de la marca. Luego, tenemos que concentrarnos en los medios de comunicación. No se trata de dar un mensaje y vender, sino de establecer una relación, de comprometernos con nuestros compradores.

Damon la observó en acción, incapaz de pensar en algo que no fuera la sensación de su boca junto a la suya. Su opinión de ella como la conflictiva amiga de su hermana estaba cambiando. Polly era inteligente y había encandilado al cliente tanto, que al acabar la cena había accedido a triplicar el presupuesto y a escuchar sus ideas para otras dos marcas. Recordaba cómo se había plantado ante el consejo y cómo los había desafiado. En aquel momento, había asumido que el motivo de su defensa era su propio interés, pero ahora se daba cuenta de que su comportamiento se debía a un profundo compromiso con la gente que trabajaba para la compañía. Se sintió culpable. Se estaba dando cuenta de que trabajaba tanto como él. Le importaban los empleados tanto como a él. Incluso en aquel momento, se había olvidado de la herida de su cabeza para asistir a una reunión con un importante cliente, cuando cualquiera se habría quedado en la cama.

No estaba acostumbrado a equivocarse con la gente, por lo que tuvo que admitir que había dejado que su juicio se viera afectado por la furia que sentía hacia su padre y por la opinión previa que tenía de ella.

Abstraído por cómo había podido pasar eso, tardó unos segundos en darse cuenta de que Gérard estaba cada vez más atento a Polly. Sabía reconocer cuándo había interés sexual. Cuando Gérard sugirió concluir la cena subiendo a ver la panorámica, Damon enseguida se opuso, incómodo con la idea de que aquel conocido playboy francés acompañara a Polly al destino preferido por aquéllos en busca de romance.

Damon se sorprendió a sí mismo levantándose y yendo a buscar los abrigos. No era una reacción racional ni lógica, pero quería que Polly se cubriera cuanto antes. Quería que se pusiera el abrigo, que se lo abrochara hasta el cuello y que ocultara aquellas piernas increíbles.

—Dentro de unos días te enviaremos una propuesta, Gérard —dijo dando por terminada la velada.

Luego, caminó con Polly hasta la limusina. Tras ellos, la torre Eiffel destacaba iluminada ante el cielo oscuro. Cuando el chófer abrió la puerta, ella se detuvo.

—Quiero dar un paseo. He tenido una semana horrible y esto es muy bonito. Me gustaría que me diera un poco el aire. Vete tú. Ya volveré al hotel.

Haciendo equilibrio, se quitó los zapatos de tacón y se puso los planos.

Damon tomó los zapatos y se los dio al chófer, antes de ofrecerle su brazo. La mirada de Polly viajó desde el brazo de Damon a su cara. Su sorpresa se reflejaba en su sonrisa.

—Tengo que proteger mis activos. Debería asegurar tu bolígrafo rosa.

—Sé que debería trabajar ante un ordenador y lo hago, una vez estoy segura de lo que quiero. Pero no sé ser creativa ante una pantalla. Necesito garabatear. En el colegio me pasaba lo mismo.

Polly se quedó pensativa unos segundos antes de tomarlo del brazo. Damon despidió al chófer con un discreto movimiento de cabeza y la dirigió hacia el río.

–Siempre quise cruzar un puente en París al anochecer –dijo Polly.

–Imagino que con un amante, no con un enemigo.

–Puede que esto te sorprenda, pero no sueño con amantes. Y no te considero un enemigo.

Damon respiró hondo.

–Si querías pasear, paseemos.

Apartó su brazo y se metió las manos en los bolsillos de su abrigo para evitar rozarla. Sabía que la disciplina empezaba en la cabeza, pero estaba descubriendo que su mente no era tan fuerte como había pensado. Siempre había evitado los compromisos para no tener más responsabilidades. Sus relaciones habían sido superficiales y así era como quería que siguieran siendo.

–¿Habías estado en París antes?

–No, es la primera vez. Las reuniones anteriores las mantuvimos en Londres –dijo mirando los reflejos de la superficie del río.

–Nos hubiéramos ahorrado algunos malentendidos si me hubieras contado desde el principio tu papel en la compañía. Es evidente que eres un miembro clave en el equipo.

–Si te hubiera dicho ayer en el consejo que todas las ideas era mías, ¿me habrías creído?

Damon respiró hondo.

–Probablemente no. Pero podías habérmelo demostrado.

–Preparé una presentación que nadie quiso ver.

–Yo estaba ocupado presidiendo el consejo, pero me lo podías haber dicho cuando nos quedamos a solas.

–¿Cuándo exactamente? ¿Antes o después de que dijeras que era una vaga? No creo que estuvieras receptivo.

–*Theé mou,* deja de tratarme como si fuera el malo.

–Me refiero a que no tenías una buena opinión de mí –dijo encogiéndose de hombros–. Y no te culpo. Por mi culpa, tu hermana fue expulsada del internado y ahora se ha fugado con mi padre. No es que tenga nada que ver con eso, pero entiendo que estés furioso.

–No estoy furioso, al menos no contigo. No me ha gustado que no me contaras la verdad sobre la compañía.

–Pensé que ibas a echarnos a todos para castigar a mi padre.

–A pesar de lo que hayas oído, siempre me han importado los empleos de la gente. Tengo que admitir que la ira hacia tu padre cegó mi sentido de los negocios. No pensaba con claridad. Me equivoqué al juzgarte, pero tienes que admitir que tenía razones para que así fuera.

–¿Porque me expulsaron del colegio?

–Porque Prince Advertising no parece una empresa seria.

–Lo cierto es que te equivocas. No hacemos las cosas a tu manera, pero eso no significa que no seamos profesionales.

Polly hizo una pausa para contemplar un barco que pasaba bajo el puente, con luces parpadeando y música sonando. En la cubierta, había una pareja abrazada y, de pronto, Damon se arrepintió de haber accedido a pasear con ella. Todo le recordaba al beso que se habían dado en la suite del hotel. Para distraerse, siguió hablando del trabajo.

–Me doy cuenta de que tienes unas ideas muy originales, pero esas ideas originales no son nada si no hay una buena empresa detrás. Tu compañía perdía dinero. ¿Sabes lo cerca que estabais de entrar en quiebra?

–Sí –contestó ella, mirando cómo se besaba la pareja.

–¿Es por eso que todos os bajasteis el sueldo?

–El consejo quería hacer despidos, pero nosotros no. Somos un equipo. Lo pasamos bien trabajando juntos y somos buenos. Eres un hombre listo y has visto las cifras. Sabes que el dinero que perdía la compañía iba a parar directamente al bolsillo de los consejeros.

–Lo sé. Es la razón por la que los eché. Lo que no entiendo es por qué tu padre permitió que eso pasara. Aunque no hacía frío, Polly se cerró el abrigo.

–Para mi padre, la empresa ha sido más un hobby que un negocio. Unas veces le interesaba y otras no. No controló a los consejeros y sin él, se fueron tomando más y más libertades. Hace unos seis meses, más o menos a la vez que empezó a salir con tu hermana, dejó de interesarse por la compañía. Desde entonces, se ha comportado como un adolescente enamorado. El consejo quería ahorrar costes.

–Y la solución eran los despidos, ¿no?

–Mi padre creó la empresa hace veinticinco años y algunas de las personas que empezaron con él siguen aquí. Son gente muy leal –dijo y se encontró con su mirada–. Y antes de que lo digas, sí, sé que los negocios no se basan sólo en la lealtad de las personas. Todos pensábamos que mientras conserváramos el empleo, podríamos hacer que las cosas cambiaran, así que estuvimos de acuerdo en bajarnos los sueldos. Supongo que esperábamos que se produjera un milagro –añadió y se apartó un mechón de pelo de la cara–. Y entonces mi padre y tu hermana desaparecieron y apareciste tú.

Damon no estaba acostumbrado a hacer confidencias, pero en aquel momento quería hacerlas.

–Tuvimos una discusión hace unas dos semanas. Arianna me dijo que estaba enamorada de alguien y que, cuando me dijera quién era, me iba a enfadar. Y tuvo razón, me enfadé.

–Lo imagino. Nunca fuimos tu familia favorita.

–Tenías razón cuando me acusaste de dejarme llevar por las emociones. Pero era como ver un tren estrellarse a cámara lenta. Se adivinaba el desastre y quería evitar que ocurriera.

–¿Por qué sentías que tenías que evitar que ocurriera?

–La noche en que nos enteramos de lo de mis padres, pensé que Arianna era muy joven para comprenderlo. Pero no lo era –dijo Damon estremeciéndose–. Se sentó en mi regazo y no paró de llorar. Nunca me había sentido tan desesperado como aquella noche. Me prometí a mí mismo que nunca dejaría que nada volviera a hacerle sufrir tanto.

Cruzaron el puente y siguieron caminando.

–Era una niña entonces. Ahora es una mujer adulta.

–Me comporto más como padre que como hermano y creo que ningún padre deja de sentirse responsable. Volvamos al hotel.

Damon se preguntó qué le había llevado a hacer aquel comentario, teniendo en cuenta que no le gustaba desvelar sus sentimientos.

–En otras palabras: no quieres hablar de ello. Lo siento, no debería haber preguntado. ¿Y qué pasa ahora? Te has quedado con la compañía, convencido de que podrías influir en mi padre. Pero ahora mismo, a mi padre no le preocupa la compañía. Está obsesionado con tu hermana.

Se la veía pálida y Damon se dio cuenta de que no se había parado a pensar en cómo se sentiría.

–Ha debido de ser difícil para ti, verlo enamorado de una mujer de tu edad.

Polly se pasó la lengua por los labios.

–Lo pasé mal en el colegio. Mi padre solía conducir

un coche deportivo y llevaba una rubia a su lado, como si de un accesorio más se tratara. Si algo te convierte en objetivo es tener un padre que se comporta de esa manera.

—¿Fue por eso por lo que te rebelaste?

Polly sonrió con tristeza.

—No me rebelé. Tenía problemas y los solucioné. Es lo que siempre he hecho.

—Había tres chicos en el dormitorio que compartías con mi hermana. ¿Qué manera es ésa de solucionar un problema?

—¡Eso pasó hace más de diez años! Me niego a ser juzgada por algo que ocurrió hace diez años. Olvídalo —dijo y empezó a caminar a un ritmo demasiado rápido para alguien de su estatura.

Damon maldijo entre dientes. No había duda de que Polly era más complicada de lo que había pensado en un principio. Pero ¿qué había malinterpretado? Con catorce años la habían pillado en su dormitorio con tres chicos en ropa interior. Una falta que había justificado su expulsión.

Llegaron al hotel, y Polly sonrió y le dijo algo en francés al portero.

—Entonces, ¿por qué tu cargo es asistente ejecutiva cuando deberías estar en el equipo de creatividad? No es un reflejo justo de tus responsabilidades ni de tu aportación.

—La vida no siempre es justa —dijo Polly entrando en la suite y saludando al equipo de seguridad.

Damon los despidió con un gesto.

—Creo que deberíamos dejar las formalidades, ¿no te parece?

Una vez se hubo cerrado la puerta, Polly se dio la vuelta. Había un brillo diferente en sus ojos.

–De acuerdo, olvidémonos de las formalidades.

Después de unos momentos de duda, Polly respiró hondo como si se estuviera armando de coraje. Luego, sin apartar la vista del rostro de Damon, levantó la barbilla y lenta y provocativamente, se desabrochó los botones del abrigo y dejó que se cayera al suelo. A continuación hizo lo mismo con la chaqueta y los ojos de Damon se clavaron en los finos tirantes negros de la camisola. No había dejado de mirar el encaje en toda la noche y ahora veía lo sugerente que resultaba aquella prenda sobre su piel pálida.

–*Theé mou*, ¿qué estás haciendo? –preguntó Damon sintiendo que se le secaba la boca.

–Estoy olvidándome de las formalidades y de mi ropa –dijo y esbozando una sonrisa pícara, se acercó a él–. ¿Qué ocurre, Damon? ¿Estás preocupado por tu autocontrol? ¿Tienes miedo a no poder ignorar la atracción entre nosotros? –preguntó agarrándolo del pecho de la camisa.

Damon sintió que el cerebro le dejaba de funcionar. Tenía que apartarla. Tenía que...

Polly lo tomó por la nuca y la atrajo hacia ella, ofreciéndole su boca cálida. Su sabor era dulce y exquisito y al sentir el movimiento de su lengua sobre el labio, una oleada de deseo lo sacudió. Tratando de resistirse, alzó las manos para separarla, pero acabó acariciando la piel de su mejilla. Si el beso que se habían dado antes había sido una demostración del poder de la atracción sexual, aquél resultó más tierno. Pero su efecto no fue menos devastador. Su boca dulce lo seducía, haciendo arder el fuego de su interior.

Damon sintió que perdía el poder de controlar sus emociones. Una parte de su cerebro lo advertía de que detuviera aquella locura de inmediato, mientras que otra le animaba a que se dejara llevar por el placer. Le quitó la horquilla que sujetaba su pelo y su melena cayó sobre sus hombros. Gimió y le acarició el pelo, antes de que el beso se volviera más profundo. Ambos sintieron la intensidad de la atracción sexual y esta vez, cuando fue a acariciarle el rostro, Damon se dio cuenta de que la mano le temblaba. Llevado por unas emociones que nunca antes había sentido, la tomó por los hombros, sintiendo el desesperado deseo de explorar todo su cuerpo. Los finos tirantes de la camisola cedieron a la presión de sus dedos y se deslizaron, haciendo caer toda barrera entre la piel de Polly y la boca de Damon. Al hundir los labios en su cuello, Damon la oyó gemir, sintiendo los rápidos latidos de su pulso.

De repente, ella se apartó.

Desorientado por su inesperada separación, Damon tardó un momento en darse cuenta de que se había apartado. Extendió la mano para tomarla de la espalda, pero ya estaba fuera de su alcance. La expresión de Polly era indescifrable mientras se volvía a colocar los tirantes de la camisola sobre los hombros.

–¿Qué estás haciendo?

–Me resisto a la química. Se llama autodisciplina –contestó Polly con voz seductora–. Tan sólo tienes que decir no, ¿no es así, Damon? No porque se te dé bien besar tienes derecho a ponerme en ridículo. No vuelvas a hacerlo otra vez –dijo y recogió su ropa antes de dirigirse a su habitación–. Que duermas bien.

Capítulo 7

POLLY se asomó al balcón de su habitación y respiró hondo, en un intento por calmarse. Se sentía frustrada y no sabía si darse una ducha de agua fría o ponerse unas zapatillas y salir a correr por las calles de París.

Se llevó las manos al pelo, pero recordó el momento en el que él había hecho lo mismo y se cruzó de brazos.

¿Qué demonios le había pasado? Su adrenalina se había disparado después de su reunión con Gérard. Además, se había sentido bien al presenciar el momento en el que Damon se había dado cuenta finalmente de su importante papel en la compañía. Pero eso no explicaba por qué había tenido que hacer aquella exhibición en medio de la suite del hotel.

Se llevó las manos a la cara, preguntándose cómo iba a ser capaz de volver a mirarlo. Quizá había sido por haber visto a todos aquellos amantes besándose. París era una ciudad para enamorados.

Había pasado la noche en vela, muy enfadada porque la hubiera puesto en ridículo. Dejó caer los brazos y tragó saliva.

La primera vez que se habían besado, había dejado claro que controlaba la situación. Ella había querido vengarse y lo había conseguido. Pero ahora iba a tener que pagar el precio. Su cuerpo estaba en llamas y lo que sentía la estaba volviendo loca. Si aquello era química, era comprensible que la gente se comportara de manera tan estúpida.

—Polly...

Al oír su voz, se dio la vuelta y lo vio allí parado. Los botones que le había desabrochado de la camisa, seguían abiertos. Su mirada era intensa y sus facciones estaban tensas.

—Vete de aquí. Estamos en paz —dijo tratando de no recordar sus besos.

—¿Besarme ha sido tu manera de castigarme?

—Me besaste para demostrar tu autoridad. Fuiste tú el que empezó esto.

Estaba aturdida por la expresión de sus ojos y dio un paso atrás. Se sentía asustada a la vez que fascinada.

—Lo sé y asumo la responsabilidad. Tienes derecho a estar enfadada y te pido perdón.

Sus palabras lo sorprendieron porque no se lo imaginaba capaz de disculparse y mucho menos de hablar con tanta amabilidad. Eso le hacía más atractivo todavía, teniendo en cuenta que su norma era mostrarse firme y seguro.

Polly se sintió envuelta en la intimidad del momento. Era una conexión que no entendía y a la que no podía oponerse. Todo París se extendía a sus pies como una brillante alfombra. El ambiente olía a las flores de las macetas que convertían la terraza en un exótico jardín. El entorno no podía ser más romántico.

Pero Polly no quería romanticismo. Había visto lo que el romanticismo provocaba en las personas y de repente se sintió asustada. ¿Por qué lo había besado? Después de aquella primera vez, debería de haber sabido que era peligroso y estúpido. Damon la hacía sentir algo que nunca había sentido y que no quería sentir.

—Está bien, ya te has disculpado. Puedes irte y será

mejor que lo hagas enseguida porque a tu lado no puedo respirar bien –dijo y apoyó la mano contra su pecho–. En serio, Damon, olvidémonos de todo este asunto. Oh, Dios mío...

La repentina presión de su boca junto a la suya interrumpió el resto de la frase y Polly gimió al sentir su lengua en la boca. Aquella erótica invasión hizo que su cabeza empezara a dar vueltas, arrojando sus sentidos en caída libre. Sintió que la destreza del beso y de sus manos recorriendo su cuerpo, disparaban su excitación sexual.

–Damon... –dijo y gimió al sentir que le acariciaba un pecho–. Creo que no deberíamos... o quizá, sí –se corrigió y lo rodeó por el cuello–. Dime que esta vez no te vas a detener.

–De ninguna manera. Y tú tampoco.

–Bien, porque si lo haces, voy a tener que matarte.

Polly tenía las manos bajo la camisa de Damon y acarició lentamente la calidez de su piel. Su cuerpo era esbelto y musculoso, pero eso no era ninguna sorpresa puesto que ya sabía que era fuerte. Lo que le sorprendía era la intensidad de sus emociones bajo el frío aspecto que presentaba al mundo.

Cuando lo había besado antes, lo había pillado con la defensa bajada. Por unos momentos, se había desprendido del rígido control que caracterizaba el modo en que llevaba su vida. El hecho de que hubiera conseguido atravesar esas defensas, intensificaba la excitación.

Se besaron con pasión, entregados a la ardiente intensidad del momento. El mundo se centraba en ellos. Polly había dejado de ser consciente de la ciudad que tenía a sus pies o del cálido susurro de la noche. Lo único de lo que era consciente era de él, del hombre que la estaba besando como si supiera todo sobre ella y sobre lo que necesitaba.

Nunca hasta entonces había entendido por qué el sexo llevaba a hacer que la gente tomara decisiones estúpidas.

Damon la tomó en brazos y la llevó desde la terraza al dormitorio principal de la suite. Ella se aferró a su cuerpo y siguió besándolo. París brillaba a través de la ventana, pero ninguno de los dos se molestó en mirar.

Al depositarla suavemente en el centro de la cama, Polly le quitó la camisa. Los músculos de sus hombros se marcaron al sujetar su peso para colocarse sobre ella. El movimiento resultó tan masculino que Polly contuvo el aliento.

No podía negar que su fuerza física formaba parte de su atractivo. La intensidad de cada beso y caricia resultaba muy masculina, atrayéndola hacia un mundo de peligroso deseo.

Polly se aferró a las sábanas de seda mientras Damon recorría con la boca todo su cuerpo. La necesidad de mover sus caderas le resultaba casi dolorosa. Se agitó y él la sujetó para impedir que se moviera. Privada de la única manera que tenía de calmar el ardor de su entrepierna, gimió en protesta antes de que él le separara los muslos y hundiera su boca en ella. Las caricias de su lengua la llevaron al borde de la desesperación y se rindió a aquella sensación, sin preocuparse de nada excepto del placer que él le proporcionaba. La excitación fue en aumento y explotó en un clímax tan intenso que apenas podía respirar.

Poco a poco, se tranquilizó y abrió los ojos. Pero antes de que tuviera tiempo de recuperarse, él subió por su cuerpo y la besó en los labios. No sabía cómo era posible desear a alguien tanto. Era un ansia devoradora y esta vez fue ella la que tomó el control, lo empujó y rodó sobre él. Era consciente de que él era más fuerte que ella y que podía haber impedido que lo empujara, pero era evidente que estaba dispuesto a seguir su juego.

Mientras bajaba por su cuerpo besándolo, lo oyó gemir y susurrar algo en griego, prueba de que estaba tan alterado como ella. Tomando el control, deslizó la lengua por su miembro y con los labios lo volvió loco haciéndole jadear.

—Te deseo.

Llevada por la misma desesperación, Polly subió por su cuerpo y se colocó sobre él. Damon se había olvidado de su necesidad de tener el control. Entrecerró los ojos, la tomó por las caderas y la penetró. Ella soltó un gemido al sentirlo dentro.

—Estás muy tensa. Relájate, *agape mou*...

Pero no podía relajarse. Su cuerpo ardía en llamas por la fuerza de su invasión.

Él clavó sus ojos en ella y frunció el ceño.

—*Theé mou,* ¿alguna vez has...?

Polly impidió la pregunta, acariciando sus labios con la lengua. Temblando de deseo, separó la boca de la de él para poder mirarlo y comenzó a mover las caderas. Aquello era mucho más que placer físico. Era la experiencia más erótica que había tenido en su vida. Las sensaciones fueron en aumento hasta que ambos llegaron al orgasmo.

Polly se dejó caer sobre él y sintió los latidos de su corazón. Damon la rodeó con sus brazos, acariciándole la espalda. Aunque no dijo nada, Polly sabía que estaba tan sorprendido como ella.

Entre sus brazos, se sintió asustada. ¿Qué había hecho? Le daba miedo la intensidad de las emociones que habían acompañado al placer físico. La conexión, la cercanía... Eran cosas que llevaba toda la vida evitando.

Se quedó tumbada unos minutos, con la cabeza apoyada en su pecho. El pánico se fue extendiendo poco a poco y se preguntó qué estaría pensando él. Probablemente se estuviera arrepintiendo. Damon Doukakis era un hombre que no perdía el control, pero lo había perdido. Y con una mujer que lo exasperaba.

Polly intentó apartarse, pero él se lo impidió.

—¿Adónde crees que vas?

—A la cama.

—Ya estás en la cama —dijo Damon haciéndola tumbarse de espaldas y obligándola a mirarlo—. En mi cama. ¿Qué ocurre? —preguntó y la besó con voracidad antes de continuar—: *Theé mou,* eres la mujer más sexy y atractiva que he conocido. ¿Qué demonios me estás haciendo?

Polly sintió el ansia en él. Ella sentía lo mismo y por eso le había sido imposible abandonar la cama. La pasión era mutua.

—Deja de jugar a ser el macho dominante.

—No estoy jugando a nada —dijo acercando su pene erecto a sus caderas—. Me deseas tanto como yo a ti.

Sí, lo deseaba. Estaba tan desesperada como él.

—Supongo que esta vez serás tú quien tome las riendas. Es lo justo, teniendo en cuenta que hasta ahora, he llevado yo la iniciativa.

Él sonrió con picardía.

—Siento decirte esto, pero no llevabas tú la iniciativa, *agape mou*.

—Te tumbé de espaldas.

—Es cierto que estaba de espaldas, pero sólo porque yo lo decidí. Te he tenido donde he querido.

Rápidamente se colocó sobre ella y se fundieron en

uno. Se detuvo un momento, dejando que sintiera lo que le estaba haciendo. Ella clavó sus uñas en la piel de su espalda mientras trataba de contener el fuego que la consumía.

Lentamente salió de ella y volvió a penetrarla. Con cada embestida, la excitación fue en aumento hasta que no pudo más y una dulce sensación los invadió. La experiencia fue tan sublime y perfecta que Polly sintió que todo su cuerpo temblaba.

Se quedó allí tumbada, sintiéndose ligeramente mareada.

Enseguida, el terror volvió a apoderarse de ella.

Emergiendo del coma inducido por el sexo, Damon se despertó y se encontró solo en la cama. A pesar de la luz de la mañana que se filtraba en la habitación, tardó unos segundos en orientarse. Las sensaciones que lo invadían le eran completamente desconocidas.

Había pasado una noche salvaje con Polly Prince.

Se cubrió los ojos con el antebrazo y maldijo entre dientes. Todo había empezado al querer demostrar su habilidad de controlar sus decisiones y sus actos.

¿Control? ¿Dónde había dejado el control durante la sesión maratoniana de sexo? Al tratar de demostrar que lo tenía, había demostrado no tenerlo. Y lo había hecho una y otra vez, hasta que se había quedado dormida sobre su hombro.

Sólo de pensarlo, volvió a tener una erección. Soltó una exclamación de frustración y se levantó de la cama, tratando de olvidar la escena de Polly dejando caer el abrigo al suelo.

Aquel striptease había sido su perdición.

Se dirigió al cuarto de baño y se metió en la ducha,

confiando en que el agua fría calmara su cuerpo y su cabeza.

Tenía que dejar de pensar y sentir.

Como si su vida no fuese suficientemente complicada ya, la había empeorado aún más. No era sólo la relación de su hermana con el padre de Polly o el hecho de que ahora trabajase para él y siempre hubiera evitado mantener una relación con una empleada. No, la verdadera complicación era que no quería tener una relación seria. No quería ser responsable de la felicidad de otra persona. Era suficiente cargar con miles de empleados y una hermana díscola.

Damon abrió el grifo de la ducha. Era consciente de que la única manera de enfrentarse a la situación era hacerlo sin más rodeos. La pregunta era si era mejor hacerlo de inmediato en el viaje de vuelta a casa o retrasar la conversación hasta llegar a Londres. Iba a ser imposible trabajar con ella y tenía claro que era una pieza imprescindible en la empresa. Sospechaba que el interés de Gérard por ella tenía que ver tanto con su imaginación creativa como por sus largas piernas.

Mientras se afeitaba y se vestía, Damon decidió posponer el momento en el que destrozara las ilusiones románticas de Polly. Después de hacer algunas llamadas a Londres y Atenas, seguía sin haber ni rastro de ella.

Apretó la mandíbula e intentó olvidarse de la sospecha de que era virgen. Mujeres vírgenes de veinticuatro años no existían, ¿no? Aunque ella se había mostrado más que dispuesta, no podía dejar de tener un sentimiento de culpabilidad. Al besarla, él había sido el que lo había iniciado todo.

Apartó aquel pensamiento y recorrió el apartamento en su busca.

No era un hombre que evitase las situaciones incómodas. Pero entonces, ¿por qué estaba dando largas al asunto?

Era hora de poner fin a algo que nunca debería de haber empezado.

La encontró sentada en el balcón, hablando por teléfono, mientras completaba una hoja de cálculo en el ordenador. Damon la estudió y comprobó que estaba animada mientras negociaba un precio con alguien al otro lado de la línea.

Cuando puso fin a la llamada, se concentró tanto en el trabajo que no reparó en su presencia. Al verla, Damon se preguntó cómo podía haberla acusado de ser una vaga. Era evidente que llevaba horas trabajando.

—¿No duermes nunca?

Ella alzó la mirada y sonrió con calidez.

—Mira quién fue a hablar. He oído que pasas una media de veinte horas trabajando.

—Soy el jefe.

—Entonces, ¿lo haces para dar ejemplo? Bueno, no importa. Me alegro de que estés aquí porque necesito hablar contigo —dijo y guardó el documento sobre el que estaba trabajando.

Damon respiró hondo, preparándose para la inevitable conversación.

Polly parecía muy contenta, como si una luz la iluminara desde el interior. Era evidente que había sucumbido a aquella sensación de fascinación que surgía al comienzo de una nueva relación. Sin duda alguna, estaba planeando su futuro en común, como solían hacer las mujeres. Y él estaba a punto de destrozar aquellos planes. Por eso era por lo que evitaba los compromisos. No se había olvidado de que el miedo de fallarle a la gente que quería era lo que había llevado a su padre al borde de la desesperación.

Empezó a sudar.

–Polly...

–¿Puedes echar un rápido vistazo a esto?

Giró el ordenador para que pudiera ver la pantalla. Llevaba el pelo recogido y un vestido morado. Boca abajo en la mesa, estaba su cuaderno rosa.

–He preparado dos propuestas con dos presupuestos diferentes –continuó Polly–. Confío en que Gérard se quede tan impresionado que no se fije en lo que cuesta. ¿Qué te parece? Lo conoces mejor que yo. Si crees que me he equivocado, dímelo. Se me ha ocurrido que podríamos hacer algo durante la Semana de la Moda y he hecho algunas llamadas.

Su dedicación al trabajo lo sorprendía.

–¿Quieres que revise el presupuesto? ¿Es de eso de lo que querías hablar?

–Sí –respondió girándose hacia la pantalla, mientras tomaba el vaso de agua que había dejado sobre la mesa–. Me gustaría mandarle esto por correo electrónico mientras siga emocionado por todo lo que hablamos anoche. Si este contrato va a reportar tanto para la compañía, no hará falta que despidas a nadie.

Damon estaba confundido. Había imaginado que la conversación versaría sobre otro asunto.

–Más tarde echaré un vistazo a tu propuesta.

–¿Podrías hacerlo ahora? Cuando vuelva a la oficina, quiero reunir al equipo y darles una charla para motivarles. Pensé que después de lo de anoche te resultaría imposible justificar algo tan serio como dejar que alguien se fuera.

–¿Después de lo de anoche? –repitió él–. ¿Crees que el hecho de que nos acostáramos va a afectar mis decisiones empresariales?

–Estaba hablando de la reunión con Gérard.

Claro, la reunión. Damon se llevó la mano a la cara, dándose cuenta de su error.

–Creo que estamos hablando de cosas diferentes.

–Creo que sí. Me refiero a los empleados. No puedo concentrarme y disfrutar de mi trabajo si tengo que estar preocupándome por posibles despidos. Quiero que eso se solucione. ¿De qué estabas hablando tú?

Damon bajó la mirada a sus labios y su cuerpo se tensó al recordar su sabor. El hecho de que estuviera pensando en los empleados y no en la noche que habían pasado juntos, lo sorprendía. Después de una noche de sexo, las mujeres querían saber qué ocurriría a continuación. Les gustaba empezar a hacer planes. Polly parecía haber asumido que ya eran pareja.

–Estás muy lúcida para no haber dormido. Creía que no te gustaba madrugar.

–Eso pensaba –dijo inclinándose hacia delante y cambiando una cifra en la hoja de cálculo–. Pero se ve que una noche de buen sexo ha hecho maravillas. Me hubiera gustado haberlo sabido antes. Lo habría hecho hace años. Seguramente es más sano que un café cargado.

Damon digirió aquellas palabras y respiró hondo.

–Así que ha sido tu primera vez...

–Me cuesta trabajar en esta campaña sin saber cuáles son tus planes.

–*Theé mou*, ¿puedes dejar de hablar de trabajo?

–Lo siento, pero esta campaña es muy importante para la compañía. Te comportas de un modo extraño, si no te molesta que te lo diga. Hace un par de días me estabas diciendo que era una vaga y que trabajara, y ahora me estás diciendo que deje de pensar en el trabajo. Me confundes.

–Me equivoqué al decir eso. Me equivoqué contigo

–dijo Damon–. Ya te pedí perdón, pero vuelvo a hacerlo.

–Yo también me equivoqué contigo. Pensé que eras un adicto al trabajo. Pero ahora mismo, cuando lo que necesito es hablar contigo de trabajo, pareces incapaz de concentrarte.

–¿Por qué eras virgen?

–¿Qué clase de pregunta es ésa? –dijo ella sonrojándose–. Supongo que porque ningún hombre me ha querido llevar antes a la cama. Y ahora, ¿podemos poner fin a esta conversación? No sé qué es lo que se suele hacer a la mañana siguiente, así que no me avergüences.

–Te expulsaron del internado con catorce años porque tenías a tres chicos en tu habitación –dijo–. Así que ambos sabemos que no eres tan inocente. ¿Cómo pasaste de vampiresa a virgen?

–Nunca dije que fuera una vampiresa. Hiciste esa suposición, junto a otras más.

–Hice esa suposición basándome en pruebas.

–Menos mal que no eres abogado –dijo y se encogió de hombros–. Veo que Arianna nunca te contó lo que pasó.

–No le pregunté. Pensé que lo mejor era olvidarnos de ese asunto.

–Sí, probablemente fue lo más sabio.

Damon comenzó a sentirse desesperado.

–Recuerdo aquel día con claridad. No diste ninguna explicación. Permaneciste con aquella mirada desafiante y dejaste que te expulsaran del internado. Ni una vez intentaste defenderte o evitar que pasara.

–Quería que pasara.

A lo lejos se oía el sonido del tráfico.

–¿Querías que te expulsaran?

–Sí, ése era el plan.

–¿El plan? ¿Me estás diciendo que lo orquestaste todo para dejar el internado? ¿Por qué querías una cosa así?

–Porque estaba siendo acosada. Había intentado poner remedio de otras maneras, pero ninguna funcionó. Así que decidí que tenía que dejar el colegio.

–¿Decidiste? ¿Y tu padre no dijo nada?

–No le pregunté. Era mi problema y yo lo resolví.

–¿No hablaste con los profesores?

–Sí –contestó mirándolo como si fuera estúpido–. Pero no sirvió de nada.

–¿Se lo contaste a tu padre?

–¿Por qué iba a contárselo a mi padre?

–Bueno, porque... –comenzó Damon, pero se quedó sin palabras–. Tenías catorce años. Era su responsabilidad acudir al colegio a solucionarlo.

–Ése no es su estilo. Siempre ha preferido que yo misma solucionara mis problemas y a mí me parecía bien. Se lo agradezco. Gracias a eso soy muy independiente. Pero me sentí culpable porque Arianna se viera mezclada en el asunto.

–¿Así que no invitaste a aquellos chicos para divertiros?

–No. Les pagué para que vinieran y se quedaran allí mientras yo bailaba en ropa interior con una botella de whisky en la mano. Enseguida, alguien avisó al director que rápidamente vino y me pilló. Era lo que habíamos planeado. Me pareció una buena solución y a los chicos no pareció importarles echarnos una mano.

–¿Por qué se mofaban de ti las otras niñas?

–Supongo que por mi padre y por su manera de llamar la atención con sus coches deportivos y sus novias rubias y jóvenes.

–¿Qué tal te fue en tu siguiente colegio?

–Muy bien. Elegí uno cerca de mi casa.

–¿Tú lo elegiste?

–Sí. Fui a ver un par de ellos y elegí el que tenía más asignaturas creativas. Pensé que me vendría bien.

–Tú... ¿Estás diciendo que elegiste tú misma el colegio? –preguntó Damon, incapaz de creer lo que estaba escuchando–. ¿Tu padre no fue contigo?

–¿Para qué? No sé por qué te sorprendes tanto.

–El acoso es un comportamiento inaceptable. Deberías haber contado con apoyo y no haber sido expulsada.

–Fue lo mejor que me ocurrió. Odiaba ese internado y Arianna también.

–¿Arianna lo odiaba?

–Sí. Creo que no tuvimos suerte con nuestras compañeras de curso. Le gustaba estar conmigo y decidió participar en mi plan.

–¿Por qué no me contasteis la verdad?

–Arianna dijo que lo haría, pero estabas tan enfadado que debió de cambiar de opinión. Mira, olvídalo. Hace tanto tiempo que no me acuerdo bien.

No la creyó. Era evidente que aquello la había dejado marcada.

–No mientas. Por una vez, quiero que me cuentes la verdad.

–La verdad es que ya no importa. Nada importa, ya lo he superado –dijo y sonrió, como si no fuera capaz de creerse sus propias palabras–. He dicho esas palabras un millón de veces y nunca me las he acabado de creer. ¡Pero esta vez sí! De verdad lo he superado –añadió y se puso de pie de un salto–. ¿Tienes idea de lo bien que me siento?

Se había acercado a él y lo había tomado por las solapas del abrigo. Al verla tan contenta, Damon tuvo que contenerse para no llevársela a la cama.

–Ahora entiendo lo mal que lo has pasado. Me he hecho con la compañía de tu padre y no me he mostrado muy amable que digamos.

Le había complicado la vida y estaba a punto de empeorar las cosas aún más diciéndole que lo suyo había terminado, que fuera lo que fuese que había habido entre ellos, nunca volvería a repetirse.

–Entiendo que estuvieras preocupado por tu hermana. No te preocupes –dijo y bostezó a la vez que se estiraba–. Arianna tiene mucha suerte de tenerte. Hiciste un gran trabajo criándola –añadió, mirándolo con admiración–. No sé cómo lo conseguiste. Ningún chico de dieciséis años es capaz de cuidar de sí mismo, mucho menos de otra persona. Mi padre se asustó cuando mi madre se fue y me dejó a su cargo. Aunque no me acuerdo porque tan sólo tenía dos años.

–¿Cuánto tiempo tardó tu padre en volver a casarse?

–Muy poco. Mi padre es un desastre y no se le da bien estar solo. En cuanto termina una relación, busca otra pareja. De pequeña lo aceptaba mejor, pero cuando empecé a ir al instituto...

Damon reparó en su propio comportamiento y no le gustó. Se acercó hasta el balcón y se quedó mirando el tráfico de las calles de París.

–Eres una mujer muy brillante. ¿Por qué no fuiste a la universidad?

Polly no contestó. Damon se giró para mirarla y vio en ella una sonrisa forzada.

–Pasé mi infancia yendo a las oficinas de Prince Advertising. Aquella gente era como mi familia. Después de las clases, prefería ir allí en vez de a una casa vacía. Solía ayudar a Doris Cooper repartiendo el correo y el señor Foster, de contabilidad, me ayudaba con mis deberes de matemáticas. Cuando cumplí dieciocho años, me di cuenta de que la empresa era un desastre y de que podía echar una mano y devolverles la amabilidad que siempre me habían ofrecido. Siempre estaban preocupados por perder el trabajo y no quería que eso ocurriera.

—Mis fuentes me han dicho que el señor Foster no lo está haciendo demasiado bien.

—Porque el consejo nunca invirtió en formación —replicó, defendiendo a su colega—. Tan sólo necesita ayuda con las hojas de cálculo. He estado ayudándolo porque gracias a él se me dieron muy bien las matemáticas. Pero no puedo dedicarle demasiado tiempo.

—Lo imagino, teniendo en cuenta que tú sola llevas la compañía.

—No te burles de mí.

—*Theé mou*, si te aseguro que nadie va a perder su trabajo, ¿podemos hablar de algo que no sea trabajo? —dijo y se pasó la mano por el pelo—. Polly, tenemos que hablar de lo que va a pasar a partir de ahora.

—Bueno, si dices en serio lo de no despedir a nadie, entonces descolgaré ahora mismo el teléfono para decirles a todos que...

—¡Polly!

—¿Qué? No me dirás que estabas bromeando, ¿verdad? Porque eso sería muy cruel.

—No estoy bromeando. Todos mantendrán su empleo.

—¿De veras? —dijo emocionada y se abrazó a él, sin dejar de bailar en el sitio—. Muchas gracias, retiro todo lo malo que he dicho de ti.

Damon se apartó de ella antes de que repitiera los errores que había cometido la noche anterior. Al hacerlo, vio que unas lágrimas rodaban por sus mejillas.

—¿Por qué estás llorando?

—Estoy muy contenta. No tienes ni idea... –dijo, pero se detuvo cubriéndose el rostro con las manos–. Sabía lo mal que iba todo, pero no sabía cómo resolverlo. Lo siento, pero esa gente ha formado parte de mi vida desde que era una niña.

Conmovido por una emoción que nunca antes había sentido, Damon la abrazó.

—Será mejor que dejes de llorar.

—Lo siento –dijo Polly sacando un pañuelo y sonándose la nariz–. Bueno, no te preocupes. Hoy eres mi héroe. Muchas gracias. ¿Podemos volver a Londres ahora mismo? Quiero contárselo a todos.

Damon se preguntó si Polly ya habría llevado sus cosas a su ático.

—Polly, tenemos que hablar de lo que pasó anoche.

—¿De qué tenemos que hablar? Ambos sabemos lo que ocurrió y por lo que a mí respecta, no hay nada de qué hablar.

—¿Así que eso es todo? ¿Tuvimos una noche de sexo apasionado y pretendes olvidarlo?

—Sí. Preferiría que nadie se enterara para evitar comentarios y estoy segura de que tú quieres lo mismo. Así que olvidémoslo.

¿De veras pretendía que lo olvidara?

—Polly...

—Anoche me besaste para demostrar tus razones y yo te besé para demostrar las mías. Las cosas se nos fueron de las manos.

—¿Me estás diciendo que no sabías lo que estabas haciendo?

—¡Por supuesto que sabía lo que estaba haciendo! –exclamó ella y se encogió de hombros–. Nos acostamos, ¿y qué? Estamos en el siglo XXI. No le afecta a nadie más que a nosotros y usamos protección. ¿Cuál es el problema?

–Nunca antes habías hecho el amor.

Su teléfono vibró y lo tomó para leer el correo electrónico que le había llegado.

–Bueno, hay una primera vez para todo. Tampoco había estado en París antes. ¿A qué hora volvemos a casa?

Sorprendido por su respuesta, Damon no contestó a su pregunta.

–¿No tienes intención de repetir la experiencia?

–¿De volver a París?

–De hacer el amor.

–Probablemente, sí –dijo guardando el cuaderno y el bolígrafo en el bolso.

Molesto por su indiferencia, Damon la agarró y la atrajo hacia él.

–¿Pretendes hacerme creer que no sentiste nada?

–No, claro que no. ¿Qué te pasa?

–Anoche pasamos siete horas haciendo el amor.

–No hace falta que me lo cuentes. Estaba allí.

El hecho de que quisiera olvidarse de algo tan increíble lo irritaba tanto como lo había hecho hasta unos minutos antes la idea de prolongar su relación. Sabía que no estaba actuando con lógica y eso lo enfurecía aún más.

–¿Quieres olvidarlo?

–¡Por supuesto! Ya te has tenido que dar cuenta de que soy un desastre en las relaciones. Y tú tampoco eres muy bueno que digamos. Así que está bien. Voy a recoger mis cosas mientras tú lees mi propuesta –dijo ella dándose media vuelta para dirigirse a su dormitorio–. Estoy muy contenta de que no vaya a haber despidos.

Sin palabras, Damon se quedó mirándola. Estaba

contenta porque sus compañeros no iban a ser despedi-
dos, no porque hubieran pasado una noche de sexo.

Quería olvidar lo que había pasado. Al parecer, no
se había hecho ilusiones. Para ella, sólo había sido una
aventura de una noche. Nada había pasado.

D E VERAS ha aceptado ese presupuesto? –preguntó Debbie, dejándose caer en la silla y abanicándose con la mano–. Eso es increíble. Eres un genio.

–A Gérard le gustaron mis ideas.

–Espero que Damon se quedara impresionado y que se arrastre para pedirte disculpas.

Sin levantar la vista, Polly revisó su lista de cosas por hacer.

–No es tan despiadado. Es bastante considerado. Está preocupado por su hermana –dijo y al ver que Debbie no decía nada, levantó la cabeza–. ¿Qué?

–Lo siento, pero ¿no es un tanto extraño? Hace dos semanas era un lobo dispuesto a comernos a todos.

Polly sintió que se ruborizaba y rápidamente se dio la vuelta.

–Ha asegurado los puestos de trabajo de todos.

–¿Vas a contarme lo que de verdad pasó en París? Han pasado dos semanas y no has contado nada.

–Te dije que fue una reunión de trabajo muy productiva.

–Es evidente, pero no me estaba refiriendo a la reunión.

–La torre Eiffel es muy bonita por la noche.

–De acuerdo, dejemos de dar rodeos y vayamos al grano –dijo Debbie cruzándose de brazos y rodeando la mesa de Polly para verle la cara–. ¿Te besó?

Polly sintió que se quedaba sin respiración. Llevaba dos semanas intentando no pensar en lo que había pasado en París, especialmente en los besos de Damon.

—Olvídalo.

—Así que te besó.

—Polly, he conseguido un precio estupendo para los anuncios en televisión —dijo Kim, apareciendo con el bebé en un brazo y el teléfono móvil en la otra mano—. Te mandé un correo electrónico.

Aliviada por la interrupción, Polly alargó los brazos para tomar al bebé.

—¿Otra vez te ha fallado la niñera? No puedo creer lo que ha crecido en dos semanas.

—Siento haberle tenido que traer. Me hubiera quedado en casa trabajando, pero tenía que terminar algunos detalles de la campaña. A Sam no le importa.

Polly besó al pequeño en la cabeza.

—A él puede que no, pero tengo la sensación de que al jefe sí. Tenemos que acostumbrarle a estas cosas poco a poco o le dará un infarto. Casi le da con las plantas y los peces. Cuando se entere de que has traído a Sam al trabajo, va a tener que poner a prueba su paciencia.

—No se enterará. Damon se fue a Nueva York hace dos semanas y no se la ha visto desde entonces.

Polly quiso preguntarle por qué lo sabía, pero vio que Debbie estaba impaciente por continuar su conversación. Si se mostraba interesada, se quedaría en evidencia. Hubiera preferido saber que no estaba en el país. No hubiera tenido que pasar las dos últimas semanas pendiente de que apareciera por la puerta.

—Quizá estuviera en Nueva York —murmuró Debbie—, pero ya no lo está. Acaba de entrar por la puerta. Y tienes un bebé en brazos.

Polly sintió que se ruborizaba. Su corazón empezó a latir con fuerza.

–¿Por qué ha tenido que elegir este momento para venir a vernos? Kim, deprisa, llévate a Sam a una de las salas de reuniones. Cuando se vaya Damon, iremos a buscarte.

A pesar del pánico, se sintió excitada ante la idea de volver a verlo. Esa sensación la asustaba. Al acercarse a él, lo único que deseaba era abrazarlo.

–Hola. ¿Qué tal tu viaje? ¿Has hablado con Gérard? Me ha llamado esta mañana. Tengo noticias estupendas.

Polly se dirigió presurosa hacia la puerta para mantenerlo alejado de Kim y del bebé, pero él avanzó con paso firme, decidido a mantener aquella conversación en mitad de la oficina.

–Me llamó hace cinco minutos. Enhorabuena. Ha aceptado el presupuesto más alto. Y quiere encargarnos las campañas de otras marcas. Felicidades. Acabas de pescar un buen ejemplar en el mundo del marketing. La única condición es que quiere que dirijas al equipo. Teniendo eso en cuenta, pensé que había llegado el momento de definir tu puesto en la compañía. Creo que una asistente ejecutiva no debería estar asesorando a un vicepresidente.

–Entonces, será mejor que me nombres presidente. Así podré darte órdenes.

No quería admitir lo contenta que estaba de volver a verlo. Estaba a punto de preguntarle qué más le había contado Gérard, cuando escuchó un llanto lejano. Polly se quedó horrorizada.

–¿En qué puesto estabas pensando? –dijo levantando la voz–. Me parece bien lo que se te ocurra.

–¿Por qué estás gritando?

–Porque estoy muy contenta de que Gérard se haya

decantado por el programa más ambicioso –dijo sin dejar de oír los llantos del bebé–. ¿Podemos hablar de esto en tu despacho? Creo que esta conversación debería ser privada.

–¿Quieres ir a algún sitio más privado?

Polly sintió que el corazón se le desbocaba ante la perspectiva de tener que estar a solas con él. Pero ¿qué otra opción tenía? No quería que averiguara que Kim había llevado a su bebé a la oficina.

–Por supuesto. Hay algunas cosas que son confidenciales –dijo y se dirigió a la escalera sin darle oportunidad de responder.

Al ver que la seguía, suspiró aliviada.

Cuando llegaron al despacho de Damon, Polly saludó a la secretaria.

–Hola, Janey, tus plantas tienen muy buen aspecto.

–Dan alegría al entorno. Gracias por las recomendaciones. ¿Quiere café, señor Doukakis?

Incrédulo, Damon se quedó mirando las plantas.

–¿De dónde han salido?

–Las encargué y acaban de llegar –respondió Janey–. Me gustaban las que tenía Polly en su planta y me dijo cuáles comprar.

–Relájate, Damon. Unas cuantas plantas no van a estropear el ambiente de tu oficina megaeficiente.

–Lo próximo es que vas a pedirme que incluya a los peces como equipamiento básico de oficina.

–No creo.

Polly se preguntó si le estaría resultando la conversación tan dura como a ella. Estaban hablando de plantas y peces cuando lo que de veras quería saber era por qué había vuelto y si la había echado de menos.

–Los peces son diferentes. Requieren cuidados específicos.

–Estaba siendo irónico.

–Lo sé, pero te pones tan serio que te he seguido la corriente. Las plantas no te molestarán, Damon. No son carnívoras. Ahora, respecto a ese ascenso... –dijo y se sentó en una de las sillas–, espero que me des un despacho enorme de cristal y muchas secretarias zalameras.

–No lo pasarías bien en un despacho. Necesitas estar rodeada de gente y de ruido.

El hecho de que estuviera empezando a conocerla tan bien, le resultaba incómodo.

–De acuerdo, nada de despachos ni de secretarias. Parece que lo hayas estado haciendo todo tú sola. No hay duda de que eres muy creativa, pero también eres muy organizada y no quiero ponerte límites –dijo sentándose al otro lado de su mesa.

Polly lo recordó haciéndole el amor y se revolvió en su asiento.

–Me parece bien lo que tú quieras. No me llaman la atención los títulos y ese tipo de cosas. Lo que me gusta es hacer bien mi trabajo.

Ahora que estaba frente a él, no podía parar de pensar en el sexo. Tenía la impresión de que él estaba teniendo el mismo problema.

–Tienes que relacionarte con los clientes porque tienes un don para la comunicación. Así que propongo nombrarte directora de campaña y te encargo la campaña de High Kick Hosiery. Y ya es hora de que tengas un sueldo decente –dijo y nombró una cifra.

Polly se sintió al borde del desmayo.

–Eso es mucho.

–Es un poco más alto de lo que se está ofreciendo en el mercado, pero no me gusta perder a nadie por dinero.

–Eso es estupendo, pero no vas a perderme –dijo y

en cuanto reparó en el doble sentido de sus palabras, añadió–: Me refiero al trabajo, evidentemente.

–También quiero que eches un vistazo a esto –dijo empujándole una carpeta–. He pensado que esto te interesaría.

Sorprendida, Polly abrió la carpeta. Dentro encontró información sobre un máster en Administración de Empresas. Por un momento se quedó sin respiración. Con las manos temblando, fue pasando páginas.

–He solicitado este curso...

–Lo sé, todos los años durante los últimos cuatro. Me lo contaron cuando solicité la información.

–¿Hablaste con ellos?

–Quise asegurarme de que te admitirían si decidías hacerlo.

–¿Me estás preguntando si quiero hacer un máster en Administración de Empresas? ¿Ya no quieres que trabaje para ti?

–Sólo he dicho que no quiero perderte. Así que trabajarás a la vez que estudias. De esa manera, trabajarás para mí y te tomarás tiempo libre siempre que lo necesites.

–¿Dices que podré estudiar y seguir trabajando?

–Quizá requiera mucho esfuerzo y decidas no aceptar.

–¿Por qué? ¿Porque sigues creyendo que soy una vaga? –dijo con tono de humor–. No tengo una licenciatura para poder acceder al máster.

–Han tenido en cuenta tu experiencia laboral para aceptarte. Quizá tengas que hacer un par de exámenes para acceder.

Damon había dedicado tiempo a elegir cursos para ella. Parecía demasiado bueno para ser realidad.

–Tampoco puedo permitírmelo.

–La empresa lo costeará. Nos beneficiaremos de todos esos conocimientos.

–¿Por qué? –preguntó sintiendo que el nudo de su garganta se hacía más grande–. ¿Por qué ibas a hacer algo así por mí?

–Porque vas a trabajar aquí una larga temporada y tienes que ir haciéndote un plan de carrera.

Polly no sabía si reír o llorar.

–Siempre pensé que eras un griego tradicional para el que el lugar de la mujer está en la casa, cuidando hijos.

–Soy tradicional. No tengo inconveniente en que una mujer haga eso si es lo que quiere. Pero también soy un astuto hombre de negocios. Me gusta contratar a los mejores y te quiero en mi compañía. Me gusta cómo trabajas, pero sé que siempre has querido hacer esto y por eso, deberías hacerlo.

Polly se puso de pie, temiendo romper a llorar.

–Si te parece bien, voy a llevarme esto y a leerlo.

–Siéntate. No he terminado.

Polly se sentó. Seguía abrumada por lo que le estaba ofreciendo.

Damon permaneció en silencio unos segundos, tamborileando con los dedos en la mesa mientras la miraba.

–Esta noche tú y yo vamos a salir.

–¿Cómo? –dijo tratando de mostrarse profesional–. ¿Tenemos una cena de negocios?

–No es de negocios, es una cita. Puedes dejar el cuaderno en casa.

–¿Me estás pidiendo salir?

–Sí.

–Trabajo para ti –respondió sintiendo que su corazón se aceleraba.

–No me importa. Por una vez, voy a hacer lo que quiero sólo porque quiero.

–Oh. Así que no tiene que ver con los negocios ni nada por el estilo, ¿no?

–Así es. Siempre me estás diciendo que me lo tomo todo muy en serio.

–Bueno...

–¿Es eso un sí?

–Sí. ¿Adónde iremos?

–A un sitio especial.

–Así que no me puedo poner mis medias de flamenco.

–Vamos a ir a bailar. Te recogeré a las diez.

–¿A bailar? –dijo Polly, poniéndose de pie y dirigiéndose a la puerta.

–Ah, una cosa más, Polly. Respecto a ese bebé que escondes en la oficina...

–¿Bebé? –repitió Polly, quedándose de piedra–. ¿Qué bebé?

–Dile a Kim que vamos a organizar un servicio de guardería, así que ya puede ir despidiendo a esa canguro. Sé que el bebé estaba en tu despacho el día que despedí a los miembros del consejo. Me han dicho que Kim es muy buena en lo que hace y voy a pasarla al departamento de prensa.

–¿Te encuentras bien? –preguntó Polly.

–Nunca me he encontrado mejor, ¿por qué?

–Porque estás siendo muy razonable. Hace un par de semanas, nos hubieras despedido a todos por tener a un bebé escondido en la oficina.

–Kim es muy eficiente y despedirla pondría en riesgo las campañas que has conseguido. Además, sé cuándo tengo que darme por vencido.

–Eso es estupendo. Gracias. Tenemos unas cuantas madres en el equipo y les gustará lo de la guardería.

–Por cierto, puedes dejar de ayudar al señor Foster.

Mañana va a empezar un curso. Ah, y nada de comprar más plantas a mi secretaria. Este sitio está empezando a parecer una selva.

—Es difícil vestirse para salir sin saber adónde vas —dijo Polly cubriéndose con el abrigo en el asiento trasero del coche de Damon—. ¿Y si me he puesto algo no adecuado?

Estaba sentada junto a él y sus brazos se rozaban.

—Quítate el abrigo y te lo diré —dijo él, enarcando las cejas.

—No me lo quito para que no me digas que llevo algo inapropiado.

—Al menos, prométeme que llevas algo debajo.

—Más o menos.

—Tengo la sensación de que debería haber preparado la cena en mi casa en vez de llevarte a un sitio público —dijo y la tomó de la mano.

Polly no sabía qué estaba pasando esa noche. Tenía la impresión de que no se le daban bien las relaciones, al igual que a ella. Llevaba dos semanas sin saber nada de él y había pensado que eso era algo bueno.

—Siento que no dieras con mi padre y tu hermana en París. Arianna es muy afortunada de tenerte —dijo, entrelazando los dedos con los suyos—. Aquel día en el internado sentí mucha envidia de Arianna.

—¿Porque su hermano la regañara?

—Porque su hermano se preocupara lo suficiente como para ir al colegio.

—No tenía ni idea de que estuviera siendo acosada. No sabes cuánto siento no haberme enterado.

—Siempre estuviste ahí para ella, eso es lo más importante —dijo y separó la mano—. Bueno, ¿y adónde vamos esta noche?

–Inauguran una discoteca. Sólo se puede asistir con invitación.

–¿Firebird? He leído mucho de ese sitio. Tiene muy buena pinta. El suelo de la pista de baile es de cristal y las paredes simulan llamas. Hay un montón de celebridades deseando alquilarla. ¿Te han invitado?

–Sí –contestó mirándola de manera extraña.

–Eso es impresionante. He leído que es prácticamente imposible estar en la lista de invitados. Intentamos ofrecer nuestros servicios sólo para conocer el sitio –dijo Polly y se echó hacia delante para ver a la multitud congregada–. Estoy deseando contárselo a todos. Van a ponerse muy celosos. No sabía que te gustaran las discotecas. Estoy descubriendo muchas cosas de ti. ¿Ésos son fotógrafos? La última vez que los tuve cerca, me llevé un buen golpe.

–Por eso he venido con mi equipo de seguridad.

–Si van a hacer fotos, voy a quitarme el abrigo –dijo Polly y se lo quitó–. No me mires así.

–Estás espectacular –dijo estudiando su diminuto vestido dorado. ¿Llevas medias de Gérard?

–Dijiste que íbamos a bailar, así que decidí llevar las piernas desnudas. ¿Vas a quedarte ahí mirándome o vamos a entrar?

En cuanto Damon salió del coche los flashes estallaron a su alrededor. La tomó de la mano y con paso firme caminó con ella hasta la entrada de la discoteca. Los miembros de seguridad alejaron a los periodistas, que les hacían preguntas a gritos.

–No sé por qué tienen tanto interés en saber con quién sales. Hay cosas más importantes en el mundo –dijo Polly al entrar en la discoteca–. Me apetece bailar –añadió al oír la música.

–Me alegro. Tomemos antes una copa.

–¿Necesitas alcohol antes de bailar?

Resultó que no. Ver bailar a Damon era un espectáculo que la hizo pensar en sexo y en lo que estaba por venir.

Polly se dejó llevar al ritmo de la música y seguía sonriendo cuando volvieron a su mesa.

Cada poco tiempo, alguien se acercaba a saludar a Damon y Polly se preguntó por qué atraía tanta atención allí donde fuera.

–Hay gente muy famosa aquí y todos se acercan a saludarte –dijo uniendo su copa de champán a la de él–. ¿Por qué quiere todo el mundo hablar contigo?

–Porque soy el dueño de este sitio y quieren hacerme la pelota. ¿Seguimos bailando?

–¿Eres el dueño de la discoteca?

–Ya te lo dije, me gusta diversificar las inversiones.

–Así que aquí eres el jefe también. Allí donde vas, eres el jefe. ¿Alguna vez no has estado al mando?

–Hace poco pasé una noche increíble con una mujer en París –susurró junto a su oído–, y durante unos segundos perdí el control.

–Pensé que habíamos quedado en olvidar eso.

–He cambiado de opinión.

Polly lo miró a los ojos y luego a la boca. El deseo de besarlo era tan poderoso que a punto estuvo de olvidarse que estaban en un lugar público.

–Todo el mundo nos está mirando.

–Entonces, es hora de marcharnos –dijo Damon, poniéndose de pie y ofreciéndole su mano.

De camino a casa, Polly soportó la agonía del deseo que sentía y en cuanto llegaron al ático, Damon le quitó el vestido. Con la misma impaciencia, ella le arrancó la camisa.

–Te deseo –dijo Damon levantándola en sus brazos para que lo rodeara por la cintura con las piernas.

Estaba tan ansiosa después de verlo bailar durante toda la velada, que enseguida arqueó las caderas. Damon la tomó por los muslos y la penetró lentamente, haciéndola gritar su nombre. Al sentirlo dentro, se quedó inmóvil y cerró los ojos, disfrutando de la intensidad del placer.

Se besaron como salvajes, mordiéndose y chupándose con desesperación, perdiendo el control ante el deseo que los embargaba.

Damon alcanzó el orgasmo pocos segundos después que Polly y, por lo que pareció una eternidad, ninguno de los dos se movió.

Luego, Damon la dejó en el suelo.

—Lo siento, la habitación estaba muy lejos.

Polly estaba aturdida. Se sentía como una diosa.

—No tienes por qué disculparte...

—Será mejor que vayamos antes de que vuelva a pasar...

La tomó en brazos y la llevó al dormitorio. Mientras lo hacía, Polly se dio cuenta de que le gustaba que otra persona llevara el control. Su último pensamiento coherente antes de que la besara fue que no quería que nunca terminara.

Al amanecer, Polly se sentó con cuidado de no despertarlo, pero una mano fuerte tiró de ella y la hizo tumbarse de nuevo.

—¿Adónde crees que vas?

—A casa.

—No, vas a dormir aquí conmigo —dijo Damon, acariciándole el pelo antes de besarla.

Tenía que irse, pensó, pero él la rodeó con su brazo y la atrajo hacia él.

Se sentía muy bien y era esa sensación la que la asustaba. Siempre había evitado aquella clase de situaciones. Se había protegido de esas emociones porque sabía lo frágiles que eran las relaciones. Había crecido viendo cómo las relaciones de su padre fracasaban una y otra vez.

Pero con Damon...

Confundida ante aquellos sentimientos, se quedó quieta entre sus brazos. Él la miró, dándose cuenta del cambio que se había producido en ella.

—¿Qué pasa?

—Nada.

—No me mientas. Sé cuándo me ocultas algo. Dime qué va mal y lo arreglaré —dijo con voz sensual y la tomó de la nuca para hacerle apoyar la cabeza en su hombro.

Una sensación de calidez se apoderó de Polly. La hacía sentirse la mujer más sexy del mundo. Además, se mostraba protector con ella, lo que era una experiencia completamente nueva.

¿Acaso estaba mal disfrutar del hecho de que alguien velara por ella?

Damon se acercó, pero antes de besarla su teléfono vibró.

—Lo siento, no es el momento más oportuno, pero tengo que atender el teléfono. Espero una llamada de Atenas —dijo molesto por la interrupción.

Polly permaneció tumbada con los ojos cerrados y una mano sobre el pecho de Damon. Estaba intentando comprender cómo la hacía sentir. Después de una noche sin dormir, su voz sonaba sensual, sobre todo al hablar en griego.

De pronto, se puso serio y se levantó de la cama.

—¿Adónde vas? —preguntó Polly.

—Quédate aquí y pase lo que pase no salgas.

Polly observó embelesada cómo se le marcaban los músculos de la espalda mientras se vestía. Deseó rodearlo con sus brazos y llevárselo de nuevo a la cama. Era el hombre más sexy que había visto y el sexo con él era la experiencia más asombrosa de su vida.

—Vuelve a la cama. El trabajo puede esperar.

—Tengo que ver a alguien —dijo sin mirarla—. Quédate ahí. Enseguida vuelvo —añadió y la besó.

Polly sintió curiosidad por saber por qué se había puesto tan serio. Poco después, oyó voces en el salón, que fueron subiendo de tono.

Preocupada, se levantó de la cama y se puso el vestido dorado que estaba en el suelo, donde Damon lo había dejado la noche anterior. Luego, se fue al salón.

Damon estaba de espaldas a ella, en una postura claramente desafiante. Descalza, caminó sin hacer ruido por el suelo de madera hasta que por fin vio a la otra persona.

Se quedó tan sorprendida, que no pudo moverse. Ninguno de los hombres se había dado cuenta de su presencia, concentrados en su conversación.

—¿Papá? —consiguió decir por fin—. ¿Qué demonios estás haciendo aquí?

Capítulo 9

PODRÍA preguntarte lo mismo. Ya veo que los rumores son ciertos –dijo su padre antes de girarse hacia Damon–. ¿No tienes escrúpulos? Te debería de haber bastado con mi compañía, pero no, tuviste que seducir a mi hija para vengarte.

Polly quiso acercarse a su padre, pero su cuerpo parecía atrapado en cemento. No podía moverse. No se le había ocurrido que Damon podía haberla seducido debido a la relación de su padre con Arianna.

Justo en aquel momento fue capaz de encontrar la palabra que describía sus sentimientos: amor.

Se había enamorado de Damon. Su cabeza le decía que era imposible en tan poco tiempo. Aunque quizá no fuera así. Él siempre había estado ahí. Era el hermano mayor de su amiga.

–¿Se atreve a venir a mi casa y pretender que le preocupa su hija? Hace semanas que no se ha molestado en ponerse en contacto con nadie –dijo Damon y avanzó un paso hacia el hombre–. Es un cobarde. Se ha escondido en lugar de dar la cara. Ya que está aquí, compórtese como un hombre y asuma la responsabilidad de sus decisiones.

Sin poder salir de su asombro, Polly vio como el rostro de su padre enrojecía.

–Escúchame bien, no soy ningún cobarde. No te tengo miedo.

–Pues debería tenerlo. Dejó sus negocios sin pensar en el futuro de sus empleados, al igual que hizo con su hija.

–No la abandoné. Polly no es ninguna niña. Es muy capaz de cuidarse ella sola.

–La dejó a su suerte con esos impresentables consejeros a quienes se les podría demandar por apropiación indebida de los fondos de la compañía, por no mencionar además acoso sexual. Y lo que es peor, la dejó sola ante mí, sin el apoyo de nadie.

Dividida por su amor hacia los dos hombres, Polly dio un paso al frente.

–Damon, es suficiente.

–¿Era ése su plan? –preguntó Damon, ignorándola–. En vez de comportarse como un hombre, dejó a su hija sola confiando en que el león no atacara, ¿verdad? ¿Acaso reniega de sus responsabilidades como padre?

–Polly hace muy bien su trabajo y se le da bien tratar a otras personas...

–Tan sólo tiene veinticuatro años –estalló Damon–. No tiene un ápice de maldad y la dejó a su suerte para que alguien como yo me la comiera viva.

–No pensé que fueras a hacerle daño.

–Me da asco. ¡Fuera de mi casa!

–Espera un minuto. Polly no está indefensa. Es fuerte.

–No le queda más remedio que serlo. ¿Cuándo la ha apoyado? ¿Cuándo ha estado ahí por ella?

–Le di un hogar cuando su madre se marchó.

–No diga más si quiere salir como entró –dijo Damon.

–¡Dejadlo ya! –exclamó Polly, interponiéndose entre los dos hombres–. Es suficiente –añadió, consciente de que Damon tenía razón–. Papá, ¿dónde está Arianna?

–Está en casa. Ahora es su hogar. Nos hemos casado

en secreto porque ambos sabíamos que él –dijo y señaló a Damon– nos lo impediría.

–¿Casado?

–Cuando quiero a una mujer, no quiero que sea tan sólo un trofeo sexual como hace él –dijo mirando a Damon–. Ha estado con muchas mujeres, pero no se ha casado con ninguna de ellas. ¿Qué dice eso de él?

–Que sé distinguir entre sexo y amor, y que tomo las decisiones con la cabeza.

–Será mejor que te vayas, papá –intervino Polly, temiendo que Damon perdiera el control.

–Sin ti no me voy.

–Polly se va a quedar aquí conmigo. Ahora es mía.

Era una declaración de posesión y Polly se quedó de piedra, conteniendo las lágrimas. ¿Qué otra explicación había? Damon le había dejado claro que no quería una relación. Sabía que no había nada que pudiera herir más a su padre que elegir a Damon en vez de a él.

–Espera, voy a vestirme.

Damon se giró lentamente, con una expresión de incredulidad en su cara.

–¿Te vas con él?

–No tengo otra opción –contestó sin apenas respiración–. Es mi padre.

–Claro que la tienes. *Theé mou,* dime que no te has creído lo que ha dicho.

Ni siquiera se lo había cuestionado.

La hostilidad de Damon hacia su padre era patente y le estaba costando un gran esfuerzo reprimir las lágrimas.

Los dos hombres que más amaba estaban enfrentados y no había manera de poner paz entre ellos, sobre todo después de que su padre se casara con Arianna. Damon nunca podría perdonarlo.

–Será mejor que me vaya. Damon, nos veremos el lunes en el trabajo –dijo aturdida.

Se hizo un largo silencio. Damon se quedó mirándola sin decir nada.

–No tienes que darme explicaciones sobre tu horario. Desnuda y en mi cama, soy tu amante y no tu jefe.

La frialdad con la que dijo aquellas palabras le dolió.

–Deberíamos irnos, Polly –le dijo su padre.

Asolada, se dio la vuelta y se fue al dormitorio, intentando no pensar en la inmensa felicidad que había sentido hasta hacía apenas unos minutos. Tratando de mantener la compostura, recogió los zapatos, el bolso y el abrigo, y volvió al salón. Allí, sólo vio a su padre.

–¿Dónde está Damon?

–Se ha ido. Ese hombre es muy inestable. Será mejor que te olvides de él, Polly. Vámonos.

Al llegar a su casa, Polly se sentía derrotada. Lo único que quería era encerrarse en su habitación, pero sabía que eso no le serviría de nada.

Ajeno a su dolor, su padre se puso a contarle su boda en el Caribe. La historia se repetía: una mujer nueva, una relación nueva. Debería de estar acostumbrada ya, pero esta vez era diferente y no sólo porque Arianna fuera su amiga.

–¿Estás enfadada conmigo, Polly? –preguntó Arianna–. Va a ser extraño ser tu madrastra, pero nos acostumbraremos a la idea. Sé que estás enfadada con Damon, pero así es. No hace falta que tengamos contacto con él.

–Trabajo para él. Tengo que verlo.

–Puedes buscar otro trabajo –dijo su padre, tratando de animarla–. Yo mismo te daré un empleo.

–No, gracias. Me gusta el trabajo que tengo ahora. Damon es un buen jefe. Todo este asunto podía haber terminado de manera muy diferente. Todos podían haber perdido su empleo y... No importa –añadió, demasiado cansada para discutir.

–Has pasado unas semanas terribles. Créeme, nadie conoce mejor a Damon que yo. Sé lo que es sentir su aliento en el cogote, mientras revisa todo lo que haces. Es un maniático del control.

–Lo cierto es que lo hace porque se preocupa por ti. Piensa en tu bien y quiere que seas feliz. Cree que su deber es protegerte y ha hecho un gran sacrificio personal. Así que quizá deberías empezar a ver las cosas desde su punto de vista. ¿Por qué demonios no lo llamaste? Ha estado muy preocupado.

–¿Por qué lo defiendes? –preguntó Arianna, intercambiando miradas con su marido–. Polly...

–Me voy arriba a trabajar –dijo Polly, sorprendida por su necesidad de defender a Damon–. Tengo cosas que hacer y quiero mantener mi empleo, a pesar de lo desastre que pueda ser mi vida personal.

Sabía que a pesar de lo que había pasado entre ellos, Damon no permitiría que lo personal se interpusiera a lo profesional. Sabía que su puesto de trabajo no corría peligro.

En la intimidad de su habitación, se echó sobre la cama, sintiendo un gran vacío. Le costaba creer que el día anterior había estado celebrando su ascenso y el sueño de su vida de que por fin iba a obtener un título. En aquel momento, no le quedaba ni rastro de aquella felicidad.

Asustada por lo mal que se sentía, trató de entrar en razón. Había hecho todo lo que tenía que hacer. Nadie había sido despedido. Gracias a Gérard, había entrado trabajo y dinero en la empresa y Damon se había dado cuenta por fin de cuál era su papel en ella.

Debería sentirse orgullosa y aliviada.

Pero nada de aquello le parecía importante en ese momento. En vez de sentirse vencedora, sentía que lo había perdido todo.

El lunes, se sintió tentada de no ir a trabajar.

—No vayas —le dijo su padre—. Quédate en casa y apaga el móvil.

—Tengo un trabajo, papá, y muchas responsabilidades. Acabamos de conseguir una gran campaña y estoy a cargo de ella. Disculpa, no quiero llegar tarde.

De camino al trabajo, pensó que quizá Damon pasara todo el día reunido. Tal vez hubiera encontrado una razón para viajar a Nueva York o a Atenas. No sabía que sería peor, si verlo o no.

En cuanto entró en la planta de su oficina, sintió que el ambiente era diferente.

—Buenos días, Polly —le saludó Debbie—. Tienes el café y la magdalena en tu mesa.

—Gracias —respondió sonriendo—. Quiero tener una reunión con el equipo a las once para preparar la campaña de High Kick Hosiery. ¿Puedes avisar a los demás?

—Claro, pero te acaban de llamar. Te necesitan en contabilidad en la planta décima.

—¿Para qué? —preguntó dejando el bolso sobre la mesa.

—No tengo ni idea, tan sólo sigo instrucciones. Y hay muchas que seguir.

Tras ese misterioso comentario, Debbie salió, dejando a Polly con la sensación de que algo estaba pasando. ¿Se habrían enterado todos de lo que había pasado entre Damon y ella?

Al abrir las puertas de la planta décima, se quedó sorprendida al ver que se había transformado en una réplica de la suya. Había fotografías en las mesas, además de otros objetos personales.

Asombrada, Polly se giró hacia la mujer que tenía más cerca.

—¿Qué ha pasado aquí?

—¿No le llegó el correo electrónico? Nos han autorizado a personalizar las oficinas. ¿No es una idea estupenda? Estaba cansada de tener que andar cambiando de mesa cada día. Tenía que dejar los libros en el maletero de mi coche. No sé quién lo habrá convencido de que cambie de opinión, pero debe de ser un genio.

—Sí, claro —dijo Polly sonriendo.

Antes de que pudiera decir nada más, su teléfono sonó. Era Jenny, la secretaria de Damon.

—Hola Jenny —dijo al contestar.

—El jefe quiere hablar contigo, Polly. Te espera en su despacho en cinco minutos.

Polly se guardó el teléfono en el bolsillo y tomó el ascensor. Nada más verla llegar, Jenny le señaló hacia la oficina, con una gran sonrisa en el rostro.

—Te está esperando. Tengo órdenes de que nadie os moleste.

—Eso me da mala espina.

Polly llamó a la puerta y respiró hondo.

Damon estaba sentado en su mesa, hablando por teléfono. Al verla, le indicó que se sentara.

Polly se sentó y reparó en la pecera que había sobre la mesa. Sorprendida, parpadeó varias veces para asegurarse de que estaba viendo bien.

—Llevas tus medias rosas de flamenco. Te quedan bien —dijo Damon una vez hubo colgado el teléfono.

—Has comprado peces.

–Alguien me dijo que quedaban muy bien en los despachos, que relajaban. Como estaba tenso, decidí probarlo.

–Ya me he enterado del correo electrónico autorizando a personalizar las oficinas.

–Tenías razón. A la gente le gusta tener cosas personales en la oficina. Es uno de los cambios que voy a hacer.

–Ah.

–Deberías preguntarme qué otros cambios va a haber.

–Explícamelos.

–Voy a hacer que sea obligatorio llevar medias rosas.

Polly se sonrojó. Damon la observó unos segundos y luego se puso de pie.

–El hecho de que no sonrías me dice que estás tan triste como yo por toda esta situación. Es eso lo que quería saber –dijo acercándose a ella y obligándola a ponerse de pie–. Te debo una explicación. Perdí los estribos con tu padre y no debería haberlo hecho.

–No te culpo por ello, yo también me enfadé con él.

–No debería haberte hecho elegir entre él y yo.

–Damon, no quiero hablar de...

–Sé que no quieres hablar de ello, pero vas a tener que hacerlo. Sé que te dan miedo las relaciones, Polly. No hay que ser un experto para darse cuenta de que te cuesta comprometerte. Por eso te perdono por pensar mal de mí el viernes.

–¿Que me perdonas?

–Sí, te perdono –dijo y la besó suavemente en los labios–. No es muy halagador que la mujer a la que amas crea que te la llevaste a la cama para vengarte de su padre. Eso me dolió.

–Damon...

–Te quiero. He pasado toda mi vida huyendo del amor. Pero te conocí y no me quedó más opción.

–Me dijiste que eso nunca pasaría.

–Lo que demuestra que no controlo las cosas como pensé que hacía. Tenías razón: me daba miedo ser responsable de la felicidad de otra persona. Tenía a Arianna, a todos estos empleados... No quería tener a nadie más hasta que apareciste en mi vida. Te quiero más de lo que pensé que se podía querer a alguien.

–¿De veras?

–Le dije a tu padre que ahora eras mía.

–Supuse que pretendías enfadarlo.

–Estaba diciendo la verdad. Es cierto que haría cualquier cosa por proteger a Arianna, pero esto no tiene nada que ver con mi hermana. Tiene que ver con nosotros. Sé que estás asustada. Sé que estás pensando en que tu padre se ha casado por quinta vez y que las relaciones no duran, pero seguro que la nuestra... –dijo y la besó–. Mírame y dime que no crees que dentro de cincuenta años seguiremos juntos.

–Yo también te quiero –dijo Polly, sintiendo que los ojos se le humedecían.

Damon sonrió y se llevó la mano al bolsillo del pecho.

–Te he comprado esto –dijo dándole una pequeña caja–. Quiero que lo lleves siempre para que en cualquier momento te acuerdes de lo mucho que te quiero.

Abrió la caja y sacó un anillo de diamantes.

–Es precioso, pero no puedo ponérmelo –dijo, pensando en los obstáculos que se interponían entre ellos–. Quiero a mi padre, Damon. Sé que a veces se comporta como un idiota, pero él es así –añadió secándose las lágrimas con la manga–. Ahora se ha casado con tu hermana y lo odias. No podemos estar juntos si lo odias.

–No llores. No quiero verte llorar. Te prometo que

arreglaremos las cosas con tu padre. Fui a verlo y estuvimos un rato hablando sin llegar a las manos. Eso es un buen comienzo.

—¿Has ido a verlo?

—Estuve con él esta mañana, después de que te fueras a trabajar. Mi hermana me pidió perdón.

—¿De veras?

—Al parecer, fue por algo que le dijiste. Se siente culpable por haberme causado tantas preocupaciones. El otro día en el consejo me dijiste que era excesivamente protector y tenías razón. Pero me sentía responsable de Arianna y eso impedía que la dejara echar a volar. No podía soportar la idea de que le pasara algo.

—Hiciste un gran trabajo.

—Quiero dejar de pensar en ellos y pensar en nosotros —dijo Damon acariciándole la mejilla—. Vamos a casarnos y, a diferencia de ellos, vamos a celebrar una gran boda.

—Te quiero mucho. Por cierto, ¿te he dicho ya que te queda muy bien ese traje?

—En ese caso, creo que vas a estar muy ocupada durante la próxima hora —dijo rodeándola con su brazo y saliendo del despacho—. Jenny, no me pases llamadas.

—Claro —dijo la secretaría sin ocultar su sonrisa.

—Tengo cosas que hacer y no quiero que piensen que soy una remolona.

—Te doy permiso para que te tomes libre la próxima hora.

Sin soltarla, apretó el botón del ascensor con el codo y esperó a que las puertas se cerraran.

Embriagada de felicidad, Polly lo besó.

—Lo que digas. Tú eres el jefe.

BIANCA™

SARAH MORGAN

NUEVE MESES DESPUÉS…

El lujoso Ferrari despertaba miradas de curiosidad en el tranquilo pueblecito inglés de Little Molting, pero para la profesora Kelly Jenkins sólo significaba una cosa: Alekos Zagorakis había vuelto a su vida.

Cuatro años antes, con el ramo de novia en la mano, Kelly supo que su guapísimo prometido griego no iba a reunirse con ella en el altar.

Ahora él había vuelto para exigir lo que era suyo.

PARÍS EN EL CORAZÓN

Con el negocio familiar en crisis, Polly Prince hacía lo que podía por mantener la calma y seguir adelante. Pero iba a necesitar algo más que esfuerzo para salvar a su empresa londinense de las garras del despiadado Damon Doukakis… y a su cuerpo traicionero de la sensualidad de su jefe.

N.º 477

Como su nueva secretaria, Polly iba a acompañar a Damon a París para negociar el contrato más importante de su vida. Lo peor de todo era que Polly iba a tener que resistirse a Damon en la ciudad más romántica del mundo.

¡YA EN TU PUNTO DE VENTA!

*Le agradaba saber que
ella no era inmune a él...*

PERDIDA
EN EL PASADO

MAGGIE COX

N.° 3091

El corazón de Ailsa latía con desenfreno. No estaba en absoluto preparada para el impacto de encontrarse frente a frente con los inolvidables rasgos de Jake Larsen. La única diferencia era la cruel cicatriz que atravesaba la mejilla de su exesposo y que, en cierto modo, acrecentaba su atractivo y le recordaba a Ailsa la terrible tragedia que los había separado...

Jake había pensado que vería a Ailsa tan solo durante unos minutos, no que se quedaría incomunicado varios días con ella en su casa debido a un fuerte temporal de nieve. Sin embargo, cuanto más tiempo pasaba con Ailsa, más le parecía que la esposa que perdió cuatro años atrás se convertía en la mujer que estaba decidido a conquistar...

¡YA EN TU PUNTO DE VENTA!

BIANCA.

*Sin darse cuenta, comenzó a desear
que su nueva prometida compartiera su cama,
en vez de hacérsela…*

INDECENTE INDISCRECIÓN

JENNIE LUCAS

N.° 3094

Emma Hayes había pasado de trabajar en uno de los hoteles del magnate Cesare Falconeri a hacer personalmente la cama de su mansión, dirigir el funcionamiento de su casa e, incluso, entregarles los regalos de despedida a sus numerosas conquistas. Sin embargo, cada una de aquellas aventuras de su jefe era un golpe a su corazón. Hasta que, una rara noche de desinhibición, alargó los brazos y tomó lo que siempre había querido…

Cesare Falconeri se había jurado que nunca volvería a casarse. Sin embargo, cuando su aventura con Emma tuvo consecuencias, se vio obligado a incumplir sus promesas…

DESEO

MAUREEN CHILD
SEIS NOCHES DE SEDUCCIÓN

Para Tessa Parker lo más embriagador de su trabajo era su jefe. Sin embargo, no había conseguido que Noah Graystone la considerara algo más que su eficiente secretaria. Harta, presentó su dimisión, aunque accedió a ir con Noah a Londres de viaje de negocios y aprovecharlo para tener una aventura sin compromiso.

JOSS WOOD
ROMANCE CON UN MILLONARIO

Las chispas saltan cuando Adie Ashby-Tate y Hunt Sheridan se conocen. Lástima que Hunt no crea en las relaciones. Sin embargo, Adie es una tentación demasiado grande para el millonario. Cuando ella accede a tener una aventura, Hunt aprovecha la oportunidad. La única regla es: sin compromiso. Pero puede que el espíritu navideño cambie las normas.

N.º 541

FIONA BRAND
CÓMO RESISTIR LA TENTACIÓN

Tobias Hunt nunca había tenido la menor dificultad en dejar a las mujeres, hasta que conoció a Allegra Mallory y, para poder recibir la herencia que le correspondía, le obligaron a vivir con la tentación. Estaba convencido de que podría superar su intensa atracción hacia Allegra, especialmente después de que ella anunciara que estaba prometida. Pero al descubrir que el compromiso era falso, decidió imponer sus propias reglas.

JULIA™

DIANA PALMER
UNA MISIÓN PARA DOS

El detective de policía Rick Márquez
jamás se había enfrentado a un caso
que no pudiera resolver. Tan solo le faltaba una mujer con la que pudiera encontrar la felicidad. Pero iba a conocer
a la única mujer que podría encajar
con él en cuerpo y alma... Sin embargo, las circunstancias del trabajo de
Gwen y la información personal que
ella no le había contado no tardaron
en poner a prueba su amor...

N.º 469

HELEN R. MYERS
AMANECE EN MI CORAZÓN

Era la casa que la agente inmobiliaria Genevieve Gale había
soñado para sí misma. En lugar de eso, la eligió para el matrimonio de los Roark. Pero cuando el atractivo millonario iba a
instalarse con su esposa, enviudó. Entonces buscó consuelo
en los brazos de Genevieve, y ella le ofreció todo lo que tenía
sin esperar nada a cambio. Incluso después de descubrir que
estaba esperando un hijo.

CHRISTINE RIMMER
FALSO NOVIAZGO

Travis Bravo estaba harto de la afición que tenía su madre a
hacer de casamentera. ¿Y qué mejor manera de pararla que
llevar a una novia a casa en vacaciones? El único problema era
que ni siquiera estaba saliendo con alguien. Pero allí estaba su
amiga Samantha Jaworski.
Y a Sam le resultó muy sencillo lanzarse a su papel de novia de
Travis… y también a sus brazos.

¡YA EN TU PUNTO DE VENTA!

Las mejores novelas de...
SECRETOS

ANNE MATHER
Una mujer misteriosa

Sara era un mujer bella, misteriosa y angustiada. Matt estaba muy intrigado por la personalidad de su inesperada invitada porque ella se negaba a contarle de dónde venía, pero era obvio que huía de algo.

El sentido común le decía a Matt que no se implicara, pero justo entonces se enteró de que Sara era la esposa desaparecida de un millonario. Estaba claro que necesitaba su protección. Y, a medida que el ambiente se iba llenando de erotismo, Matt se dio cuenta de que, aunque no debía tocarla, tampoco podía dejarla marchar...

CAROLE MORTIMER
Noticias del corazón

Cuando Leonie llegó a la mansión inglesa de Rachel Richmond, la impresionaron el estilo sofisticado y la amabilidad de la famosísima actriz. La impresión que le causó Luke, el hijo de Rachel, fue algo muy diferente.

Luke Richmond era un tipo frío y orgulloso que no sentía ninguna simpatía por Leonie y que estaba demasiado acostumbrado a salirse con la suya. Pero, por mucho que le pidiera que se marchara, a Leonie le habían encargado escribir la biografía de Rachel y no se iba a mover de allí... especialmente después de darse cuenta de que Luke escondía algo...